ESCALIER C

Née en 1958 au Havre, Elvire Murail est diplômée de l'Université de Cambridge. La littérature anglo-saxonne la passionne.

Escalier C est son premier roman qu'elle a situé à New York, où elle n'était jamais allée, et elle a choisi de dire « je » au nom d'un personnage masculin.

Escalier C a obtenu le prix du Premier Roman 1983 et le prix George Sand en 1984.

Un immeuble new-yorkais... Un escalier. Les locataires de l'Escalier C se croisent, se parlent ou s'ignorent, s'aiment ou se méprisent. Forster, le narrateur, porte sur eux son jugement dur et sarcastique.

Des événements dramatiques, drôles, macabres, par là même grotesques, vont enfin bouleverser Forster. Le petit monde de l'Escalier C se transforme malgré lui.

Comme un gamin insupportable, Forster attend la gifle qu'il mérite. Elle arrivera, plus forte que prévue, et lui remettra les idées en place d'une manière tout à fait inattendue.

Avec son écriture rapide, percutante, remplie de vie, d'humour et de tendresse, *Escalier C*, premier roman d'Elvire Murail, est un coup de maître, salué unanimement.

ELVIRE MURAIL

Escalier C

ROMAN

SYLVIE MESSINGER

« *Inheritor of more than earth can
Give.* »

PERCY BYSSHE SHELLEY

I

« Nous n'irons plus au bois... »

J'AI cessé d'aller au bois le jour où j'ai préféré *Le Jardin des Délices* de Bosch à la *Petite fille avec un arrosoir* de Renoir. Et cela n'est pas qu'une métaphore. Mon métier de critique d'art – vous parlez d'un métier! – m'avait fait perdre toute spontanéité et tout goût pour la fraîcheur. Et puis, c'est plus facile de parler d'horreur, si belle soit-elle, que de bonheur. J'avais donc égaré ma simplicité en me promenant dans le Jardin des Délices. Ainsi, à force de choisir les jardins plutôt que les bois, je devenais proprement insupportable.

C'est alors que je décidai d'aller ramasser les lauriers coupés à la campagne, pour me rappeler les comptines françaises de mon enfance.

A court d'idées, je pensais demander conseil à mon voisin du dessus, Coleen Shepherd.

Avant de quitter mon studio, j'admirai mon image dans le miroir de ma petite salle de bain : un homme dans sa trentaine, bien bâti, beau garçon... Merci, je me jugeais beau, c'est mon droit.

J'allai donc sonner à la porte de Shepherd, au troisième. Je ne le fréquentais que depuis assez peu de temps. Mais comme il laissait toujours déborder sa baignoire, j'avais pris l'habitude de monter râler.

J'arrivai au moment où il ne fallait pas le déranger. Pourquoi, impossible de le savoir. Il manifesta une mauvaise humeur évidente, me referma le battant sur la figure en déclarant qu'il n'en avait rien à foutre de mes histoires. Au même instant descendait un autre des locataires, Bruce Conway, qui me sourit de travers en sautant les marches à pieds joints.

« Encore une scène de ménage? jeta-t-il. Si Col Shepherd ne veut pas de toi, viens chez moi, je te ferai du thé au jasmin. »

Je me permis de lui expliquer mon problème, et il me répondit qu'il ne voyait pas ce que je pouvais trouver d'exaltant à faire à la campagne.

« Justement, lui dis-je, je ne veux rien faire d'exaltant! Je veux m'ennuyer à mourir! Dans un coin sinistre où il n'y a que des petits oiseaux, des arbres et des fleurs et pas de cinéma, pas de hot-dogs et surtout pas de critiques d'art! »

Bruce Conway m'offrit à nouveau son sourire de travers, sa spécialité, et levant ses yeux bleus vers le plafond, commença à se balancer d'avant en arrière sur ses baskets.

« C'est quoi, les p'tits oiseaux, dis Monsieur?

– C'est comme les autobus, moins les passagers. »

Il me gratifia d'une grande claque dans le dos en riant. Bruce passait une grande partie de son temps à me bousculer.

« Elle n'est pas mal celle-là! Je la resservirai!

– Copyright Forster Tuncurry, tous droits réservés y compris pour l'U.R.S.S. »

Conway changea de position. S'appuyant sur la rampe, il se mit à alterner un pied avec l'autre sur la première marche. J'attendais le moment où il allait se casser la figure.

Deux étages plus bas, une porte claqua violemment. Nous nous penchâmes tous les deux. Virgil B. Sparks venait de quitter l'appartement de Béatrix Holt après une engueulade, selon toute vraisemblance. Il commença à gravir l'escalier pour rentrer chez lui, partageant le second étage avec moi. Bruce ne put résister à lancer dans le vide une citation de Dante.

« *Lasciate ogni speranza, voi ch'entrate*, pourquoi Virgil s'obstine-t-il à franchir l'entrée de l'Enfer?

— Descends si tu es un homme! lui cria Sparks.

— Tu n'as qu'à monter!

— Il ne faudrait pas me le dire deux fois.

— Monte! Maintenant que je l'ai dit deux fois, viens!

— Fous-moi la paix, je n'ai vraiment pas envie de rigoler. »

Je connaissais bien Sparks, il travaillait pour le même con que moi (lisez « notre très honoré rédacteur en chef »). Il était bon journaliste, mais s'obstinait à être écrivain. Sparks discutait toujours âprement avec Macland au sujet de ses articles. Moi jamais. Macland acceptait mes papiers sans commentaire parce que c'était « culturel ». Macland n'avait donc rien à discuter, à part peut-être pour m'exciter un peu avec des phrases du type :

« Et ça lui rapporte, au gribouilleur, ses taches de gras sur sa toile? »

Il perdait d'ailleurs son temps, car je répondais rarement à ses excès d'agressivité. Mais il n'en allait pas de la même façon avec Sparks. Macland l'appelait uniquement monsieur Virgil Bentley Sparks, moquant ainsi la manie de celui-ci qui exigeait que son nom soit inscrit en entier à la fin de ses articles. Sparks s'occupait des rubriques « cinéma » et « théâtre », et là, malheureusement, Macland prétendait s'y connaître.

Mais la véritable passion de Sparks s'appelait Béatrix Holt. Celle-ci louait un studio au premier étage depuis trois ans, date à laquelle j'emménageai moi-même dans l'Escalier C. Nous nous rencontrâmes à la faveur d'un léger quiproquo. En effet, le gardien de l'immeuble m'avait mal renseigné et je crus être logé au premier. Ce fut ainsi que nous nous retrouvâmes ensemble face à la même porte. L'erreur fut bientôt rectifiée et ma charmante voisine me proposa de visiter son appartement. Puis nous montâmes jusqu'au mien pour faire la comparaison. Et là, nous croisâmes Sparks qui sortait de chez lui. Il me jeta un regard étonné et me reconnut. Moi pas.

« Mais vous êtes Forster Tuncurry! » s'exclamat-il.

Je le contemplai avec angoisse, cherchant désespérément qui il était. Mais ce grand jeune homme brun, qui rougissait facilement, ne me disait rien du tout. Mon métier me forçant à fréquenter trop de gens dans trop de cocktails infâmes, j'ai été plus d'une fois confronté à des personnages terrifiants qui vous racontent leur dernière entrevue avec vous-même, comment vous étiez habillé, que vous étiez enrhumé ce jour-là, et qui vous demandent de transmettre leurs salutations à Untel dont vous n'avez gardé aucun souvenir non plus.

« Je crois en effet vous connaître, commençai-je prudemment.

— Virgil Bentley Sparks », me répondit-il spontanément.

Je soupirai alors avec soulagement.

« Mais oui, bien sûr! Suis-je bête! C'est amusant de se retrouver dans la même maison! »

Déjà, Virgil s'était complètement désintéressé de ma personne. Il dévisageait Béatrix, le visage écarlate. Il prononça difficilement à mon adresse :

« Votre femme, sans doute?

— Grand Dieu non, merci! m'écriai-je.

— Comment ça, non merci? fit Béatrix Holt, en se raidissant.

— Je voulais seulement, m'excusai-je, dire que je n'ai pas l'intention d'être marié avec qui que ce soit, même vous, ô Déesse du Premier Etage. Mr. Sparks, Miss Holt, votre nouvelle voisine elle aussi. C'est la journée! »

10

Sparks se détendit, appréciant l'idée qu'il n'aurait pas à me passer sur le corps pour accéder à la jeune femme. Béatrix avait, à l'époque, de longs cheveux bruns qu'elle fit couper un jour de colère, et désormais elle est rousse. Bien que de petite stature, Béatrix dégage une énergie et une puissance à faire reculer un phallocrate. Il ne lui fallut donc qu'une bouchée pour dévorer le canari jaune qu'était Virgil Sparks. (Je ne sais pas pourquoi, mais Virgil m'a toujours fait penser à un canari jaune).

Depuis, Béatrix et Virgil constituent le plus suivi des spectacles de l'Escalier C. Dès que retentissent les premiers hurlements, toutes les portes s'ouvrent et nous commentons de palier à palier les injures et les explications douloureuses clairement émises par nos deux amoureux.

Si une réplique est bonne, nous applaudissons, et à la fin de la représentation, nous décernons une palme au meilleur de la soirée. Il ne s'agit point là d'un jeu cruel de notre part. Les colères de Béatrix et les gémissements de Virgil ne peuvent absolument pas être pris au sérieux. Seulement voilà : il y a des individus qui ne parviennent à s'aimer que dans la tragédie en cinq actes et le drame en six volumes. Faut s'y faire. Mais revenons-en au moment où Virgil a dit à Bruce Conway de lui foutre la paix.

« Moi? Foutre la paix à quelqu'un? répondit l'insupportable Conway, j'ai une réputation à soutenir, moi, monsieur ! »

Virgil arriva bientôt à notre étage, arborant un air sinistre. Puis soudainement, il fit une horrible grimace pour le plus grand plaisir de Conway.

« Qu'est-ce que vous fabriquez tous les deux en face de la porte de Shepherd?

– On fait la queue, lui dis-je, pour prendre un bain. »

Ils se mirent à rire, connaissant bien mes démêlés

avec Coleen Shepherd au sujet de sa baignoire incontinente.

« On pourrait aller boire quelque chose, suggéra Conway.

– D'accord, on monte chez toi, décidai-je.

– Et pourquoi chez moi?

– Parce que c'est ton idée et que tu as le meilleur sherry de tout l'immeuble.

– Justement, je n'en ai plus.

– Ça ne fait rien, tu as aussi le meilleur bourbon de tout l'immeuble. »

Bruce me tira la langue et me donna un coup de coude.

« A charge de revanche, Tuncurry!

– Avec toi, je ne suis pas inquiet!» m'exclamai-je.

Nous montâmes donc encore un étage, et alors que Bruce glissait sa clef dans sa serrure, la porte de Shepherd s'ouvrit. Je me penchai par-dessus la rampe et le regardai fermer ses multiples verrous.

« Tu n'as pas laissé les robinets couler, j'espère? » lui lançai-je.

Il leva la tête et mit sa main devant sa bouche en écarquillant ses immenses yeux verts.

« Mince alors! Heureusement que tu me dis ça!»

Je commençai à rire lorsque je le vis s'acharner à rouvrir tout précipitamment. Il rentra en courant chez lui et je l'entendis jurer.

« Tu crois qu'il a vraiment oublié de fermer l'eau? » me demanda Virgil en ricanant.

Bientôt, Coleen ressortit en sifflotant.

« Eh bien? fis-je.

– Oh! rien, me répondit-il, j'ai seulement débranché le grille-pain.

– C'est tout?

– Ben, il y avait du pain dedans...

– Tu vas nous faire sauter un jour, avec ta tête vide!

12

Retiens-moi, Virgil, il y a vraiment des fois où j'ai envie de le cogner!

– Je parie qu'il adorerait ça », souffla Conway à mon intention.

Shepherd releva son regard vers nous, car il avait entendu.

« Tu n'es qu'un sale con, Bruce Conway.

– Ce n'était pas dit méchamment », répondis-je alors que Conway se mordait les lèvres.

Celui-ci se pencha dangereusement et ajouta :

« Tu devrais savoir que je ne manque jamais une occasion de dire une bêtise, Shep.

– En effet, murmura Coleen Shepherd en descendant, jamais. »

Shepherd est le dernier arrivé dans l'Escalier C, cela remonte à environ un an. A cette époque, il n'était d'ailleurs pas seul. Shepherd servait d'animal de compagnie à une espèce de brute qui se faisait appeler Hal. Coleen était déjà dessinateur de mode depuis un ou deux ans, et, de toute évidence, c'était lui qui avait l'argent. Hal dépassait sa victime de plusieurs centimètres, et c'était certainement l'unique créature de tout l'immeuble à qui je n'avais aucun désir de souhaiter le bonjour. Durant les trois premiers mois, nous n'eûmes pas de contact avec eux, le troisième palier étant ignoré de tous. La plupart des locataires voyaient d'un très mauvais œil la présence des deux homosexuels parmi eux.

Et puis, un soir que je revenais chez moi avec Suzy (Suzy était ma petite amie à ce moment-là, je l'ai laissée tomber le jour où Conway m'a dit qu'elle avait l'air bête, et où je m'aperçus brutalement qu'elle n'en avait pas que l'air), ce soir-là donc, alors que nous nous acheminions gaiement vers ma garçonnière, nous croisâmes Coleen Shepherd qui dévalait l'escalier précipitamment. Il avait l'arcade sourcilière ouverte et le sang coulait de son visage sur sa chemise. Je l'arrêtai dans sa course et lui demandai s'il désirait de l'aide.

« Vous ne pouvez rien pour moi, balbutia-t-il.

– Coleen! »

La voix de Hal résonna dans la cage de l'escalier. Le bras de Shepherd où j'avais posé la main se couvrit de chair de poule.

« Coleen! Viens ici tout de suite! »

Le malheureux garçon commença à remonter les marches, avec tant de tristesse et de douleur dans son regard que j'esquissai un mouvement pour le suivre. Il murmura :

« Non. Vous ne pouvez rien pour moi. »

Le lendemain, je m'adressai à Sparks et à Conway et leur demandai leur avis.

« On ne peut quand même pas laisser ce pauvre gars se faire écorcher vif sans bouger! insistai-je quand je compris qu'ils ne tenaient pas à se mêler de cette histoire.

– Franchement, Tuncurry, les problèmes de ces deux pédales ne nous concernent absolument pas! me répondit Sparks en haussant les épaules.

– Mais enfin! m'écriai-je, si un homme battait sa femme jusqu'à lui fendre le crâne, vous vous dresseriez bien haut en exigeant justice! Parce qu'il s'agit d'un homosexuel, vous considérez sans doute que ça fait partie de ses perversions!

– Mais il a lui-même refusé que tu lui portes secours!

– Il n'y a pas deux femmes sur cinq qui osent avouer qu'elles sont battues ou qui se plaignent! Shepherd est un faible, il a peur de cette brute, c'est tout. C'est la « femme » du couple et c'est aussi lui qui travaille et qui se fait exploiter! »

Béatrix arrivait à cet instant (car elle avait les doubles des clefs de l'appartement de Sparks où nous nous trouvions) et elle me regarda avec gentillesse. Puis elle dit :

« Bravo, Tuncurry! J'aime ce discours! Quant à vous deux, vous n'êtes que deux pleutres et deux égoïstes! J'ai croisé ce malheureux ce matin et j'ai eu honte. Parfaitement! Voilà trois mois que nous ignorons volontairement les agissements de ce butor qui traite un garçon doux et tendre comme son esclave! Je pense que c'est dégueulasse! »

Virgil contempla avec obstination sa tasse de café en rougissant légèrement. Il se décida enfin :

« Bon, d'accord. Mais qu'est-ce que vous voulez y faire?

– La meilleure façon c'est de s'adresser à Shepherd lui-même, et de le convaincre qu'il ne faut pas qu'il se laisse terroriser par ce salopard.

– Bonne idée, Tuncurry et bonne chance! » me lança Conway en se levant.

Je poussai un soupir résigné.

« Bon, d'accord. Je me dévoue. »

L'après-midi même, je me trouvai en présence de Shepherd au supermarché du coin. Il achetait des petits pois en boîte. Je lui souris et lui dis en désignant la boîte avec le pouce :

« J'ai horreur des petits pois!

– Moi aussi », fit-il en s'efforçant de me rendre mon sourire.

Je sautai sur l'occasion :

« Alors, n'en achetez pas!

– Mais...

– Qui va les manger, si ce n'est pas vous?

– Oh, mais je *vais* les manger, Hal dit que...

– Envoyez-le au diable, celui-là! Je voudrais que vous compreniez que si vous le voulez, vous pouvez le mettre à la porte! En l'occurrence, vous pouvez nous demander un coup de main. Et je peux vous assurer qu'il ne reviendra pas si vous l'expulsez avec autorité.

– Mais...

– Pourquoi me dire mais? Il y va de votre intérêt et de votre santé, voire de votre vie.

– Mais... Je l'aime, me répondit-il avec une simplicité désarmante.

– Et lui, il vous aime?

– Non.

– Voyons, soyez raisonnable! Au moins si vous lui résistiez un peu, il ne vous frapperait plus.

– Mais c'est justement parce que je résiste qu'il me bat! »

Je commençais à être à court d'inspiration. Le problème était plus que délicat.

« Enfin, si un jour vous avez besoin de nous, je vous en prie, n'hésitez pas à appeler à l'aide.

– Merci. »

Je m'éloignai assez déçu et inquiet. En me retournant vers lui avant de passer à la caisse, je notai cependant qu'il avait reposé la boîte de conserve sur le rayon. Je fis mon compte rendu à Béatrix que je rencontrai devant le pub.

« Encore en train de chercher Virgil dans les bars? » lui dis-je.

Elle éclata de rire et me montra un paquet de cigarettes.

« Non, c'est moi qui suis descendue acheter des cigarettes!

– Et j'espère que tu n'as pas l'intention de rentrer avant quinze ans! »

Je lui racontai mon échec avec Shepherd. Elle soupira en hochant la tête.

« Il n'y a rien d'autre à faire que de croiser les doigts. Quel dommage! Un si beau mec perdu pour les femmes!

– Je suis libre, moi, pour les femmes!

– Mais pas aussi beau!

– Merci, ça fait toujours plaisir.

– De toute façon, tu es un sale misogyne. Tu n'es pas une affaire, franchement! Tu ne te rends pas compte ou tu le fais exprès?

– Quoi?

– De traiter les femmes comme ça.

– Comme ça, quoi?

– Comme tu fumes un cigare! Les femmes n'ont pas plus d'importance que ça pour toi!

– Elles ne s'en sont jamais plaintes! répliquai-je.

– Faut voir ce que tu fréquentes, aussi!

– Quoi? Quoi? Qu'est-ce que ça veut dire ça? De quel droit me juges-tu d'abord? Et puis toi, tu crois que c'est mieux? Après tout, tu n'es pas mariée avec Virgil. Et je sais de source sûre que vous faites plus que vous regarder dans les yeux en vous tenant la main!

– Quelle source sûre?

– La tienne, cloche! Tu ne te rappelles pas?

– Si. Mais ce n'est pas une source sûre. Ce que je dis est rarement la vérité. »

Je haussai les épaules.

« Bon, ce n'est pas tout. J'ai des choses à faire. »

En rentrant chez moi, je croisai la locataire du cinquième, Mrs. Bernhardt. Je ne savais pratiquement rien d'elle. Elle ne faisait pas vraiment partie de la famille de l'Escalier C, disons qu'elle tenait le rôle de l'arrière-grand-mère que personne ne remarque jusqu'au jour où elle meurt et laisse un curieux vide. Mrs. Bernhardt s'était installée ici à la mort de son mari, un juif de race noire. J'ignorais totalement ce qu'étaient sa vie, son travail et si elle avait des enfants ou quoi... De toute manière, cela m'était égal.

« Bonjour Mrs. Bernhardt, dis-je en m'efforçant d'être aimable.

– Bonjour Mr. Tuncurry. »

Elle me tourna vite le dos et continua son chemin en cahotant car elle avait du mal à marcher. Son visage fripé et noir comme un pruneau ne portait jamais un sourire. Mais cela ne m'importait guère.

Dans la soirée, alors que je fulminais sur le texte de ma conférence sur Jérôme Bosch, un cri atroce tomba du troisième. Je me précipitai dehors imité par mon voisin Virgil et nous échangeâmes un regard.

« Cette fois, on ne peut pas dire qu'il n'est pas en train de l'étrangler! » m'exclamai-je.

Nous retrouvâmes Bruce Conway devant la porte de Shepherd.

« Qu'est-ce qu'on fait? demanda-t-il, on n'entend plus rien.

— Sonnons, on verra bien, répondis-je en appuyant sur la sonnette.

— Qui est là? dit une voix que je reconnus comme celle de Hal.

— Vos voisins. On voudrait parler à Shepherd.

— Il n'est pas ici.

— Quel culot! fit Conway. Ouvrez tout de suite, ou on appelle les flics!

— De quel droit?

— Du droit du sommeil du juste! J'estime avoir le droit de dormir sans être réveillé par des hurlements!

— Foutez le camp.

— Ah! ça, s'emporta Conway. Puisqu'il en est ainsi, j'enfonce la porte! Garez-vous, vous autres! »

J'eus la surprise de constater que sous une allure plutôt nonchalante et dégingandée, Conway cachait une musculature et une agilité peu communes. Il s'y reprit à trois fois avant de casser le bois autour des verrous et serrures. Lorsque nous pûmes entrer, nous ne vîmes d'abord personne. C'était dans la chambre que s'était réfugié Hal avec son revolver.

« N'avancez pas ou je tire! » menaça-t-il.

Conway fit un pas et éclata de rire.

« Si tu veux nous descendre, tu ferais mieux d'utiliser autre chose que ce machin! »

Hal le contempla avec incertitude. Je me pris à haïr cette face de brute, et je m'avançai résolument dans la pièce. Hal me regarda sans bouger et ne bougea pas plus lorsque je lui retirai l'arme des mains.

« Où est Shepherd? demandai-je rudement.

— Dans la salle de bain », murmura-t-il.

Conway ouvrit la porte qui se trouvait près de lui et découvrit le corps de Coleen Shepherd baignant dans son sang et l'eau de la baignoire. A cette vue, Virgil pâlit et je crus qu'il allait se trouver mal.

« Surveille Hal, lui commandai-je en le repoussant.

– Il n'est pas mort! s'écria Bruce Conway. Aide-moi à le sortir de là! »

Je retirai le bouchon de l'évacuation car l'eau rouge m'indisposait, et j'empoignai les jambes de Coleen alors que Bruce soutenait les épaules. Nous l'allongeâmes sur la moquette. Virgil, qui se tenait dans l'encadrement de la porte, nous signala la présence d'un couteau de cuisine dans le lavabo.

Autant que nous pouvions en juger, Hal avait dû s'amuser à entailler le buste et les bras de sa victime, et le cri qui nous avait alertés avait dû être provoqué par la tentative de scalp du cuir chevelu. Pourquoi l'avait-il plongé dans l'eau froide? Pour le ranimer?

Nous étions tous trois fascinés par un tel acte. Le bruit d'une galopade nous réveilla en sursaut : Hal venait de s'enfuir. Nous ne le revîmes jamais.

Ce fut à cette occasion que, pour la première et la dernière fois, Bruce Conway agit en adulte responsable. Il appela la police, les pompiers, le médecin et que sais-je encore, puis instaura des tours de garde au chevet de Coleen Shepherd. Les blessures de celui-ci, bien que nombreuses, n'étaient pas réellement graves. Quant à sa blessure morale, elle n'était certes pas refermée.

Ce qui nous ramène au moment où Conway sortit une réflexion idiote à Shepherd, du haut du quatrième étage.

« Vraiment, Bruce, sermonna Virgil, fais attention à ce que tu dis de temps en temps.

– Ça m'a échappé. Quelle idée aussi de dire qu'il y a des jours où tu as envie de le cogner, me fit-il en me donnant un coup de coude. Il n'y a pas que moi qui commets des bourdes!

— Non, mais chez toi, c'est chronique! répliquai-je. Bon et notre whisky alors?

— Pense qu'à boire celui-là. Et uniquement aux frais des autres!» grogna Conway en me poussant résolument dans son deux-pièces.

Comme je l'ai déjà mentionné précédemment, une des caractéristiques de Conway est qu'il passe son temps à me taper dessus. Un enfant de cinq ans qui se battrait avec son père. Pourtant Bruce a largement plus que cet âge. Il est même plus vieux que moi.

Conway occupait le quatrième depuis environ quatre ans. Le premier souvenir que j'ai de lui, c'est son chat. J'avais trouvé cet animal ingrat sur mon paillasson et notre rencontre fut comme un coup de foudre. Son œil crevé et ses oreilles bouffées par de nombreuses bagarres entre collègues me séduisirent aussitôt. Je m'aventurai à caresser sa fourrure noire et crasseuse (ce qui est quand même assez rare pour un chat) et reçus un coup de patte armée qui laissa sur ma main trois jolis sillons de sang. Je lui flanquai une baffe et tentai de rentrer chez moi. Il m'y suivit en crachant alors que je le maudissais. Il s'installa sur mon divan et rien ne put le décider à en partir. En désespoir de cause, je me renseignai auprès de Sparks sur le propriétaire hypothétique de ce fouilleur de poubelles. A ma grande surprise, il le reconnut immédiatement.

« Ça? Mais c'est le monstre de Conway!

— Qui est-ce, celui-là?

— Le locataire du quatrième. Un type in-sup-por-ta-ble! »

A son ton affectueux, je compris que Virgil avait une grande tendresse pour Conway.

« Qu'est-ce que je peux faire? Cette créature ne veut pas s'en aller de mon canapé!

— Essaie avec un seau d'eau.

– Mais ça va tout abîmer! Non, je vais aller voir ton Conway et lui demander de reprendre son animal. »

C'est ainsi que je fis connaissance avec Bruce et Agamemnon. Conway dut se servir d'un balai pour sortir son charmant petit compagnon de chez moi. Depuis cette époque, Agamemnon et moi filons le parfait amour : rien ni personne ne peut l'empêcher de s'introduire chez moi, de foutre ma cuisine sens dessus dessous et de se faire les griffes sur les meubles. Curieusement, je lui suis extrêmement sympathique, et je demeure l'unique humain autorisé à le supporter sur ses genoux. Il y a des mystères partout.

« Qu'est-ce qui ne va pas cette fois avec Béatrix? » dit Conway en versant du bourbon dans les verres.

Sparks leva les yeux au plafond et grommela quelque chose comme :

« Toujours le même cirque!

– A propos, continua Bruce, Tuncurry ici présent désirerait aller à la campagne, tu n'as pas une idée, toi?

– Comment ça, « à propos »?

– Oh! c'est une façon de parler! Remarque que tu aurais peut-être besoin de changer d'air aussi! »

Virgil me regarda avec étonnement.

« La campagne... C'est une drôle d'idée!

– Ben, c'est-à-dire... J'en ai vraiment besoin, répondis-je, j'ai l'impression d'être écrasé par moments.

– C'est parce que tu es seul! s'exclama Virgil qui s'illumina comme un sapin de Noël, ce dont tu as besoin, c'est d'une femme! »

Bruce Conway éclata de rire et me flanqua une claque sur la cuisse droite.

« T'entends ça! C'est vraiment trop drôle! »

Sparks le contempla avec mépris.

« Je ne vois pas ce qui est comique. C'est tout à fait sensé. L'amour, il n'y a que ça!

– Oh! oui! On voit très bien ce que ça donne! Suffit de te regarder!

– Mais je suis parfaitement heureux! se défendit Virgil.

– Là n'est pas le problème, coupai-je. Les femmes, j'en ai, merci.

– Des femmes, peut-être, mais pas *une*! C'est toute la différence, mon pauvre Forster! Tu ne connais pas l'amour, c'est simple!

– D'abord, je ne suis pas ton pauvre Forster, répliquai-je vexé, ensuite, tu ne sais rien de ma vie privée ni de mes états d'âme.

– Non, mais on connaît ce que tu ramènes chez toi!» s'esclaffa Conway qui semblait s'amuser énormément, on ne peut pas appeler ça des femmes!

Virgil et Bruce furent pris d'un fou rire auquel je ne pus répondre que par un regard glacial.

« Je ne comprends pas ce qui vous prend, dis-je au bout d'une minute. Je ne vous demande pas votre avis sur mes conquêtes, je voudrais des idées de voyages à faire.

– Parce qu'il appelle ça ses conquêtes!» s'étrangla Conway tout en me poussant du coude, ce qui eut pour effet de renverser une partie de mon whisky.

Je me débarrassai de la moitié restante en la jetant à la figure hilare de Conway.

« Un si bon whisky!» s'insurgea-t-il.

Je me levai pour sortir.

« Je crois que nous n'avons plus rien à nous dire, jetai-je par-dessus mon épaule. J'ai autre chose à faire que d'écouter rigoler deux imbéciles. »

Je refermai la porte avec violence alors que reprenait de plus belle la crise de rire de Virgil et de Bruce. En redescendant, je croisai Hardy, le deuxième locataire du cinquième, le voisin de Mrs. Bernhardt. Joss Hardy est un homme d'environ cinquante-cinq ans, divorcé depuis un certain temps, et établi dans l'Escalier C depuis sept ans. Le trait principal de Joss est évident dès que l'on voit son nez : il est alcoolique. Il est très sympathique à mes yeux, peut-être parce qu'il y a en lui un côté « clochard paumé » assez fascinant. Il travaille à l'imprimerie d'une des rues environnantes où on le garde envers et contre tout car c'est un excellent typo.

« Salut à vous ! » me lança-t-il joyeusement.

Des effluves de vin parvinrent jusqu'à moi.

« Salut, disciple de Bacchus ! répondis-je en souriant.

— Notre Maître à tous, Sages de ce monde ! » ajouta-t-il avec la même bonne humeur.

Nous continuâmes chacun de notre côté. Je rentrai dans mon studio assez tristement. J'avais l'impression d'avoir perdu toute ma journée : d'une part, je ne savais toujours pas où aller en vacances, d'autre part les moqueries de Conway et de Sparks m'avaient profondément choqué. Choqué non pas parce qu'elles étaient méchantes, mais parce qu'elles étaient pleines de vérité. J'ouvris mon courrier du matin que j'avais négligé jusque-là. J'y trouvai une invitation à une exposition suivie d'une collation (dixit). Je soupirai d'ennui à la perspective du cocktail. Je m'aperçus soudainement que la date du vernissage était celle du lendemain. Les relations publiques me parurent encore une fois avoir fait leur travail de travers : a-t-on idée d'envoyer des invitations si tardivement ? Je pouvais très bien ne pas m'y rendre en prétextant n'avoir pas reçu le carton à temps. Mais je pensai aussi que je pourrais y coincer l'attachée de presse et lui faire des reproches. C'était une façon comme une autre de se venger du buffet.

II

Où la journée commence avec des scones et se termine avec des navets

A NEUF heures du matin, je reposai le livre que je lisais dans mon lit en grognant. Coleen Shepherd venait de mettre *Le Sacre du printemps* à pleins tubes. Je renonçai à taper au plafond et me décidai à monter. Je dus attendre une accalmie avant de sonner. Coleen Shepherd ouvrit la porte et voyant que c'était moi, laissa un large sourire s'élargir sur son visage de chérubin malicieux.

« Oh! bonjour.

— Dis donc, tu ne pourrais pas éviter de faire souffrir tes hauts-parleurs? »

Je regrettai mon ton rude dès que je vis son sourire s'effondrer.

« Ah! bon. Excuse-moi.

— Ce n'est pas que je n'aime pas, mais trop c'est trop.

— J'en fais des bêtises, hein?

— Tu l'as dit!

— Tu sais, j'ai pensé... Enfin... Peut-être que ce serait plus prudent si je donnais un jeu de mes clefs à l'un d'entre vous, au cas où je serais parti sans fermer le gaz.

— En effet, ce serait une bonne idée. »

Coleen, qui était entré plus avant dans son salon, ouvrit prestement un tiroir, y prit ses doubles de clefs et me les tendit.

« Tiens! »

Je dus m'avancer pour les prendre et je m'aperçus brutalement que Coleen ne portait pas de chemise. Je levai ma main vers la sienne et je reçus le trousseau dans la paume. Un peu abasourdi par la musique et le choc de voir le torse nu de Coleen, je le regardai fermer la porte sans bouger.

« Tu veux du café? me demanda-t-il en baissant le son de son électrophone.

– Non, j'en ai déjà bu chez moi. »

Je me sentais de plus en plus mal à l'aise. D'étranges idées me traversaient la tête. Par exemple, que j'étais seul enfermé avec un homosexuel et que l'immeuble était vide. Même si j'appelais au secours... Après tout, ce type-là se laissait torturer par un sadique, il avait peut-être d'autres perversions et moi, j'étais là...

Je commençai à frissonner et à chercher un moyen de m'échapper lorsque Coleen dit innocemment :

« J'ai fait des scones, tu en veux? »

Oh! le diable! Je ne pus m'empêcher de répondre :

« Avec des raisins?

– Evidemment, avec des raisins! »

Il disparut dans sa cuisine et je m'assis sur son divan en pestant contre moi-même. Si j'avais été à la place du Christ dans le désert et que le démon m'eût tenté avec des scones, j'aurais succombé. Fort heureusement cela reste, somme toute, assez improbable. Coleen revint avec un plateau hautement chargé, et je fus de nouveau pris de nausées à la vue des cicatrices blanches et fines qui zébraient sa peau nue.

« Tu n'as pas froid? » demandai-je sauvagement.

Coleen fit les yeux ronds et comprit brusquement.

« Si... Si justement. Je m'habillais quand tu as sonné. »

Il s'éclipsa dans sa chambre et je soupirai de soulagement. Mes yeux se posèrent sur la table basse où se trouvaient pêle-mêle deux tasses, une cafetière, une assiette pleine de scones, du beurre, de la confiture d'oranges, deux cuillères, un couteau et le sucrier. Je choisis mon scone soigneusement, je l'ouvris et le beurrai avec délices. Il était encore tiède, légèrement croustillant, et moelleux au centre. Mes papilles frissonnèrent d'émerveillement au passage du beurre. Salé! Je tendis la main vers l'assiette une seconde fois alors que Coleen revenait avec une chemise à carreaux ouverte jusqu'au plexus. Il s'assit en tailleur par terre en face de moi après avoir retourné le disque. La musique repartit et Coleen versa le café dans les deux tasses. Il en poussa une vers moi et se servit deux morceaux de sucre. Il m'examina avec un petit sourire et prit un scone pour lui-même.

« Il y a aussi de la confiture, dit-il.

– Non, je préfère le beurre.

– Oui, moi aussi. Combien de sucres dans ton café?

– Un seul, merci. »

Je commençai à tourner ma cuillère machinalement tout en mangeant.

« Alors, ils sont bons? demanda Coleen.

– Extra. Jamais connu des comme ça.

– Je fais bien la cuisine, dans l'ensemble. J'ai quelques spécialités : les scones, le travers de porc laqué, les sorbets... Le pot-au-feu.

– Le pot-au-feu?

– Oui, à la française, bien sûr.

– J'ai des souvenirs de pot-au-feu. Quand j'étais môme, je suivais mes parents partout. Mon père était attaché d'ambassade. J'ai vécu quinze ans en France. Maintenant, mes parents sont établis en Suisse. »

J'hésitai un instant et j'ajoutai :

« Et les tiens?

– Les miens? »

Coleen s'étrangla de rire.

« Ça n'a vraiment aucun intérêt! »

Je changeai résolument de sujet.

« Tu ne travailles pas ce matin?

— Non. Dans mon métier, on peut rester chez soi si on fait son boulot à temps. Tu veux voir? J'ai quelques modèles sur ma table à dessin. »

Il se leva sans s'aider avec les mains, un exercice de souplesse qui me rappela les cours de gymnastique au lycée. Il me montra ses esquisses, des dames en maillot de bain avec des chapeaux. Coleen s'excusa de leur peu d'intérêt, mais c'était en quelque sorte un « sujet imposé ».

« C'est amusant, dis-je. Tu ne dessines jamais pour ton plaisir? Des paysages, des portraits, des trucs...

— Des trucs? Ah! si, je fais des trucs. Surtout des trucs, d'ailleurs.

— Oui, enfin, je me comprends.

— Tu veux voir mes trucs?

— Pourquoi pas? »

D'un grand carton, Shepherd tira avec précaution trois feuilles qu'il étala sur le sol. Je me dressai un peu pour regarder. J'eus un petit coup au cœur. Je me déplaçai et je m'agenouillai devant les trois œuvres.

« Je fais ça à l'encre. Des encres naturelles chinoises. Ce sont trois volets d'un même ensemble. Il y en a d'autres à venir. »

Je ne cherchai pas à comprendre ce que cela représentait. Cela semblait être un hybride d'estampes et d'enluminures. L'enfant inattendu né de l'union de Ganku et du livre de Kells. Sur le premier, je devinai une sorte d'échelle. Je dis, tout bas de peur de voir s'envoler la magie des encres :

« C'est l'échelle de Jacob?

— Non, c'est l'Escalier C. »

Je sursautai.

« C'est le triptyque de l'Escalier C, ajouta Coleen en

s'accroupissant à mes côtés. Après, je ferai la maison, et puis la rue, et le quartier. Et puis, New York.

– C'est très beau.

– Tu veux que je t'explique?

– Non, non! Surtout pas.

– Tu trouves vraiment que c'est beau?

– C'est étonnant. Tu n'as pas envie d'exposer?

– Et tu viendrais écrire des articles sur moi? Non merci!

– Tu en as d'autres? »

Coleen hésita un instant et dit :

« Oui, mais je ne veux pas les montrer.

– Très bien. Ça prouve qu'il y a un artiste en toi. »

Il rougit légèrement et se dandina.

« Ne te moque pas.

– Je ne me moque pas. Je n'ai rien vu de pareil de ma vie... C'est les boîtes à lettres, ça?

– Oui. »

Je commençai à rire, les minuscules détails dans tous les sens prirent peu à peu une signification pour moi. Je me mis à plat ventre pour mieux regarder et j'en oubliai jusqu'aux scones.

« Le chat de Conway! m'écriai-je à un moment en le découvrant dans le deuxième dessin. Et ça... C'est ta baignoire? »

J'éclatais littéralement de joie à chaque invention du délire créateur de Shepherd. Je vis ainsi que la baignoire se trouvait dans le premier et le troisième dessin. Dans ce dernier, un trait stylisait le plancher (c'est-à-dire mon plafond) et en dessous était reproduit en miniature mais exact, le lustre kitsch qui ornait ma salle de bain. Mais curieusement, il était peint en rouge alors que sa véritable couleur était bleue. J'allais en demander la raison lorsque je notai que le bas de sa baignoire de même que le plafond était rouge aussi. C'était clair. Dans la même image, Coleen avait représenté une baignoire pleine de sang et une qui déborde. Je frissonnai.

« C'est ma baignoire », dit Coleen.

Il était toujours accroupi à côté de moi. Je sentis son regard sur mes épaules et son poids se fit tel que je dus tourner la tête vers lui.

« Qu'est-ce qui te gêne? demanda-t-il.

— Rien.

— Mais si. Qu'est-ce qui te trouble? Que j'aie laissé un type me torturer? Ou que je sois homosexuel? Qu'est-ce que tu sais de moi? Est-ce que tu as une idée de ce que sont mes désirs ou mes plaisirs? Qu'est-ce qui te gêne? Tu crois que je vais te sauter dessus? La première chose que l'on apprend quand on est homosexuel, c'est que la plupart des autres ne le sont pas, qu'ils sont libres de choisir. C'est pour ça que tu n'as rien à craindre. Je n'ai jamais obligé personne. La deuxième chose que l'on apprend quand on est comme moi, c'est à subir. Souffrir et subir. Et pourtant, je ne suis ni fou, ni dangereux, ni pervers. Seulement condamné à perpétuité. Comme Mrs. Bernhardt.

— Mrs. Bernhardt?

— Oui. Peut-on imaginer plus de calamités sur une même créature?

— Que veux-tu dire?

— Eh bien, sais-tu ce que c'est que d'être Mrs. Bernhardt?

— Non.

— C'est de vivre avec les tares du monde. Ne t'es-tu jamais rendu compte que Mrs. Bernhardt est noire? Qu'elle est vieille? Infirme? Veuve? Seule? Juive? Et en plus, c'est une femme! Sept raisons d'être rejetée, ignorée, condamnée, jugée, punie. C'est ça, être Mrs. Bernhardt. Mais il y a pire : elle ne se révolte pas, elle subit. »

Je me mordis la lèvre inférieure.

« Je suis désolé... Je...

« – Désolé? Qu'est-ce que tu me racontes? Désolé, pourquoi?

– Si je t'ai fait de la peine d'une manière ou d'une autre...

– Là n'est pas la question. Tu n'as rien compris.

– Ah! bon. »

Qu'est-ce qu'ils avaient tous à me prendre pour un imbécile, ces jours-ci?

« Il ne s'agit pas d'être désolé, il s'agit de se révolter.

– Contre quoi?

– Contre les idées reçues, les préjugés, la « morale ». Contre toi-même enfin, qui trembles en attendant que je te saute dessus. Ah! La vie est tout de même dégueulasse! »

Coleen quitta sa posture accroupie et s'assit sur le sol.

« S'il y a toujours quelque chose qui te gêne, je t'écoute.

– Pourquoi t'es-tu laissé écorcher vif par Hal?

– Nous y voilà! Peut-être que j'aime ça, comme dirait Bruce Conway.

– Bruce est le spécialiste des réflexions stupides.

– Bruce est le seul ici qui soit vraiment dénué de toute méchanceté et de tout préjugé. »

Coleen ramena ses genoux à hauteur de son menton et croisa les mains autour.

« Il traite les gens en égaux. Il se moque de tous sans discrimination. »

Il tendit sa main gauche vers moi et dit :

« Prends ma main. Vas-y, prends-la.

– Pour quoi faire?

– Quel manque de confiance! C'est incroyable. »

Il reposa sa main sur son genou.

« Tu ne crois à rien. C'est quoi, ta vie?

– Qu'est-ce que ça peut bien te faire?

– Ça me fait quelque chose. De temps en temps, je pense comme ça : où il est, Tuncurry? Est-ce qu'il est

30

heureux en ce moment? Je me dis aussi : est-ce que Conway a trouvé du travail? Ou bien : tiens, c'est la voix de Béatrix qui appelle Virgil dans l'escalier. Oui, ça me fait quelque chose. L'Escalier C, c'est mon cœur qui bat. Et peut-être qu'un jour, tout va s'arrêter et je serai mort. Sans Escalier C, il n'y a pas de Coleen Stanislas Shepherd. C'est simple.

– Tu n'as pas répondu.

– A quoi? Ah! oui, Hal... »

Il eut un tout petit rire, très bref.

« Je suppose qu'il n'y a rien à en dire.

– Facile d'éluder la question!

– Si un type deux fois plus fort que toi t'attache, te met un mouchoir dans la bouche, te plonge dans l'eau froide et te découpe en rondelles, je ne vois pas tellement ce que tu peux y faire, sinon mouiller la moquette.

– Tu n'étais pas attaché et tu n'avais pas de mouchoir dans la gorge.

– Est-ce que je sais! J'ai tourné de l'œil tout de suite.

– Tu as quand même crié.

– Dis donc, c'est un interrogatoire?

– J'essaie de comprendre.

– Réfère-toi au rapport de police, alors! Quand il m'a vu dans les pommes, il a dû me délier, je me suis ranimé brutalement et j'ai crié. Enfin, je suppose. Je n'ai pas de souvenir.

– Pourtant, tu en es obsédé.

– Qui ne le serait pas?

– Evidemment. Mais qu'est-ce que tu faisais avec ce porc?

– Il n'a pas toujours été comme ça... Mais tu ne peux pas le comprendre. Il ne supportait pas d'être un homosexuel. Il me faisait pitié.

– Pitié!

– Mais oui, parfaitement! Il souffrait. Il s'est vengé

sur moi, comme il pouvait. A l'époque, j'avais le front
d'être un homosexuel heureux. Quelle indécence!

– Et tu ne l'es plus? Heureux.

– Quelle importance?» dit-il.

Je contemplai un instant les dessins sur le sol,
espérant y trouver une réponse. Je dis:

« En tout cas, ça, c'est sublime. Pire. C'est beau.

– Les scones sont froids, me souffla-t-il avec un sens
de l'à-propos déconcertant. J'en referai demain. Vien-
dras-tu les manger, à neuf heures?»

Je me levai et baissai la tête vers lui.

« Je suppose que oui.

– Aide-moi à me relever.»

Coleen me tendit la main et je la pris. Une fois
debout, il la retira avant que j'aie le temps de la
lâcher.

« Bon, eh bien, à demain matin alors.

– A demain», dis-je.

Je m'aventurai à aller manger dans un restaurant
italien, ce midi-là. Le bavardage interminable du
serveur me mit les nerfs en boule. En plus, la pasta
n'était pas al dente et la sauce à la viande sortait tout
droit de la boîte. Je soupçonnai le cuisinier d'être
chinois. Vers deux heures et quart, je me retrouvai la
tête et les mains vides, mais le ventre lourdement
chargé. Je me décidai donc à faire une petite prome-
nade digestive, au hasard des rues. Je m'aperçus
rapidement que je tournais en rond, par la gauche.
Perdu dans le désert, j'effectuerais donc des cercles par
la gauche, plus développée chez moi que la droite. Et
si j'étais avec un droitier perdu dans le désert? Arrive-
rait-on à marcher tout droit en laissant alternativement guider l'un et l'autre? Ou bien le caractère le
plus affirmé l'emporterait-il sur l'autre? Quant à l'âge
du capitaine... C'est fou ce que les conversations que
l'on a avec soi-même peuvent être dénuées de tout
intérêt et de tout sens logique. J'en étais à me deman-

32

der ce qui m'arriverait si je me trouvais avec un chien droitier, lorsque je fus brutalement secoué par la manche.

« Vous n'avez rien contre les artistes? dit la voix agressive et éraillée.

– Vous n'avez rien contre les vieux cons? répondis-je sur le même ton.

– Pourquoi, vous en êtes un?

– Et vous, vous êtes une artiste? »

Je regardai alors cette grande fille qui tenait un carton à dessin à la main.

« Evidemment. Je vais vous montrer. »

Elle m'entraîna malgré moi vers un coin du trottoir où se trouvaient d'autres jeunes gens. Je repérai une jolie brune avec des plumes pendues aux oreilles.

« Hugh, lui fis-je.

– Crétin », souffla-t-elle en haussant les épaules.

Je me retournai vers l'autre.

« Maintenant que j'ai établi que j'étais bien un vieux con, à vous de prouver que vous êtes une artiste. »

Elle sortit d'un air morne le contenu de son carton. Je n'y vis que les horreurs habituelles, ces espèces de taches solarisées aux couleurs de bonbons acidulés, et les dessins géométriques en noir et blanc.

« C'est tout?

– Ben oui, c'est tout », grinça-t-elle, aussitôt sur la défensive.

Je soupirai.

« Ce n'est pas de l'art, ça, mon enfant. C'est de la production industrielle. Vous faites tous la même chose, de la même manière. Où est la création, là-dedans?

– Laisse tomber, dit l'Indienne, c'est un provocateur.

– Un provocateur? J'espère bien! m'écriai-je. Si je pouvais vous provoquer suffisamment pour faire de vous de vrais artistes, j'aurais au moins une fois dans ma vie fait quelque chose d'utile!

– Et qu'est-ce que vous y connaissez, vous, à l'Art? s'emporta la squaw aux yeux bleus alors que les autres commençaient à se rapprocher.

– Bonne question, je suis content que vous l'ayez posée, répondis-je en m'éloignant résolument, et le bonjour à vos parents qui doivent être fiers de vous!

– Mais qu'est-ce qu'il croit celui-là? Nous sommes étudiants aux Beaux-Arts, nous, pas des voleurs à la tire, espèce d'enfoiré!

– Et ça, ce n'est pas du vol? »

J'entendis un rire derrière moi : un grand type costaud s'avança vers moi, les poings serrés.

« Allons, monsieur, fit-il, ne soyez pas si méchant. Ils en sont encore à leurs études. On ne peut pas les blâmer de se faire de l'argent de poche pour payer les frais de l'enseignement. Ça coûte de vouloir s'instruire, vous savez? »

Je remarquai sous le bras de l'homme un cahier et un livre d'art. Je souris avec délectation : il y avait là un élément qui, je l'espérais, allait jouer en ma faveur.

« Vous aimez Jérôme Bosch, à ce que je vois? A moins que vous ne l'étudiiez aux Beaux-Arts?

– Je ne suis pas étudiant, je suis professeur. Quant à Jérôme Bosch, je l'aime et je l'étudie.

– L'analyse de l'auteur vous convient? »

Il me regarda un peu étonné, puis brusquement avec défiance.

« C'est une bonne analyse, si vous voulez savoir. Très documentée, mais aussi très personnelle. Cela vous plaît, comme réponse, cette fois?

– Tout à fait. Merci. Et je vais vous dire pourquoi. « Petite Fleur de la Prairie » m'a demandé tout à l'heure ce que j'y connaissais, moi, à l'Art. Ce que je connais est là. »

Je touchai le livre du bout de l'index.

« A bon entendeur, salut. »

Le professeur me retint par le bras.

« En lisant vos articles, je me suis souvent demandé à quoi vous ressembliez, si vous étiez aussi cynique et caustique dans la vie. Je n'ai jamais été déçu par le journaliste ni par le critique d'art. Vos qualités sont incontestables dans le domaine littéraire et artistique; dans la conversation elles sont insupportables.

– Je sais, merci. On m'en fait continuellement grief. »

Je dégageai mon bras sans brusquerie.

« Vous aimez Renoir?

– Pourquoi pas? fit-il en haussant un sourcil.

– Oui. C'est ce que je me dis toujours : pourquoi pas? Jamais rien su dire d'autre. »

Je lui fis un petit signe d'adieu avec la main et je m'éloignai en souriant, ignorant volontairement la dernière réflexion de la Brune à plumes :

« Grand prétentieux. »

A six heures, j'étais en pleine forme pour faire sauter les bouchons de champagne à force de méchanceté. J'étais prêt pour le vernissage. Je mis mon costume gris-bleu et une chemise noire, le temps comme moi-même étant à l'orage. Je m'autorisai une cigarette avant de partir. D'un geste machinal, je rangeai quelques papiers sur mon bureau. Et puis, le téléphone sonna.

« Allô?

– Tuncurry? Salut, ici James, la Revue de l'Art.

– Oui, salut James. Ça va?

– Ça va, merci. Dis donc, ça t'amuse de faire un article pour nous?

– Bien sûr. Qu'est-ce que vous voulez?

– C'est à ton choix. On va sortir un numéro spécial. Tout sur le même sujet. Tu vois le genre? Le thème c'est l'eau dans la peinture, la sculpture et la musique. Chouette, non?

– Oui, ce n'est pas mal, mais c'est plutôt vaste!

– Evidemment. Alors, tu y penses, tu me rappelles et on se met d'accord. O. K.?

– O.K. A part ça, la maison est toujours en faillite?

– Tais-toi! Enfin, on s'accroche. Et avec Macland, tu te débrouilles?

– Oh! tu sais, Macland... Un article tous les trois mois, c'est ce qu'il m'offre. Ce n'est pas lui qui me fait vivre!

– Me suis toujours demandé de quoi tu vivais, à vrai dire.

– Tu veux mon secret?

– Ouais.

– Promets-moi de ne pas rire.

– Promis.

– Tous les mois, mon père fait un virement en francs suisses sur mon compte en banque.

– Tu rigoles?

– Non, c'est vrai. Environ mille dollars. Avec ce que j'arrive à gagner avec mes articles, les conférences et les bouquins, je m'en tire plutôt bien.

– Mille dollars? Dis donc, il ne se fout pas de toi, ton paternel!

– En fait, il s'est jamais remis que je ne fasse pas ma carrière dans la diplomatie comme lui, mais il se pâme de fierté quand il voit Tuncurry imprimé sur un livre. Cependant, il veut être sûr que je ne vis pas dans la misère. Honneur familial oblige!

– Si seulement je pouvais tirer cinq dollars de la poche de mes parents! C'est tout juste s'ils me font pas payer le repas quand je vais les voir!

– Je n'ai même pas à voir les miens. Ils habitent en Suisse.

– Quelle veine! Dis donc, tu ne voudrais pas faire une donation généreuse à la Revue de l'Art?

– Je fais déjà des articles sans être payé!

– T'exagères. On a payé la dernière fois.

– Oui. Six mois de retard, seulement. Un record!

– On fait ce qu'on peut. Dis donc, est-ce que tu es invité à la Journée des Arts Graphiques le 16?

– Non. Qu'est-ce que c'est que ça?

– Oh! une espèce de rassemblement des gens du métier, pour faire des « causeries ». C'est organisé par l'Université de Columbia.

– .Pas au courant.

– Tu veux une invitation? On en a un paquet, ici.

– A titre de spectateur ou de participant?

– De spectateur. Mais il y aura bien un pelé qui te demandera un petit speech.

– Bah! envoie toujours.

– O.K. Bon, dis donc, ce n'est pas tout ça. J'ai du travail, moi.

– Sans blague!

– Qu'est-ce que tu crois, mon vieux? On n'est pas tous comme toi! Bon, allez, salut!

– Salut!

– Tu me rappelles vite, O.K.?

– O.K. Salut. »

Je raccrochai et admirai mon sang-froid. J'avais résisté à l'envie de dire « dis donc » à James.

Il commençait à être assez tard. Je dévalai l'escalier en courant et trouvai Mrs. Bernhardt devant sa boîte à lettres. Comme elle me tournait le dos, j'en profitai pour me faufiler sans la saluer. Mais arrivé sur le trottoir, je fus pris de remords. Je fis demi-tour.

« Bonsoir, Mrs. Bernhardt. »

Elle sursauta et me jeta un regard inquiet.

« Ah! Mr. Tuncurry.

– Vous avez un problème.

– Heu... Ma clef est coincée.

– Laissez-moi essayer. »

Je ressortis la petite clef sans trop de difficultés.

« Merci, Mr. Tuncurry. C'est si gentil de votre part.

– Ce n'est vraiment rien. Bonne soirée à vous.

– Merci... Heu... »

Je repartis en quatrième vitesse cette fois. J'attrapai un taxi au vol, par chance. Lorsque j'arrivai à la galerie Schmidt, je crus que je ne pourrais pas y entrer. Les vitrines semblaient vouloir éclater à chaque instant. Je frémis à l'idée de ce que je trouverais à l'intérieur. S'il y avait tant de monde, ce devait vraiment être une exposition d'horreurs. Je poussai un petit gros devant moi pour forcer le passage. Il se retourna, indigné.

« Votre invitation ? cria-t-il comme s'il me disait « vos papiers ! ».

Je tendis mon carton. Il se radoucit.

« Il y en a tellement qui entrent en fraude !

– Vous devriez être content !

– Oh ! Ils ne viennent que pour le buffet ! D'ailleurs, si vous voulez quelque chose, vous feriez bien de vous dépêcher. Bon sang ! Il fait une de ces chaleurs !

– Le temps est à l'orage. Vous voulez que je vous rapporte à boire ?

– Merci, c'est très aimable à vous. Si vous arrivez à attraper un peu de jus d'orange... Ça me ferait plaisir, monsieur... monsieur ?

– Forster Tuncurry.

– Est-ce vrai ?

– C'est écrit sur l'invitation.

– Oh ! je n'ai pas lu. Enchanté. Julius Schmidt. Le neveu. Seulement le neveu de Sigmund Schmidt.

– Pourquoi « seulement le neveu » ? demandai-je en riant, après avoir fait un pas en avant et un pas en arrière, ballotté par un brusque mouvement de foule.

– Oh ! je n'ai guère d'importance, ici. D'ailleurs, c'est moi qu'on a mis à l'entrée.

– Et l'expo, qu'est-ce que vous en pensez ?

– Oh ! moi, la peinture... Ma passion, c'est les modèles réduits.

– Tiens donc ! C'est amusant !

– Vous trouvez?»

Il eut un petit sourire timide qui me le rendit sympathique.

« Mais j'y pense, je vous ai promis un jus d'orange. Je reviens dès que je peux.

– Ça ne va pas être facile!»

Je pris une longue inspiration et plongeai dans la masse mouvante des corps, des cravates et des robes à fleurs. Julius Schmidt esquissa un geste de la main qui ressemblait étrangement à un signe d'adieu. Et de fait, ressortirais-je jamais de cet océan de rires gras, de doigts salés et de complets imbibés de whisky? Entre deux têtes, j'essayai d'apercevoir les tableaux. Je vis vaguement quelques ronds bleus. Après le Cubisme, le Rondisme... Ce n'était pas de veine, j'ai toujours eu en horreur les tissus à pois, et voilà que j'étais confronté maintenant avec les tableaux à pois. Je sentis remonter en moi mon démon familier : j'avais épuisé toute ma gentillesse avec Julius, place à ma méchanceté naturelle. Coûte que coûte, j'arracherais un jus de fruit aux autres, même au prix de plusieurs pieds sauvagement écrasés et de coups de coude dans les chairs moites. De plus, je m'étais juré d'épingler l'attachée de presse. Je suivis le courant formé par les intrépides du buffet, et finis par subtiliser deux grands verres pleins devant le nez d'un personnage en blanc qui me lança un regard haineux. De loin, entre une épaule dénudée et un chapeau, je repérai Sigmund Schmidt, replet et suant de graisse à moins que ce ne fût de prétention. Il s'entretenait avec une jeune femme élégamment vêtue et Mrs. Arisboska, la terreur des cocktails. Je détournai les yeux en vitesse de peur qu'elle ne me remarque. Presque par hasard, je regagnai la porte et Julius. Je lui tendis son verre avec la fierté modeste d'un vainqueur de l'Himalaya.

« Oh! merci. Vous avez été rapide, dites-moi.

– Vous trouvez?

– Vous avez vu un peu les peintures?

– Hélas!

– Vous n'aimez pas?

– Non.

– Vous allez écrire un mauvais article, alors?»

Cette idée semblait causer une certaine joie à Julius.

« Je préfère ne pas écrire du tout. Cela ne mérite même pas un mauvais article. Si on parlait plutôt de modèles réduits?

– Oh! vous avez tort de me brancher là-dessus! Vous n'arriverez plus à me faire taire!

– Je réussis toujours à faire taire qui je veux.

– Dans ce cas... Ce que je préfère ce sont les Spitfires. Vous me croirez si vous voulez, j'en ai monté plus de deux cent soixante, de dimensions allant de six centimètres à trois mètres cinquante.

– Trois mètres cinquante! Ça prend de la place, votre hobby!

– Oh! ça oui. Et puis, voyez-vous... »

J'avais brusquement cessé d'écouter Julius. Par une chance inattendue, Sigmund Schmidt et sa jolie compagne se trouvaient libérés de Mrs. Arisboska. J'interrompis Julius qui en était au montage des ailes.

« Dites-moi, qui est cette jeune personne avec votre oncle?

– Ça... Heu... Attendez... oui, c'est Miss Fairchild, notre attachée de presse.

– Parfait. Vous m'excuserez, cher ami, je vais leur dire deux mots. »

Je me glissai entre deux tours de taille, évitai un toast à la mousse de foie gras et me plantai solidement devant Sigmund Schmidt. Il me regarda avec un plaisir évident.

« Mon cher monsieur Tuncurry! Je n'espérais pas avoir l'honneur de votre visite!

– En effet, vous avez bien failli ne pas l'avoir, j'ai reçu l'invitation hier. Les attachées de presse! C'est incroyable! Elles n'ont rien à penser, qu'à ça! Et elles font toujours tout de travers! Vous avez des dossiers de presse, j'espère?

– Heu, non. »

Voyant Sigmund décontenancé, je chargeai encore un peu plus.

« Qu'est-ce que je vous disais! Même pas de dossier de presse! Vous me répondrez que pour la peinture, ce n'est pas nécessaire, mais moi quand je fais des articles, je veux des renseignements sûrs, vous le savez bien, mon cher monsieur Schmidt! »

J'offris alors mon plus charmant sourire à ma voisine et lui tendis galamment la main.

« Mais je parle... Je parle... Et vous ne m'avez pas présenté! »

Sigmund me jeta un regard inquiet et balbutia :

« Miss Fairchild. »

Elle redressa brusquement le menton et dit à son tour d'une voix claire, croyant sans doute me mettre mal à l'aise :

« Florence Fairchild, attachée de presse. »

Je me refusai à relever et avec la plus totale goujaterie je m'adressai à Sigmund comme si je ne la voyais pas.

« J'ai rencontré votre neveu. Quelle agréable compagnie!

– Mon neveu? Ah! oui, Julius... »

Sigmund commençait à se dandiner sur les deux quilles qui supportaient la balle de bowling de son corps. Cette fois, il avait l'air franchement ennuyé. Florence Fairchild se décida à l'offensive.

« Mais vous ne nous avez pas dit ce que vous pensiez des œuvres exposées.

– Quelles œuvres? répondis-je sans sourciller.

– Comment, quelles œuvres? Mais celles-là, bien sûr! »

Miss Fairchild tenta de faire un geste circulaire avec la main et rencontra trop d'obstacles pour le terminer. Je la fixai des yeux pendant un bon moment, n'hésitant pas à détailler ses chaussures, sa robe blanc et noir, ses hanches, son décolleté avantageant une belle poitrine, ses cheveux auburn et bouclés et sa bouche dessinée au brillant à lèvres « fraise écrasée ». Je lus sur son visage une stupéfaction totale.

« Vous me prenez pour un imbécile ? » dis-je avec un sourire à la Bruce Conway.

Florence Fairchild rougit brusquement et serra les poings.

« Vous êtes l'être le plus déplaisant et le plus vaniteux que j'aie jamais rencontré !

– Et hypocrite ! Terriblement hypocrite ! ajoutai-je. Mais vous devriez savoir, *chère* Miss Fairchild, qu'une attachée de presse est quelqu'un qui, par définition, ne perd jamais son sang-froid. Décidément, vous n'êtes pas faite pour ce métier. Et vous, *cher* monsieur Schmidt, ayez la bonté de dire à vos peinturlureux d'essayer la musique. Quand ils verront les spectateurs se boucher les oreilles, ils comprendront à quel point ils ne sont pas faits pour la peinture ! »

Je les saluai en inclinant le buste. En sortant, je tapai sur l'épaule de Julius et lui dis au revoir. La pluie s'était mise à tomber à petites gouttes. Je rentrai à pied. En passant devant le drugstore, j'achetai quatre bouteilles de vin en prévision de notre dîner mensuel chez Conway. Je m'occupais toujours du vin. Shepherd apportait l'entrée, Béatrix le dessert, Conway et Sparks se partageaient le plat central. Je ne croisai personne en montant les marches de l'Escalier C.

III

Un dîner chez Conway

CE matin-là, je me réveillai avec l'Idée. Je sautai sur mon téléphone et appelai James. Il accepta d'avance mon article avec enthousiasme. Je me mis au travail sur l'instant. A neuf heures et quart, je me souvins brutalement que j'avais promis à Coleen de monter prendre mon petit déjeuner chez lui. Je m'habillai en hâte et arrivai au troisième palier au moment où Shepherd ouvrait sa porte. Il rit.

« Justement, j'allais descendre te chercher!

— Excuse-moi, je suis en pleine effervescence.

— Ah! tiens? Pourquoi?

— J'ai une analyse à écrire, j'avais commencé et puis je me suis rappelé que je venais ici... Alors...

— Alors?

— Alors, rien... Me voilà. En retard, mais me voilà.

— Allez, va t'asseoir au lieu de discutailler.

— A tes ordres. Ça sent bon!

— Ça sent le café noir et les scones dorés...

— C'est d'un poétique!»

Shepherd recommença à rire, un peu nerveusement. J'eus l'impression qu'il était préoccupé par quelque chose. Il me semblait faussement enjoué. Il prit une cigarette et se mit à fumer tout en versant le café. Il se leva un instant pour aller chercher les gâteaux et le beurre. Je le regardai faire avec étonnement.

« Tu fumes, à présent?

– Quoi? »

Il sursauta violemment comme s'il avait été pris en flagrant délit de vol.

« Tu fumes?

– Ah!... Oui, oui. J'avais arrêté il y a longtemps et puis... Boah... J'en ai eu envie brusquement.

– Ah! bon. Tu sais, Coleen, ça n'a pas l'air d'aller ce matin. Tu as un problème?

– Oh! non, non. Ce n'est pas ça... C'est...

– C'est?

– Oh! rien. Un coup de cafard, peut-être. Ça ira mieux ce soir.

– Au fait, tu as pensé à l'entrée?

– L'entrée? Ah! oui. Pour le dîner. Ben, heu, non.

– Dis donc, tu es vraiment ailleurs, aujourd'hui! »

Il me sourit tristement. J'avalai mon scone en une bouchée avec inquiétude. Mes manières brutales de la veille l'avaient peut-être peiné. Je me creusai la cervelle pour trouver quelque chose à dire.

« Tu n'as qu'à acheter un truc chez le Grec. Il a du choix.

– Quoi?

– Le Grec! L'entrée pour le repas chez Conway! Eh, oh! Tu te réveilles, oui?

– Ah! Le Grec! Bien sûr. Oui, j'irai là, d'accord. »

Il sirota son café d'un air absent.

« Tu es sûr que tu te sens bien, Shep?

– Oui, oui, ça va... ça va... Faudrait que je me grouille un peu... »

Il n'en alla que plus lentement encore, comme s'il marchait au ralenti. Et tout à coup, il bondit sur ses pieds en s'exclamant :

« Ce n'est pas tout ça! Faut vraiment que je me magne! »

Il saisit sa veste avec fougue et enfila les deux manches en même temps. Il me mit un scone dans la bouche et me flanqua délibérément à la porte. Puis il dévala l'escalier en lançant un « à ce soir » qui me laissa coi.

Titre : L'eau dans « la Suite des Vaisseaux de Mer », « La Tempête », « Paysage avec la Chute d'Icare », Brueghel l'Ancien.

Illustrations : « Combat Naval dans le Détroit de Messine », « Navire à trois mâts armé de quatre hunes », (gravures), « La Tempête », « La Chute d'Icare ».

Citation : « Le soleil brillait ainsi qu'il le devait sur les jambes blanches disparaissant dans l'onde verte. » Musée des Beaux-Arts – W.H. Auden.

« Ces vers furent inspirés à W.H. Auden par « Icare », et qu'y a-t-il de plus merveilleux qu'une œuvre picturale qui « intrigue les historiens d'art et enthousiasme les poètes » comme disait Philippe Robert-Jones ? »

Je dus m'arrêter de taper à la machine pour me lever et faire des sauts en poussant des cris de façon à libérer un peu de la vapeur au cas où la pression menacerait de me faire exploser. J'avais tant d'idées qu'il m'aurait fallu un livre pour les exploiter toutes, et j'avais passé ma journée à essayer de les comprimer dans cinq pages. J'étais aux limites de l'épuisement mental.

A sept heures, j'abandonnai ma table de travail pour monter chez Conway. Sur le seuil, je perçus quelques notes de musique qui me firent sourire. Je sonnai, Béatrix m'ouvrit.

« C'est bien ici le Club des Fans de l'Adagio Assai ?

– Mot de passe ? fit-elle d'un air sévère alors que la musique prenait de l'ampleur.

– Ravel, *Concerto en sol*, 1930.

– Bon, ça ira pour cette fois. »

Je trouvai Sparks et Conway en grande discussion. Bruce s'interrompit au milieu d'une phrase et s'approcha de moi.

« Qu'est-ce que tu as comme vin?

– Comme d'habitude.

– Oh! zut! Y'en a marre.

– Désolé. Tu peux toujours boire de l'eau, tu sais.

– De quoi? De l'eau? Jamais entendu une chose pareille. »

Il se rassit et continua sa phrase.

« D'autant que tout ça, c'est du bidon.

– Hein?

– Je dis que c'est du bidon, ces machins d'astrologie, d'ésotérisme et de cabale, blablabla.

– Tu n'y connais rien et en plus tu mélanges tout », répondit Virgil avec une grimace de désespoir.

Je m'installai près de l'électrophone, et je laissai mon corps se livrer à la musique, l'emprise de l'Adagio Assai se situant au niveau physique; la chair de poule montait en même temps que l'orchestre et la paralysie en accord avec le piano. Je restai le regard fixe et la respiration en crescendo. Les sons du hautbois s'égrenaient dans ma tête, j'eus soudain une sorte de douleur à l'arrière du crâne alors que le piano reprenait le premier plan. La douceur des cordes consola mes sens exacerbés. J'arrêtai le disque avant le troisième mouvement, dont je ne pouvais supporter la brutalité. A la place, je mis la deuxième face, le *Concerto pour la main gauche*, qui était suffisamment violent pour me sortir de l'envoûtement.

« Terrible, hein? me souffla Béatrix dont la voix s'érailla soudain.

– Celui-là n'est pas mal non plus, répondis-je.

– Oui, mais *l'autre*...

– Je sais. »

Nous savions en effet.

« C'est encore plus beau que du Debussy.

« – La perfection est dure à entendre, soupirai-je.

– C'est pourtant vrai!

– Oah! Ne déconne pas, quoi!»

L'exclamation de Conway nous fit tourner la tête. Celui-ci s'adressa à moi :

« Dis à ce demeuré qu'il marche à côté de ses pompes!»

La tourmente du concerto me priva de parole quelques secondes.

« J'ignore de quoi vous parlez.

– Bah! aucune importance. »

Et ils reprirent leur conversation. Je restai avec Béatrix à écouter la fin du disque. Pour ça, nous nous comprenions parfaitement elle et moi. Conway nous observait à la dérobée. Il se mit à sourire de travers et me demanda :

« C'est bien ça qu'on passe aux vaches pour qu'elles donnent plus de lait?»

Béatrix grogna.

« Tu confonds avec Beethoven, dis-je, et Wagner fait pousser les haricots. »

Bruce fronça les sourcils et prit un air sérieux qui laissait présager le pire.

« Oui, mais qu'en pense la Cabale Juive? Et d'abord, les haricots sont-ils sensibles aux changements de lune et abordent-ils leur destin de manière ésotérique? La boîte de conserve reste-t-elle neutre si elle est domiciliée dans le Capricorne? Et enfin, ce Wagner n'était pas juif! Il y a là comme une contradiction, mon cher professeur Schmuck.

– Oh! écrase! s'écria Sparks qui ne pouvait s'empêcher de rire. Bon sang, qu'il est bête!»

La sonnerie retentit : Shepherd était le dernier comme toujours.

« Bon, on peut peut-être se mettre à table maintenant qu'on a l'entrée, décida Conway en me rejetant vers un coin du divan.

– Assieds-toi là, toi.

– C'est un ordre?

– Absolument. Assis! »

Je me retrouvai à côté de Coleen et de ses champignons « à la grecque », suprêmes et sublimes représentants de la fausse cuisine typique.

« Un peu de musique, maestro, réclamai-je.

– Mets-nous le *Sacre du Printemps*, demanda Shepherd.

– Ah! non, m'insurgeai-je, pas encore! J'y ai déjà droit tous les matins, ça suffit!

– Ah! bon? Comment cela se fait-il?

– On se contentera d'un peu de pop », décidai-je.

Conway baissa le son et sortit un disque de ses casiers. Bientôt, Tangerine Dream flotta autour de nous, discret et sage.

« De quoi parliez-vous avant que j'arrive?

– De haricots, répondit Bruce.

– Beau sujet! Mais encore?

– De vaches et de Beethoven.

– Ce n'est pas mal non plus.

– C'est bien Beethoven, je ne vois pas ce que vous trouvez de si drôle dans Beethoven! s'emporta Virgil.

– Ça c'est vrai, il n'y a vraiment rien de drôle dans Beethoven, mais alors rien de rien! fis-je.

– Eh bien, moi, j'aime ça, Beethoven! répondit-il.

– Oui, les vaches aussi.

– Oh! la paix avec vos vaches! »

Virgil se servit des champignons avec brusquerie.

« Qui a dit « le rire est le propre de l'homme »? s'enquit Conway.

– Bergson, lui répondis-je.

– Eh ben, c'est une belle connerie.

– Ah! bon, pourquoi?

– Regarde la tête de Sparks, et tire toi-même les conclusions. »

Le visage de celui-ci se renfrognait de seconde en seconde. Conway allait de nouveau ouvrir la bouche, mais je lui donnai un coup de pied qui le fit taire. L'ennui avec lui, c'est qu'il ne sait pas s'arrêter quand il faut, et comme Sparks est du genre susceptible...

Shepherd rompit le silence le premier :

« Alors, ton article, ça marche?

— Oui, un peu trop même! J'ai cent idées, à la minute! »

Je souris puis continuai :

« Le problème est de tout faire tenir en cinq pages! Enfin, soyez gentils tous, ne me branchez pas là-dessus. J'en ai assez pour aujourd'hui!

— Si je comprends bien, c'est fini pour la culture dans notre conversation de ce soir? demanda Conway. A quoi passe-t-on? La politique? Le cinéma? Le dernier gueuleton? Les petites femmes? Le pinard, peut-être?

— Passons plutôt au plat suivant, suggéra Béatrix.

— J'ai rencontré cet après-midi une petite brune qui vendait ses toiles dans la rue. Mon vieux! Quel morceau! »

Béatrix serra les lèvres et jeta un regard sombre à Bruce Conway qui reprit de plus belle :

« Et tu sais quoi? Elle avait des plumes aux oreilles! C'est d'un sexy!

— Ça c'est marrant, dis-je, je la connais aussi! Elle a des yeux bleus, superbes!

— C'est vrai?

— Oui. Et si je me souviens bien, elle m'a traité tour à tour de crétin, de provocateur, d'enfoiré et de grand prétentieux. Disons que nous ne partagions pas le même point de vue...

— C'est un assez bon résumé de ta personnalité, remarqua Sparks, évidemment, tu pourrais discuter sur certains adjectifs, mais en ce qui concerne provo-cateur et prétentieux, c'est assez bien choisi...

— Mais je n'ai jamais dit le contraire... J'avais même admis au départ que j'étais un vieux con... Mais elle n'a jamais admis qu'elle n'était pas peintre... J'ai été le

49

plus honnête et le plus lucide des deux, à mon avis...

— Faut avouer que ce n'était pas terrible, les œuvres de la demoiselle. Mais les plumes... Ah! C'est d'un sexy!

— Tu l'as déjà dit, rétorqua Béatrix qui ne pouvait supporter ce genre de réflexion.

— Et je le répète! D'un sexy! »

Conway leva les yeux au ciel puis émit un long sifflement.

« La prochaine fille avec qui je sors, je lui ferai porter des plumes au lit. Et en plus, ça doit chatouiller. »

Coleen se mit à rire.

« Quelle idiotie!

— Ben quoi? Tout le monde a ses fantasmes, non?

— Oh! oui, m'exclamai-je, raconte-nous tes fantasmes, Bruce!

— Pour être franc, le plus grand fantasme que j'ai eu, ça a été à cause de Suzy. Tu sais, Suzy, cette tarée que Tuncurry s'envoyait de temps à autre. Eh bien, tu sais quoi? Je me suis toujours demandé à quoi cela pouvait ressembler de se taper une fille qui avait l'air aussi bête. Ça me fascinait que Tuncurry puisse se farcir ça. J'en rêvais la nuit à force d'essayer de m'imaginer ce que ça pouvait donner dans un lit. Je n'ai jamais pu être sûr. Alors, Tuncurry, c'était comment?

— Colossalement embêtant, répondis-je.

— Ça, ce n'est pas croyable! Il ose l'admettre! Mais alors, quel intérêt?

— C'est indispensable de se faire chier de temps en temps. Ça revalorise les périodes actives. De toute façon, baiser c'est comme manger, c'est nécessaire, mais c'est rarement très bon.

— Ce que tu peux être cynique! C'est une forme de vice chez toi. Ah! ah! C'est sidérant! »

Conway me regarda avec un peu de curiosité.

« Je me demande parfois si cela t'amuse de vivre. J'ai souvent l'impression que tout t'ennuie.

– En effet, tout m'ennuie.

– Tu n'as jamais pensé à te suicider?

– Si, mais ça m'embêterait tout autant. Et puis, de toute manière, je suis lâche. »

Béatrix empoigna son couteau et frappa son assiette.

« J'ai faim!

– Oui, oui, on y va », grogna Conway en se levant avec regret.

J'eus le très net sentiment que nous n'en avions pas terminé, lui et moi, mais que la suite viendrait un autre jour. Je savais parfaitement que je représentais une énigme pour Bruce Conway, et dans une certaine mesure, c'était réciproque.

« Qu'est-ce que tu lis en ce moment? demandai-je à Sparks.

– *Herzog.*

– Ah! oui. Saul Bellow. *Herzog*, c'est celui où le héros écrit tout le temps des lettres qu'il n'envoie jamais?

– C'est ça, oui. Ce n'est pas mal.

– Sans plus.

– Moi, à part *Les Hauts de Hurlevent*...

– Il est vrai que tu es un grand romantique.

– N'est-ce pas? Et toi, tu lis quelque chose?

– Rien de bien intéressant.

– Mais encore?

– Non rien.

– Et voilà. Le poulet Marineland pour madame! » s'exclama Conway en posant son plat devant le nez de Béatrix.

Mais celle-ci fit la moue, et répliqua :

« C'est tout ce que vous avez trouvé? C'est d'un original!

– Bon, ne nous fais pas suer. Si tu n'es pas contente, il y a le restaurant, ma petite dame!

– J'y pense, j'y pense... »

Coleen se servit sans façon.

« Eh bien, moi, je crève de faim. »

Il entreprit de faire le service et mit double ration dans l'assiette de Béatrix qui protesta :

« Ma ligne!

– Parlons-en! Tu es maigre comme un clou.

– J'aime bien, moi, fit Sparks en souriant.

– Il faut dire que tu n'es pas bien gros non plus!

– Dans cette assemblée, il n'y en a pas un qui rachète l'autre, remarqua Conway. Regardez-moi...

– Non merci, dit Béatrix, tu vas nous couper l'appétit. »

Mais Bruce Conway s'était levé et il continua sur sa lancée.

« Regardez-moi, par exemple. Je suis mince, mais c'est tout du muscle. Ce n'est pas comme cette crevette de Sparks. »

Comme il retirait sa chemise, je demandai :

« Et moi? Je suis maigre?

– Toi? Tu es mou. Admire ça un peu. »

Le torse nu, Conway commença à prendre des poses classiques de culturisme. Béatrix pouffa de rire dans sa serviette :

« Y a pas à dire, ça donne l'air intelligent! »

Mais rien n'arrêta Conway dans son exhibition.

« Maintenant, pour ce qui est des cuisses et des mollets... »

Il déboucla sa ceinture, mais se figea en surprenant l'expression de Shepherd. Je me retournai et fus frappé moi aussi par sa pâleur et son regard. Rapidement, Bruce se rassit en s'exclamant que sa viande allait refroidir. Nous mangeâmes en silence un moment, puis Bruce et moi reprîmes la conversation.

« Je suis passé chez toi, hier, dit-il, tu n'étais pas là.

– Non, je suis allé à une expo. Minable, mais je me suis bien amusé. Tu voulais me voir?

– Oui. Enfin non.

– Oui et non?

– Peut-être.

– C'est idiot comme réponse.

– Enfin, je ne sais plus. Je devais avoir une raison mais je l'ai oubliée.

– C'est palpitant ce que vous racontez là, tous les deux, persifla Virgil en engloutissant un énorme morceau de poulet.

– Tu as mieux?»

Comme Sparks avait la bouche pleine, il se trouvait dans l'impossibilité de parler.

« Tu vois que tu n'as rien à dire », ajoutai-je avec satisfaction.

Sparks s'étrangla à moitié en essayant d'avaler plus vite. Alors qu'il commençait à tousser, Conway se mit à rire.

« Si tu voyais ta tête! »

Virgil lui montra son poing mais toussa de plus belle.

« Va faire les pieds au mur, c'est le plus efficace », conseillai-je avec sollicitude.

Virgil avala un grand verre d'eau et renversa le fond sur la manche de Conway. Il poussa un soupir de soulagement.

« Ouf, ça va. »

Placidement, Bruce Conway s'essuya avec la main.

« L'a-t-il fait exprès? s'interrogea-t-il, les sourcils froncés.

– Tu resteras dans le doute toute ta vie, répondit Sparks.

– Ça va sûrement m'empêcher de dormir.

– J'espère bien!

– Ah! si, je sais! s'écria brusquement Conway.

– Pardon?

– Je me souviens pourquoi je suis passé chez toi, hier.

– Ah! bon. Pourquoi?

– Je voulais t'emprunter du fric.

– Heureusement que je n'étais pas là!

– Ça ne change rien. Tu vas bien m'en donner aujourd'hui!

– Ah! vraiment?

– C'est beau l'optimisme, dit Béatrix.

– Tout à fait désolé, mon vieux, mais je ne peux pas te prêter d'argent en ce moment.

– C'est que je vais avoir le loyer à payer.

– Ben oui, moi aussi, figure-toi.

– Sparks? Tu peux?

– Hors de question, je ne sais pas trop comment je vais faire moi-même. »

Bruce n'osa pas demander à Béatrix, mais Shepherd se proposa spontanément.

« Ah! merci! s'exclama violemment Conway.

– Tu ne sais pas à quoi tu t'exposes, fis-je. Apprends que Conway n'emprunte jamais d'argent, il le prend.

– Et alors? répliqua l'intéressé.

– Alors? Tu me dois plus de deux cents dollars.

– Tiens, j'avais oublié.

– Ben voyons.

– Je peux te les rembourser, si tu en as besoin, me dit Shepherd.

– Quoi?

– Oui, ça ne me gêne pas. Et puis, comme ça, Bruce ne sera redevable qu'à une seule personne. Ça simplifiera les comptes. »

Je ne pus dissimuler ma surprise.

« Quelle subite générosité!

– Pourquoi? Après tout, si on me l'avait demandé avant, j'aurais volontiers prêté mon argent. Il se trouve que cela ne s'est jamais présenté. Je suis assez riche, tu sais.

– C'est bon à savoir! » remarqua Conway en me

jetant un coup d'œil interrogatif auquel je ne pouvais répondre.

Je commençais à soupçonner Coleen d'être amoureux de Bruce Conway. Cela m'embêtait et me troublait sans que je sache vraiment pourquoi. Surtout que si Bruce devenait le débiteur de Coleen Shepherd, et dans l'incapacité de le rembourser, Shepherd chercherait peut-être à s'assurer d'un pouvoir *moral* sur sa personne *physique*. Mais cela n'était qu'une supposition, et rien ne prouvait que Shepherd nourrissait de pareilles idées.

« En tout cas, je n'ai pas besoin de tes deux cents dollars, conclus-je.

– Mais je t'affirme que ça ne m'ennuie pas.

– Moi, si. »

Je répondis fermement et mon air sévère imposa un silence malaisé pendant quelques secondes.

« Tu as vu des films intéressants, Sparks? s'enquit finalement Bruce Conway.

– Non.

– Ah! bon. Qu'est-ce qu'il faut absolument ne pas voir, cette semaine?

– Achète le journal des spectacles, ils y sont tous par ordre alphabétique.

– A ce point-là?

– Si tu savais à quel point le cinéma me fait chier en ce moment!

– Arrête! On croirait entendre Tuncurry!

– Tu sais ce qu'il te dit, Tuncurry? fis-je.

– M'en doute!

– Votre conversation est moyennement amusante, remarqua Béatrix. Puis-je avoir une consolation dans le dessert que j'ai préparé avec amour pendant tout l'après-midi?

– Grands Dieux! Et qu'est-ce que c'est? demandai-je.

– Un cheesecake.

– A la fraise?

– Je n'aurais pas eu ce mauvais goût!

– Ouf, tant mieux!

– Si tu veux, va le chercher », proposa Conway avec une amabilité toute relative.

Béatrix se leva en maugréant.

« Pendant que tu y es, change le disque!

– C'est tout, oui?

– Ça ira pour cette fois. »

Puis se retournant vers Sparks à nouveau :

« Revenons-en aux fantasmes, dit Conway, je vous ai dévoilé le mien, c'est à votre tour. Tuncurry, à toi!

– Moi? Il me faudrait un certain temps de réflexion. Disons que je rêve de rencontrer Ronald Reagan.

– Hein?

– Oui. Il s'avancerait vers moi, le sourire quatre-quatre-vingt-quinze, la main tendue, il me dirait : « ce cher Monsieur Tuncurry, fleuron de notre beau pays »...

– Et alors?

– Alors? Rien.

– Comment ça, rien?

– Non, rien. Je lui tournerais le dos sans lui serrer la main. C'est tout.

– Intéressant. Cela sous-entend-il un certain mépris de l'autorité et de l'Establishment américain?

– Pas du tout. Seulement, un mépris total de Ronald Reagan.

– Moi, j'aime Reagan, susurra Conway. Il est beau, le regard vif, le port altier. Et puis il doit être vachement intelligent, sinon il ne serait pas président.

– Intelligent? Tu parles! Un génie, oui! lui répondis-je. La preuve, c'est qu'il est le seul à comprendre son programme économique, alors, tu penses!

– Oui... Bon. Fantasme suivant! Sparks?

– Aucune idée.

– Oh? Fais un effort!

– Je me contenterais de transpercer Boorman avec une des épées en polyester même pas expansé de son *Excalibur*.

– On ne va pas parler d'*Excalibur*, non? se fâcha Béatrix.

– On me réclame un fantasme, je réponds moi, madame!

– Bon, eh bien si vous voulez connaître le mien, fit-elle, ce serait de pousser Sparks dans la fosse aux ours du zoo de Central Park.

– Pauvres bêtes! m'exclamai-je. A toi, Coleen.

– Moi, je rêve que Bruce Conway trouve un job d'employé de banque et qu'il soit obligé de porter un costume-cravate et d'être aimable avec les clients. Ce serait follement drôle!

– Curieux, je le vois plutôt en chauffeur de maître, avec une casquette qu'il tiendrait à la main en ouvrant la portière, « si Monsieur le baron veut bien se donner la peine... »

– Ça ne va pas, vous deux? Non, mais! Regardez-moi ces deux tordus qui se foutent de ma gueule! »

En effet, Coleen Shepherd et moi étions partis d'un demi-fou rire, en réalisant que nous avions eu une idée semblable aux dépens de Bruce Conway. Le rire étant communicatif, nous fûmes bientôt rejoints par les autres, y compris par Conway lui-même.

« C'est idiot! soupira celui-ci en guise de conclusion.

– Je suppose que c'est là une des caractéristiques des fantasmes, répondis-je.

– D'être idiot?

– Oui.

– Enfin... Chauffeur de maître... Je vous apprendrai, moi? »

Je m'aperçus que Béatrix avait mis les *Concertos brandebourgeois* comme musique de fond. Je fis la moue.

« Qui est-ce qui dirige ça?

– Quoi?

– Bach.

– Attends, heu... »

Bruce se leva pour regarder sur la pochette.

« Leppard.

– Je m'en doutais. Ce n'est pas bon.

– T'es difficile!

– C'est vrai, je suis difficile. Mais ce genre de musique, je ne la supporte que correctement interprétée. Autrement dit, Harnoncourt ou rien.

– Ouais, et pour Monteverdi, Clemencic ou rien, renchérit Béatrix.

– Exact.

– Quels snobs, ces deux-là! remarqua Sparks. Dès qu'il s'agit de musique, on est tous des imbéciles, et ils ont toujours raison.

– Et alors? répondit Béatrix. La musique c'est mon domaine. Je te laisse volontiers le cinéma. Pour ce qui est de prendre les gens pour des imbéciles, j'en connais qui ne se privent pas...

– Quelqu'un veut-il du café? s'enquit Bruce en bâillant.

– Toi, apparemment », fis-je.

Il m'offrit son sourire de travers et cligna de l'œil.

« Ce n'est pas que je suis fatigué, c'est que vous commencez à me faire chier.

– Toujours agréable à entendre!

– Moi, je veux du café, dit Coleen, presque doucereux.

– Bon, alors deux cafés... Béa?

– Non merci.

– Sparks? Ça fait trois... Et Forster comme toujours. Ça fait quatre. Ça marche! »

Bruce repartit vers sa cuisine en clamant :

« Béatrix, puisque tu ne prends pas de café, fais donc la vaisselle!

– Répète, je n'ai pas bien compris!

– Laisse tomber, répliquai-je, Coleen et moi, on va la faire. Allez, viens. »

Docilement, Coleen Shepherd me suivit, et nous commençâmes à laver en attendant le café. Bruce nous quitta un instant pour sortir les tasses de son buffet et j'en profitai pour échanger quelques mots avec Coleen qui essuyait les assiettes d'une main experte.

« Ça va mieux que ce matin, commençai-je, bien que tu ne sois guère bavard ce soir.

– Heu... Oui.

– Tu es sûr que tu n'as pas de problème ?

– Oui... Je... »

Il me lança un curieux regard qui semblait exprimer une crainte ou une inquiétude.

« Qu'est-ce qu'il y a, Coleen ? »

Hélas ! au moment où je vis s'ébaucher une syllabe sur ses lèvres, Conway revint vers nous pour chercher le sucre et jeter un coup d'œil sur le percolateur.

IV

Intermezzo

CE matin-là, j'aurais tout foutu par la fenêtre si j'avais pu. Au-dessus, Rachmaninov jouait l'opus quatre cents décibels, à côté Sparks et Béatrix s'écorchaient vifs, environ cinq cents décibels, et en dessous un gosse hurlait pour se faire entendre dans le tintamarre avec la mère en sus : j'allais devenir sourd dans la minute qui suivait. Je sortis sur le palier et poussai moi-même une gueulante, histoire de ne pas être en reste.

« Ça ne va pas, non? » tomba du quatrième étage d'où Conway en short, vociférait à son tour.

Un « excusez-moi, s'il vous plaît » monta vers moi, et je vis avec surprise une jeune femme au premier, avec gamine et bagages.

Je m'efforçai d'être aimable.

« Oui?

– Je suis désolée que ma fille ait crié si fort, vraiment ça ne lui arrive jamais, je vous assure, vous ne serez pas dérangé... C'est le déménagement, tout ça, ça la perturbe, vous comprenez... »

Dans l'appartement de Sparks, la dispute reprit de plus belle, et notre nouvelle locataire parut stupéfaite de la violence des mots. Je la rassurai de mon mieux :

« Oh! ne vous inquiétez pas, c'est toujours comme

ça... Ce n'est pas à votre fille que j'en avais d'ailleurs. Mais entre le mélomane du troisième et les dingues d'à côté... »

Je fus brusquement bousculé par Conway qui descendait.

« Bah! enfin, mufle! La dame a besoin d'un coup de main! »

Je le rattrapai sur les dernières marches.

« Salut! Moi, c'est Bruce Conway, l'horrible c'est Forster Tuncurry, les deux qui gueulent, c'est Virgil Sparks et Béatrix Holt, votre voisine. Quant à Rachmaninov, son vrai nom c'est Coleen Shepherd. On est un peu comme une communauté, quoi... Au fait, tu n'as pas dix dollars, Tuncurry?

– Non.

– Vous voyez... On s'entraide... »

Son sourire de travers, ses yeux impatients, son short et ses baskets, oui, Conway était vraiment irrésistible.

« Je m'appelle Sharon Dowdeswell et voici ma fille Anita. »

Avec un empressement que je jugeai suspect, Conway offrit ses services (et les miens). Je fus donc réquisitionné pour le transport des cartons. Sharon Dowdeswell devait être une femme de trente – trente-cinq ans, avec de très longs cheveux châtains et de jolis yeux noirs. Elle semblait timide et mal à l'aise, en tout cas totalement abasourdie par l'exubérante volubilité de Bruce Conway qui en faisait trop de toutes les façons. La petite Anita surveillait attentivement chacun de mes gestes, avec une telle insistance et un tel sans-gêne que j'en vins à éviter de croiser son regard de peur de rougir. Finalement, après un bref coup d'œil sur l'agité qui occupait sa mère, elle s'approcha de moi. Rejetant une mèche blonde d'un mouvement extraordinairement coquet, elle me lança du haut de ses cinq ans :

« Papa. »

De surprise, je fis un pas en arrière, butai contre une valise et me retrouvai par terre. Conway éclata de rire tandis que Sharon me demandait si je ne m'étais pas fait mal. Je me relevai en jurant et proche du désespoir car Anita m'examinait toujours avec sérieux et, pire, avec calcul. Elle récidiva avec un aplomb très féminin.

« Tu veux être mon papa ?

– Anita ! »

Sharon Dowdeswell devint écarlate de honte. Conway faillit pouffer de rire à nouveau, et se retint avec tact. Mais l'affreuse gamine, ignorante de toutes les conventions, persévéra.

« Mais c'est lui que je veux, moi !

– Enfin, Anita, tu dis des bêtises !

– Mais je veux lui, moi !

– On se demande ce que tu lui trouves ! » s'exclama Conway.

Elle hésita un instant et sembla réfléchir. Finalement elle sortit son argument principal :

« C'est pas juste que c'est toujours maman qui choisit ! »

Je crus que la mère allait s'évanouir. Elle bafouilla, tenta d'excuser les paroles de sa fille, lui fit les gros yeux, eut l'air très fâchée et se retourna, désemparée, vers Bruce. Qui ne dit rien. Je dus donc assurer la défense. Je m'accroupis face à l'enfant et soutins son regard mouillé.

« Anita, je n'ai pas envie d'être ton papa.

– Pourquoi ?

– Parce que l'on ne devient pas le papa de quelqu'un que l'on ne connaît pas.

– Et les autres papas, alors ? »

Je ne sus que répondre.

« Les autres papas, c'est maman qui les choisit. Moi, je veux lui. »

Elle planta son doigt dans mon épaule tout en défiant sa mère.

« Pourquoi moi? Pourquoi pas l'autre, là!

— Non. Toi. »

Je renonçai. La malheureuse Sharon pleurait, dans les bras de Bruce Conway, que tout ça réjouissait plutôt.

« Je suis désolée, je suis désolée... Qu'allez-vous penser de moi? Mon Dieu, mon Dieu...

— Nous, vous savez... Vu qu'on est tous des tarés dans cette maison! Faut pas vous mettre dans des états pareils, voyons! »

Anita se creusait visiblement la cervelle pour nous convaincre de son bon droit sur ma personne. Elle finit par déclarer, très poétiquement :

« Il a les yeux comme les huîtres, et moi j'aime les huîtres. »

J'en déduisis que le gris était sa couleur préférée.

Devant la porte grande ouverte, je vis passer les Holt-Sparks, qui s'arrêtèrent et entrèrent se présenter.

« Tiens, vous avez fini de vous engueuler? » demandai-je, toujours escorté d'Anita.

Virgil rougit et finit par répondre :

« Oh!... Un léger différend, peut-être...

— Léger? s'insurgea aussitôt Béatrix, je te prends à témoin, Forster...

— Non! Non! Je n'y tiens pas!

— Ecoute, au moins! Tout ce que j'ai dit, c'est qu'il était idiot que nous continuions d'avoir chacun un appartement. Ça nous coûte cher, c'est stupide. Et par les temps qui courent avec la crise et tout ça... Ce crétin ne veut pas. Tu sais pourquoi?

— Non.

— Moi non plus.

— C'est parce qu'il y reçoit ses nombreuses maîtresses, ironisa Conway.

— Ce doit être ça, lui répondit Béatrix.

— Bon, je suis pressé », conclut Sparks en s'éclipsant vivement.

Béatrix haussa les épaules avec découragement.

« Moi aussi... Au revoir, Sharon. Au revoir, Anita. A bientôt les deux ours. »

Elle disparut elle aussi, la mine chagrinée. Sharon ne pleurait plus, et après nous avoir remerciés, tenta vainement de nous mettre dehors. Mais Conway avait décidé de déballer les cartons et rien ne pouvait l'en empêcher. Je restai par solidarité pour Sharon, que j'estimais en danger de séduction. Anita s'assit par terre pour jouer avec une poupée. De temps à autre, je croisais son regard invincible, chargé de reproches. J'essayai de faire abstraction de sa présence muette, mais je sentais tout autour de moi flotter son odeur. Cela peut paraître étrange, mais Anita avait un parfum pour moi, quelque chose comme de l'ambre, tenace, indestructible et obsédant. Je finis par en être exaspéré et j'abandonnai la faible mère au fourbe Conway qui s'en trouva soulagé. Ce qui se passa entre eux, je l'ignore.

Shepherd avait remplacé Rachmaninov par Stravinski. Je perçus cela comme un appel. J'allai directement chez lui. Il en sembla très heureux. Je lui racontai mon premier contact avec les nouvelles locataires du premier. J'insistai lourdement sur le fait que Conway ne dissimulait guère son intérêt pour la jolie et pâle Sharon. Il n'en parut pas particulièrement affecté. Par contre, le portrait que je lui fis d'Anita suscita de sa part un commentaire qui me frappa énormément. Selon lui, l'enfant était une espèce d'opposé de sa mère. Elle était forte, autoritaire voire impitoyable. Dans ma tête, j'ajoutai même cruelle. En somme, une sorte de double noir d'un original blanc. Alors que Coleen me servait le café, je lui demandai comment il allait ce matin.

« Ça va bien, très bien, même. Pourquoi?
– Parce que hier...
– Oh! hier, c'était hier! »

Je compris que je n'en tirerais rien.

« Tu travailles aujourd'hui?

– Non... Je vais peindre.

– Ah! Bien!»

Il se mit à rire.

« Ton œil critique s'allume! Je ne suis pas sûr d'aimer ça!»

Je ris à mon tour, puis me levai et allai à la fenêtre.

« Le temps n'est pas trop ignoble. Je crois que je vais aller me promener. Tu viens?»

Il redressa son visage baissé et me contempla un instant. Un sourire se forma lentement sur ses lèvres. J'y vis un déferlement de plaisir inattendu, une sorte de triomphe, presque une prise de possession.

Mais il déclina mon offre. Vexé, je précipitai mon départ. Coleen ne quitta pas sa place, et me fit vaguement un signe avec la main tout en avalant une gorgée de café. Je claquai la porte plus fort qu'il n'était nécessaire.

En partant de chez Shepherd, j'étais repassé chez moi me changer. Lorsque je suis de mauvaise humeur, j'aime être bien habillé. Séduire et plaire pour mieux détruire. Je mis donc mon superbe costume de daim ocre et une chemise brune ajourée que je laissai ouverte sur la plaque d'identité que je portais quelque-fois à mon cou. Je m'admirai un moment dans mon miroir, je me jugeai très beau. Je me décoiffai savam-ment de façon à faire tomber une de mes boucles noires sur mon œil droit.

Je m'éloignai de l'Escalier C avec une intense satis-faction, doublement accrue par le fait que les gens que je croisais me suivaient du regard avec étonnement et jalousie. J'enfonçai les mains dans les poches de mon pantalon, et ralentis sensiblement mon allure jusqu'à la nonchalance.

Au détour d'une rue commerçante, je découvris un petit rassemblement de jeunes. Je reconnus mes étu-diants artistes peintres. La jolie squaw portait toujours ses plumes. Je m'arrêtai devant une aquarelle posée précairement sur le pavé. Ils se tournèrent vers moi en bloc, et de toute évidence, ils ne m'avaient pas oublié.

« Tiens, voilà Dean Martin », dit l'Indienne.

Immédiatement, je rejetai en arrière mes cheveux car la remarque m'avait piqué au vif. Moi qui ai toujours eu horreur de ce mec-là...

« Ça va, vous? » répondis-je comme s'ils étaient de vieux amis. Je m'accroupis délibérément devant le tableau, je le pris et l'orientai différemment pour éliminer les reflets. C'était un paysage délicatement peint, bleu-vert et angles droits.

« Ça ne vous plaît pas, je suppose? continua ma charmante.

— Ce n'est pas très neuf, fis-je. Il y eut un certain Cézanne, déjà...

— Tiens vous connaissez? J'aurais cru que votre culture en était restée au dix-huitième siècle.

— Pourquoi ça? demandai-je en haussant les épaules.

— Parce que vous n'avez pas l'air d'aimer l'art contemporain.

— C'est entièrement faux. Si c'était le cas, je ne me fatiguerais pas à le critiquer. »

Je lus la signature sur l'œuvre : un simple prénom.

« Qui est-ce Vanessa? m'enquis-je en espérant que c'était elle.

— C'est moi, Vanessa. Vanessa Poretski.

— Poretski?

— Vous avez quelque chose contre les Polonais?

— Vous êtes apparentée au communiste révolutionnaire?

— Hé?

— Celui qui a été descendu par la Guépéou en 37? »

Elle me dévisagea avec stupéfaction.

« Mon père le prétend... Ma mère est américaine. Comment vous savez ça, vous?

– C'est que je sais plus de choses que vous ne voulez bien me l'accorder, ma chère enfant! »

Je la vis froncer les sourcils avec réprobation.

« Je ne suis pas votre chère enfant. »

Elle hésita un court instant puis timidement, me demanda mon avis sur son aquarelle.

« Cela serait ravissant accroché entre le buffet campagnard et l'horloge de grand-papa... N'y voyez pas là un jugement sans appel, m'empressai-je d'ajouter. C'est mignon, c'est décoratif, c'est bien fait...

– Mais?

– Mais... Je n'aime pas ce qui se contente d'être joli et agréable. Sachant que vous pouvez être très désagréable, j'attends autre chose de vous. C'est peut-être une erreur? »

Elle eut un petit rire et regarda ses compagnons pour qu'ils lui viennent en aide. Un garçon barbu commença :

« Vous savez... Ce qui est là...

– Ce n'est pas vraiment nous, finit Vanessa. Mon tableau, il a une chance de se vendre, c'est vrai, parce qu'il fera bien dans la salle à manger... Ce qu'on fait, ça vous intéresse réellement?

– Cela vous surprend tant que ça?

– Ma foi... Un type comme vous.

– C'est quoi, un type comme moi? m'exclamai-je en riant.

– Ch'ais pas... Vous n'êtes pas très sympa... Vous n'avez pas l'air d'aimer les jeunes.

– Est-ce que je suis si vieux?

– Non, mais... Enfin, la première fois qu'on vous a rencontré vous avez été assez dégueulasse.

– J'avais mal déjeuné ce jour-là. Mais vous avez raison, je suis méchant, je déteste les gens en général et les peintres en particulier parce qu'ils me gâchent la vie. Bons ou mauvais, ils me poursuivent partout. Cela s'appelle le complexe de la persécution. »

Je vis à leurs têtes qu'ils étaient plutôt perplexes quant au fond réel de ma pensée. Je me moquai gentiment :

« Je suis un drôle de mec, hein? Vous semblez ne pas en revenir de ce que je vous dis là. C'est vrai, je suis cynique, misanthrope, et misogyne bien sûr... D'ailleurs, citez-moi une seule femme peintre de génie?

– Sale con! » s'emporta Vanessa Poretski.

Devant mon regard ravi, elle comprit que je l'avais cherché.

« Vous le faites exprès, en plus! »

Je lui souris comme Bruce Conway m'avait appris à le faire, certain de ma victoire.

« Si vous voulez voir une femme peintre de génie, me voici! reprit-elle.

– Prouvez-le! »

Vanessa Poretski vivait à Greenwich Village, comme il se devait. Sous le désordre exotique de son quatre-pièces, je devinai le fric de papa-maman. Son atelier avait des dimensions impressionnantes. Je lui fis quelques remarques acides sur ses sources de revenu, qu'elle n'apprécia guère. Nous avions réussi à nous débarrasser de ses petits camarades, ce qui nous arrangeait bien tous les deux. Elle me montra quelques-unes de ses œuvres. Audacieuses mais trop compliquées, trop de couleurs vives injustifiées, un manque de technique évident, je les jugeai cependant prometteuses à cause de cet humour sous-jacent et agressif qui transparaissait involontairement.

Nous échangeâmes encore quelques considérations intellectuelles sur l'art contemporain, puis un silence finit par s'instaurer entre nous. Nous nous regardâmes un certain temps avec une curiosité presque animale, espionnant chaque mouvement de l'autre, prêts à mordre ou à griffer. Je lâchai brusquement :

« Vous portez toujours des pantalons?

– Ça vous embête hein? Si j'avais des jupes, vous pourriez passer votre main dessous.

– Je ne suis pas sûr d'en avoir envie.

– Allons donc! Osez dire que vous ne vous intéressez pas à mon cul!

– J'ai horreur de la vulgarité chez les femmes.

– J'en suis persuadée. En tout cas, vous ne me ferez jamais croire que vous êtes venu ici pour regarder mes toiles.

– Pourquoi m'y avoir invité alors?

– Je n'ai jamais dit que je ne voulais pas baiser avec vous.

– Ah! Je vous plais?

– Oh! que non!

– Pourquoi faire l'amour dans ce cas?

– Parce que je veux savoir *comment* vous baisez. Ça m'intéresse.

– C'est une drôle d'idée! Quelle est la place du plaisir là-dedans?

– On verra bien.

– Je ne veux pas de vous, merci.

– Je ne vous crois pas. D'ailleurs, je vais me déshabiller, ça m'étonnerait que cela ne vous tente pas, à la longue. »

Vanessa retira sa chemise comme un pull-over, sans prendre la peine de défaire tous les boutons. Elle ne portait rien en dessous, bien entendu. Je m'assis sur un tabouret et admirai en fumant. Elle jeta ses chaussures au loin d'un mouvement expert, puis dégrafa son jean, l'envoya dans ma direction, et fit glisser son slip sur ses cuisses rondes et fermes. Elle tourna plusieurs fois sur elle-même, jouant avec ses cheveux d'une main et caressant ses côtes et ses seins de l'autre. Elle s'arrêta face à moi, les mains jointes devant son sexe.

« Je dois combien pour le strip-tease? demandai-je stoïquement.

– Dix minutes de jouissance... » répondit-elle, les yeux mi-clos.

Je sortis un billet de dix dollars de ma poche et le posai sur le tabouret que je venais de quitter.

« Je n'ai pas le temps. »

Je me dirigeai vers la porte sous le regard incrédule de Vanessa.

« Hé? Revenez ici, salopard!

– J'ai mieux à faire que de me taper une petite garce. Je n'aime pas les nymphomanes de dix-sept ans.

– D'abord, j'en ai vingt et un, ensuite je ne suis pas...

– Je me fous de ce que vous êtes, mais je peux vous dire ce que vous deviendrez si vous continuez comme ça.

– Vous êtes un dégueulasse!

– Pourquoi? C'est moi qui me prostitue en ce moment?

– Vous m'avez laissé faire pour vous rincer l'œil, espèce de... espèce de... Impuissant! »

Je me mis à rire, par saccades. Je commençais à trouver particulièrement délicieux le corps nu de Vanessa agité par la colère.

« Oui, c'est ça, vous êtes un impuissant! Un sale voyeur, un sadique! »

Je m'adossai au battant de la porte et la contemplai.

Elle sembla troublée, et brusquement gênée.

« Pourquoi vous ne vous défendez pas quand je vous insulte?

– Parce que ce que vous me reprochez est tout à fait vrai!

– Hein?

– Voyeur, sadique et impuissant surtout.

– Mais non!

– Comment ça, « mais non »? Mais si, je suis impuissant.

– Ce n'est pas vrai! »

Elle prit un air boudeur de petite fille plus émoustillant pour moi que son strip-tease amateur. Elle baissa les yeux humblement, puis demanda timidement :

« Je ne vous plais pas?

– Si, beaucoup. »

Elle releva la tête et s'approcha jusqu'à me toucher. Nous échangeâmes un long regard de la catégorie dite « fiévreuse ». Puis elle se dressa sur la pointe des pieds, prit appui sur mes épaules et m'embrassa. C'était tout à fait charmant, j'en étais très touché.

« Oh! ne soyez pas si méchant! Qu'est-ce qu'il faut faire pour vous convaincre?

– Je ne sais pas, moi... Suppliez-moi, peut-être?

– Alors, je vous en supplie!

– Vous me suppliez de quoi?

– Je vous supplie de me faire l'amour, je vous en supplie! »

Je rentrai déjeuner chez moi, extrêmement satisfait, ne regrettant que d'avoir oublié de reprendre mes dix dollars.

Je passai mon après-midi à parfaire mon article pour James. Puis, je l'appelai au téléphone. Nous nous mîmes d'accord et parlâmes de choses et d'autres. Finalement, je lui promis de lui tenir compagnie, le lendemain, à cette fameuse Journée des Arts Graphiques, bien que cela ne m'enchantât qu'à moitié.

Sur le coup des sept heures et demie, les hurlements reprirent au premier étage. Je sortis sur le palier, imité, bien sûr, par Shepherd et Conway. Celui-ci était accompagné de Sharon Dowdeswell, mais à mon grand soulagement, Anita n'apparut pas, sommée probablement de rester jouer dans l'appartement de Conway.

« Ils remettent ça! m'exclamai-je à leur intention.

– Tais-toi! Attends, qu'est-ce qu'elle a dit, là? me répondit Bruce Conway.

– Enculé, je crois, fit Shepherd en descendant à ma hauteur.

– Egoïste! Tu n'es qu'une brute égoïste! Tout ce que tu veux c'est que j'habite ailleurs pour être tranquille, avec tes petites affaires, tes petits copains, ton petit boulot à la con! – Comme toujours, la voix de Béatrix était la plus audible, plus claire et perçante. – Et après, tu as le culot de me demander du fric pour payer ton loyer!

– Tu peux le garder ton sale pognon, putain!

– Maquereau! Profiteur! Pédé! »

Je jetai un coup d'œil à Coleen.

« C'est rien, j'ai l'habitude... souffla-t-il.

– C'est encore pour cette histoire de studio qu'ils s'engueulent, remarqua Conway, ils manquent d'imagination, ces jours-ci! »

La porte du premier s'ouvrit brusquement, et Sparks se retrouva dans l'escalier, lui aussi.

« C'est ça, rentre chez toi, enculé! Et restes-y!

– J'ai autre chose à foutre que de me colleter avec une dactylo minable et hystérique! »

Dans l'entrebâillement, le visage rouge de Béatrix se montra un bref instant.

« Je ne suis ni minable, ni hystérique, ni dactylo, pauvre con! »

Puis elle claqua la porte violemment.

« Et snob! Avec son accent ridicule sur le e de Béatrix! Ah! les femmes, les femmes! » rugit Sparks en montant.

Il leva les yeux et vit Bruce et Sharon ensemble.

« Conway! Méfie-toi! Ce sont des sorcières, les femmes! »

Il rentra chez lui sans un mot de plus. Du quatrième, Conway nous invita à prendre un verre avec eux. Coleen déclina l'invitation en prétextant un travail à terminer. Je constatai que ses doigts étaient tachés d'encres diversement colorées. Il me salua d'un signe de tête et disparut chez lui. Lorsque je parvins au palier de Bruce Conway, je trouvai celui-ci et Sharon, l'air passablement embêté.

« Anita! Ouvre le verrou, ma chérie!

– Non! se fit entendre de derrière la cloison.

– Anita! Voyons. Ouvre le verrou que tu as fermé!

– Non!

– Anita, ne fais pas l'idiote! Tu sais bien que je n'aime pas ça!

– Anita! Tu n'es pas chez toi, petite peste! s'emporta Bruce Conway, si tu ne fais pas ce qu'on te dit, je vais chercher la police et je te promets une sacrée raclée!

– Ça m'est bien égal!

– Attends, laisse-moi faire, proposai-je. Anita, tu m'entends?

– C'est qui?

– C'est le monsieur que tu veux comme papa. Tu penses que je suis content? Hein? Je n'ai pas envie d'être le papa d'une petite fille méchante et désobéissante! Alors? Qu'est-ce que tu en dis? Tu me laisses entrer ou pas? »

Un déclic se fit entendre, et le minois inquiet d'Anita apparut.

« Bon, c'est bien. Si tu continues à être gentille, tu finiras par avoir un vrai papa.

– Toi?

– Heu... Ou un autre que tu veuilles bien.

– Ah! non. C'est toi! T'es fâché?

– Un peu. »

Nous entrâmes enfin. Je m'assis sur le divan et presque aussitôt, le chat Agamemnon s'installa sur mes genoux, à mon plus grand désespoir. Conway rit de ma mine déconfite, et je maudis le diable qui m'envoyait à la fois une fille adoptive, un animal repoussant et un mauvais ami pour se moquer. Anita se hissa sur le canapé, à mes côtés, et recommença à me dévisager. J'essayai de l'oublier et à nouveau, son parfum m'entoura, s'accrocha à moi, puissant et enivrant comme l'odeur des fauves dans les ménageries de cirques ambulants. Bruce me servit d'office un bourbon. Sharon sirotait je ne sais trop quoi, tout en suivant des yeux Bruce Conway. Anita s'en aperçut!

« Pour quoi on est ici, maman?

– Tu le vois bien, on rend visite à nos gentils amis.

– C'est pas mon ami, lui.

!C'est le mien, dans ce cas.

– Oh! je sais bien! C'est le nouveau papa! J'en veux pas!

– Ça suffit comme ça, Anita! Je ne supporterai pas davantage tes bêtises! C'est compris?

– J'en veux pas! »

Elle se blottit contre moi, ce qui arracha un grognement à Agamemnon. Conway semblait un peu gêné par cette hargne. Il tenta d'amadouer la petite fille.

« Tu as envie d'un jus d'orange, Anita?

– J'en veux pas!

– Anita! »

L'enfant dut sentir une menace dans la voix de Sharon, car elle se tint coite durant tout le temps où je restai. Je ne tardai d'ailleurs pas à m'en aller, car cette atmosphère où une petite fille et un chat se disputaient le droit de m'empoisonner la vie ne me plaisait guère. Bruce m'en voulut certainement de l'abandonner aussi car il me souhaita le bonsoir d'une manière inintelligible.

J'allais enfin rentrer chez moi, lorsqu'un inconnu m'interpella du bas de l'escalier.

« Pardon, m'sieur, c'est ici qu'habite Joss Hardy?

– Oui, répondis-je, au cinquième.

– C'est-à-dire, m'sieur, vous ne voulez pas me donner un coup de main?

– Pour quoi faire?

– Ben, pour le ramener. »

Je m'aperçus alors que l'homme soutenait contre le mur un autre individu plongé dans la pénombre.

« Allons bon », murmurai-je.

Je descendis en vitesse, et découvris Joss Hardy dans un état d'ébriété non pas avancé, mais au-delà des limites de la résistance humaine. Son taux d'alcoolémie devait être le double de celui considéré comme mortel. De surcroît, son compagnon, qui lui ressemblait curieusement, tenait tout aussi mal sur ses jambes. Je le regardai avec pitié et lui conseillai d'aller se coucher. Je dus lui promettre plusieurs fois de suite que je parviendrais à monter Joss jusqu'en haut. Il finit par partir en marmonnant et en zigzaguant, un pas sur trois ponctué par « Merci, m'sieur ». J'empoignai Hardy du mieux que je le pus et commençai la dure ascension vers le cinquième étage. L'escalier en colimaçon, le cahotement dû à ma charge me donnèrent rapidement le tournis. Je faillis aller demander de l'aide et puis j'y renonçai. J'accomplis ma tâche comme si je m'auto-punissais de mes péchés de la journée. Encore un étage, encore neuf marches, sept... six, cinq, quatre... Qu'il est pénible le chemin qui monte vers le ciel! Trois marches avant d'arriver, Joss Hardy se mit à parler :

« C'est si haut, si haut, si haut... »

Silence, un temps d'arrêt deux marches avant le sommet.

« Je suis tout en haut... Je ne peux plus monter, encore... Voyez, je ne peux que descendre... »

Plus qu'une marche.

« Je tombe... Je chute... C'est la chute... La chute... »

Je découvris son trousseau de clefs dans la poche de sa veste grise et pénétrai pour la première fois dans son studio. Celui-ci était ignoble de saleté, de poussière, d'immondices, et je m'efforçai de ne pas respirer de peur de vomir. Je n'aurais jamais imaginé cela. Je le couchai avec quelques difficultés. Il s'accrocha à mes épaules avec frénésie, la terreur enflammant soudain son regard aveuglé par les vapeurs toxiques d'un mauvais vin. Je me demandai si je n'allais pas assister à un cas de combustion spontanée.

« Non! Non! s'écria-t-il, ne me poussez pas! Il me frappe encore, moi le rebelle! Le châtiment... La descente... La chute... Babel... Babylone... Oh!... Porte d'Occident, le soleil se couche à ton seuil... Ténèbres, Portes de la mort... Oh!... Rendez-moi les clefs de cet abîme... Chute éternelle dans l'intensité de l'Acte... »

Je voulais m'enfuir mais je restai figé, fasciné et meurtri. Jamais je n'aurais soupçonné la moindre étincelle d'intelligence ou la plus petite parcelle de culture en Joss Hardy. Et voilà que j'étais face à un être torturé, un ivrogne qui cherchait dans l'alcool le moyen d'échapper à un Dieu qui semblait vouloir le châtier. Cette idée m'angoissa : Dieu ne voulait-il que punir? Je me dégageai brusquement de son étreinte et effectuai un demi-tour vers la sortie.

« Oui... La chute... »

Je refermai la porte derrière moi avec soulagement. Et en partant, je me mis à penser à Mrs. Bernhardt qui habitait au même étage. Elle aussi ne pouvait que tomber...

Tomber ou se transfigurer.

Tomber ou s'élever.

Je fus tenté de sonner chez Coleen et de tout lui raconter. Et puis je jugeai indécent de divulguer ainsi les secrets que j'avais surpris, témoin involontaire certes, mais lucide et responsable.

Comment pouvais-je venir en aide à Joss Hardy? Il y avait de fortes chances qu'il oublie mon intervention, et en tout cas, ce qu'il m'avait dévoilé. Il valait mieux que j'efface de ma mémoire les paroles dérisoires d'un misérable poivrot. Oui, retourner dans mon confort individualiste, rayer de mes pensées les problèmes des autres, comme tout le monde, comme toujours... Après tout, qui me tend la main à moi ? Pourquoi aiderais-je ceux qui ne font rien pour moi ?

Je saisis un livre au hasard dans ma bibliothèque et m'acharnai à lire pour ne plus réfléchir. Je m'aperçus soudain que je n'avais pas dîné. En revenant de ma cuisine avec un sandwich, un verre de lait et un yaourt, je repris le recueil et le rouvris sur une des pages de garde. Mes yeux se fixèrent sur un des vers de la poésie en exergue :

Is there a life before death[1] ?

Je laissai glisser l'ouvrage de mes mains.

Figé un instant, puis en mouvement de nouveau, je passai de l'immobilisme intellectuel au matérialisme le plus absolu : je me mis à manger.

---

1. « Y a-t-il une vie avant la mort ? » *Wintering Out*, de Seamus Heaney.

V

Où le héros désabusé fait une découverte et subit quelques désagréments

« La peinture contemporaine, terre de contrastes...
  – La gouache aux mille visages », me répondit
James.

James et moi-même nous pouffions de rire à chaque
instant, stupéfaits et ravis par les clichés qui abon-
daient dans la conférence d'un illustre inconnu perché
sur une tribune. Comme je le lui avais promis, j'avais
accompagné James Coventry à la Journée des Arts
Graphiques (ça voulait dire quoi au juste?), et ma foi,
je ne le regrettais pas. James était un petit rondouil-
lard, un peu chauve et myope, que j'appréciais beaucoup pour son intelligence, sa culture et son humeur
toujours enjouée. Nous continuions à nous moquer, et
de plus en plus fort lorsqu'un visage courroucé se
retourna vers nous. Les boucles auburn, la bouche
« fraise écrasée » et les jolis yeux bruns me permirent
d'identifier Florence Fairchild.

Elle me reconnut car elle rougit aussitôt, de colère
et de consternation. James me donna un coup de
coude.

« Pas mal, la demoiselle devant.
  – Oui, pas mal.
  – En tout cas, elle n'a pas l'air contente qu'on rigole

dans notre coin. C'est peut-être son amoureux qui fait le discours?

– J'espère pour elle que non! m'exclamai-je en voyant s'agiter le triple menton de l'orateur.

– Dis donc, tu crois qu'il en a encore pour longtemps? Il y a une expo dans les salles à côté, j'ai un copain sculpteur qui est dedans. Tu verras, c'est assez chouette. Pas follement audacieux, mais bien quand même. »

Une salve d'applaudissements frénétiques nous démontra que nous n'étions pas les seuls à espérer que c'était fini. Les occupants des premiers rangs se levèrent avec une rapidité suspecte. Et puis, je me retrouvai face à Miss Fairchild.

« Monsieur Tuncurry, commença-t-elle froidement, ce n'est pas parce que Flavius est un vieil homme que vous pouvez vous permettre de l'insulter ouvertement. Il a fait beaucoup pour l'Art dans son temps, et le moins qu'on puisse lui offrir, c'est un peu de respect.

– Vous êtes qui, vous? » demandai-je en bâillant.

Elle devait s'attendre à tout, sauf à ça, l'idée que j'aie pu l'oublier étant totalement inconcevable.

« Florence Fairchild, fit-elle froidement, et Flavius est mon oncle.

– Bon alors, écoutez Miss Fairchild. Que ce vieux croûton soit votre mari ou votre grand-père, je n'en ai rien à foutre. Tout ce que j'exige, c'est qu'il gâtifie en privé. »

James suivait tout cela avec un grand plaisir, impatient que je reçoive une paire de gifles ou une chaise sur la tête. Elle se raidit et serra les poings, essayant désespérément de ne pas perdre son sang-froid, ce que je rendis impossible. Je repris après avoir bâillé une deuxième fois :

« Ah! oui, Fairchild... Je me souviens maintenant. C'est vous qui faites si mal votre travail. Comment ai-je pu oublier une femme avec une poitrine pareille? »

Le sourire de James se figea et son regard se reporta sur ma victime. Sa réponse fut brève. Elle me frappa au visage avec le revers de sa main, et sa bague heurta le coin de mes lèvres, déchirant la chair. Instinctivement, je touchai le point douloureux et découvris que je saignais abondamment.

« Vous n'êtes qu'un minable », siffla-t-elle en faisant une vilaine grimace.

Elle tourna sur ses talons et s'éloigna. Les gens me dévisageaient d'une drôle de façon et quelques-uns s'arrêtèrent. J'appliquai mon mouchoir sur ma bouche et me dirigeai vers les lavabos, escorté de James qui voulait tout savoir sur Miss Fairchild. Je le lui racontai avec complaisance en m'examinant dans le miroir. J'avais une belle coupure sur le côté gauche. Nous attendîmes dans les toilettes que le sang cesse de couler. Finalement, au bout de dix minutes, nous ressortîmes.

« Viens, fit James, on va voir les sculptures. C'est par là, non, par ici. »

Nous pénétrâmes dans une espèce de hall de gare rempli de machins. J'eus immédiatement un mouvement de recul, surtout en voyant les roues de bicyclettes.

« Ah! non, pas ça! » m'écriai-je.

James éclata de rire.

« Je te reconnais bien là! Allons, viens. Mon pote est quelque part dans le secteur.

– Je veux retourner aux toilettes! »

Il me prit par le bras et me força à le suivre. Il sembla bientôt un peu perdu.

« Attends... Je ne comprends pas... Pourtant, ce doit être ici...

– Il est peut-être dans une autre salle, suggérai-je plein d'espoir après avoir jeté un coup d'œil découragé à un pot de confiture posé sur une cocotte minute.

– Bel objet d'art, répondit-il en surprenant mon expression dégoûtée. Bon, si on changeait de côté? »

Je le retins par la manche. Entre une chaise peinte en vert et un radiateur rose, je venais d'apercevoir Florence Fairchild en grande discussion avec un jeune couple. Nous nous glissâmes derrière une statue de la Vénus de Milo dressée sur un tas d'ordures, pour écouter en douce.

« La musique répétitive, disait la belle Florence, produit réellement une sorte d'hypnose sur moi. Steve Reich, par exemple, me fascine... »

Je sortis de ma cachette si brusquement que je les fis sursauter tous les trois. Je ne leur laissai pas le temps de se reprendre.

« Ainsi Miss, vous classez Steve Reich dans la rubrique « musique répétitive ». Eh bien, je ne suis pas tout à fait de cet avis. Reich abolit certains aspects de son discours, l'harmonie ou la mélodie, par exemple, et travaille sur les progressions de densité et de rythme, ce qui provoque, par contre-coup, des phénomènes de nature harmonique ou mélodique. En ce sens, je crois que l'on peut dire que Steve Reich n'est pas un musicien « répétitif » mais « évolutif ». Qu'en pensez-vous?

– Y a-t-il un domaine où vous n'avez pas la préten-tion de détenir le savoir absolu, Mr. Tuncurry? répon-dit-elle.

– Oui, je ne sais pas faire la lessive.

– Je vous considère comme un con fini et irrécupé-rable.

– Je n'en doute pas, mais que pensez-vous de mon analyse de Steve Reich?

– Je ne désire pas avoir de conversation avec vous.

– Tiens? Vous vous avouez vaincue, alors?

– Je n'engage pas de bataille, je n'ai donc aucune raison de me considérer vaincue. Je veux uniquement me débarrasser de vous. Vous êtes exactement tout ce que je déteste, à tel point que c'en est presque une caricature.

— Je crois que vous avez une idée totalement fausse de Tuncurry, remarqua James. Il montre le visage qu'il veut bien montrer. Il a envie d'être odieux en ce moment, mais il peut aussi ne pas l'être. C'est quelqu'un d'intelligent, Miss, contrairement à ce que vous pensez.

— Dans ce cas, c'est encore pire.

— C'est pire, affirmai-je. Tu es bien gentil James, mais je n'ai pas besoin de défenseur. Si je suis ce que vous détestez, Miss, la réciproque est vraie. J'ai horreur des demoiselles hautaines qui regardent les autres avec mépris et faux-savoir, prétendant être bien élevées et dignes, et qui ne sont qu'hypocrites. J'ai horreur des bourgeoises qui s'extasient devant des ronds rouges ou bleus et crient au génie, et j'ai toujours abhorré les filles des Relations publiques, qui n'ont rien à voir avec le public, mais qui ont les relations. En d'autres mots, vous êtes un parasite et vous bouffez le fric qui devrait servir aux artistes que vous ignorez, tout éblouie que vous êtes par les faussaires de Schmidt et les balbutiements séniles de votre arrière-grand-oncle. Vous n'engagez pas de bataille? C'est bien dommage. Moi je déclare la guerre. La guerre à tous les Sigmund Schmidt, à tous les profiteurs, à tous les assassins, ces ignorants, ces destructeurs, ces corrupteurs! A tous ceux qui détiennent le pognon et le pouvoir! L'Art n'a pas à être rentable! L'Art ne doit pas être rentable! Mais l'artiste doit vivre! Et combien y en a-t-il qui crèvent parce qu'il y a toujours des ratés et des exploiteurs sur leur chemin? Combien y en a-t-il qui abandonnent parce que c'est ça ou mourir? Oui, je suis odieux! Oui, je suis méchant! Tant mieux! Mais, moi, au moins, je reste propre! »

Je m'arrêtai, essoufflé. Un instant de silence passa.

Quelques personnes s'étaient groupées autour de nous pour m'écouter gueuler.

« Tu devrais m'écrire un article, finit par lâcher James.

– Encore? »

Je saisis le regard fuyant de Florence Fairchild qui se mordit les lèvres. Elle ne tenta pas de me répondre. D'ailleurs, il n'y avait rien à dire. Elle s'éloigna de moi lentement, sans avoir relevé la tête. Le cercle des curieux se rompit aussitôt, puisque finalement, il n'y avait rien à voir. Je restai seul avec James.

« Tiens, fit-il, justement on est devant les sculptures de mon pote. Dis donc, je ne les avais même pas vues.

– Comment s'appelle-t-il, « ton pote »?

– Nuage bleu.

– Hein?

– Ben, oui. C'est un Indien navajo.

– De fait, ça fait assez totem.

– Ouais, tout à fait. Il définit ça comme « bois mystiques ».

– Pourquoi pas?

– Oui. Dis donc, ce n'est pas mal, non?

– Ouais, c'est supportable. Tu devrais lui suggérer de visser des lampes de soixante watts dessus.

– Tu exagères! pouffa James. Ça vaut mieux qu'un lampadaire de supermarché!

– Bon, à part ce débarras d'objets au rebus, tu crois qu'il y a quelque chose d'intéressant, ici?

– Ben, il y a l'expo d'un peintre.

– Essayons le peintre, on verra bien.

– C'est dans la salle numérotée quinze. C'est à l'étage au-dessus. »

Il me tira par la manche et me conduisit consciencieusement vers l'escalier. Je priai le Ciel que ce ne soit pas des carrés verts ou des triangles jaunes. La salle 15 n'était pas bien grande, et hormis les toiles, elle était vide.

« Eh ben, soufflai-je, ce n'est pas la foule!

— Non. Ils sont tous en bas à se montrer. Tu sais aussi bien que moi que l'art est un prétexte dans ce genre de manifestation.

— Holà, James! Attention! Tu deviens aussi cynique que moi! »

Je m'approchai alors d'un des tableaux.

« Marrant », commença James.

Il s'interrompit brutalement.

« Ça alors, c'est bizarre », reprit-il.

Puis il s'arrêta de nouveau.

« Tu vois ce que je vois? demanda-t-il.

— Je ne sais pas, qu'est-ce que tu vois?

— Merde! C'est fabuleux comme travail! »

Nous nous déplaçâmes jusqu'au tableau suivant, une petite aquarelle rose représentant un œillet. Mais là aussi, les pétales recelaient d'étranges créations. La troisième œuvre était mi-peinture mi-sculpture, tout était mis en mouvement, en creux et en reliefs. La quatrième était tissée, une sorte de tapisserie moyenâgeuse et abstraite d'où pendait un arlequin en bois, intégré dans la composition géométrique avec art et savoir.

Nous restâmes cois un bon moment, glacés et brûlants et, pour le moins, surpris.

« C'est de qui? murmura James en se raclant la gorge.

— Ce doit être écrit quelque part. Attends. Là. Exposition Grindling Conrad. Connais pas.

— Moi non plus. Mais je te jure que je vais le faire connaître.

— O.K., fis-je. On s'allie pour une campagne en faveur d'un artiste inconnu?

— Quand tu veux, mon pote! Il faudrait chercher un organisateur qui puisse nous filer des tuyaux. Il y a de fortes chances que Machin Conrad soit dans l'établissement aujourd'hui. Il faut lui mettre la main dessus.

Dis donc, c'est quoi son nom? Grindling? Quelle idée! »

Nous redescendîmes avec une ardeur et un enthousiasme renouvelés. Nous déambulâmes un certain temps dans des couloirs bleu électrique et des pièces bigarrées par la foule, et lorsque nous arrivâmes enfin à la réception, il n'y avait personne.

« Je l'aurais parié! grogna James.

– Voilà l'accueil tel que je le conçois! » répondis-je en fixant du regard la chaise vide.

Je m'installai sans façon et croisai les pieds sur le bureau. Un couple d'âge mûr s'approcha de nous.

« S'il vous plaît, monsieur, dit l'homme, pouvez-vous nous indiquer où se tient la réunion de l'H.I.B.C.?

– Bien sûr, monsieur, c'est au sixième étage, porte 607.

– Merci infiniment. »

Nous les regardâmes s'éloigner.

« A ton avis, c'est quoi l'H.I.B.C.?

– Aucune idée.

– T'es un peu vache quand même, pauvres gens!

– Ils iront se plaindre à la direction, s'ils ne sont pas contents. »

Je vis apparaître une femme qui portait une robe à fleurs particulièrement horrible. Alors qu'elle se trouvait encore à vingt mètres de nous, elle s'écria :

« Qu'est-ce que vous faites-là? »

Sa voix me hérissa et je ne répondis pas, mais je commençai à me balancer en prenant appui sur le bord du bureau.

« Hep vous! Poussez-vous de là! »

Elle fut enfin à notre hauteur. Je ne bougeai pas. Elle eut un petit mouvement de la lèvre inférieure et continua :

« Levez-vous, c'est ma place.

– Vous avez des preuves de ce que vous avancez?

– Quoi? »

Elle resta bouche bée l'espace de cinq secondes.

« Mais puisque je vous dis que...

— Ce n'est pas une preuve, ça.

— Mais enfin, monsieur...

— Je dois cependant admettre que vous êtes si peu aimable que ça doit être vrai. »

James se retint de rire et demanda :

« Nous désirons des renseignements sur l'Exposition Grindling Conrad.

— Premier étage, salle 15.

— Oui, ça, on sait. Mais on voudrait rencontrer M. Conrad.

— Je ne peux rien pour vous, dans ce cas.

— Et vous savez où on peut trouver M. Spenser ?

— Connais pas.

— Mais... C'est l'un des organisateurs de la Journée des Arts Graphiques.

— Je ne le connais pas. Voulez-vous me rendre ma chaise ?

— Vous êtes si polie et si pleine de bonne volonté que je ne saurais refuser. »

Je me levai en renversant à la fois le siège et le téléphone.

« Oh ! pardon. »

Je passai devant son nez sans rien ramasser.

« Mais, monsieur...

Elle s'arrêta là, jugeant sans doute qu'il valait mieux ne pas discuter avec un fou violent. Nous décidâmes à contrecœur de retourner dans le hall de gare, car il y avait pas mal de monde. Soudain, James bondit en avant en s'exclamant :

« Ça y est ! Suis-moi ! »

Après avoir bousculé quelques bonnes gens, nous attrapâmes au vol le susnommé Spenser alors qu'il sortait.

« Salut, Spenser !

— Tiens, Coventry ! Ça va, vieux ?

– Très bien, merci. Je te présente Forster Tuncurry.

– Enchanté. »

Je répondis par un signe de tête.

« Dis donc Spenser, on vient de visiter l'expo Grindling Conrad, et on voudrait rencontrer ce type-là. C'est possible? »

Spenser fit la moue.

« Conrad. Tu sais, il n'a même pas voulu se déranger. C'est la première fois et la dernière fois que j'entreprends quelque chose pour lui. Il est désagréable! Tu ne peux pas t'imaginer!

– Ah! bon. »

James me jeta un coup d'œil.

« Même s'il est insupportable, sa peinture vaut la peine de l'endurer, remarquai-je.

– Bof. Moi, je ne suis pas fanatique. »

Le sieur Spenser commençait à me taper sur les nerfs.

« Peu importe. Il a bien un domicile connu, ce mec-là?

– Ouais. Faut que je cherche ça dans ma documentation.

– Bien, vous pouvez le faire maintenant?

– Ah! mais non! La doc est à mon bureau, pas ici! »

J'eus envie de le cogner mais renonçai à me fatiguer pour un abruti.

« Tout ce que je peux faire, c'est téléphoner demain à James.

– Bon, d'accord.

– En tout cas, si un jour vous croisez Grindling Conrad, vous ne pouvez pas vous y tromper. Il a au moins un mètre quatre-vingt-dix, les cheveux roux, des yeux pas possibles et une tenue vestimentaire à se flinguer! Et dès qu'il ouvre la bouche, c'est pour vous engueuler ou vous descendre en flammes! Vous voilà prévenus! Bien, vous m'excuserez, je suis pressé. Allez, salut. Et ne t'inquiète pas, James, je te bigophone demain.

— Ben, mon pote! siffla James en le suivant du regard. Qu'est-ce que tu penses de tout ça?

— Que Spenser est un imbécile.

— Oui, mais à part ça? Il a l'air bizarre, Machin Conrad, non?

— Je suppose qu'il va avec sa peinture.

— Mm... Mouais. Enfin, on verra bien!

— Tu as encore quelque chose à faire dans ce coin?

— Oui. Je vais essayer de voir Nuage Bleu. Tu restes?

— Non, j'en ai marre. Tu me tiendras au courant pour Conrad.

— Oui, t'en fais pas. Dès que j'ai le tuyau, je t'appelle. Et puis, on réfléchira à ce qu'on peut faire après, O.K.?

— O.K. Salut, James.

— Salut, à bientôt. »

Je repassai au milieu des horreurs exposées en tentant de les oublier. En traversant le hall d'entrée, je souris gracieusement à la charmante réceptionniste qui me regarda avec des yeux globuleux.

Je me payai le luxe d'un taxi pour rentrer chez moi.

Je commençai mentalement un article sur Grindling Conrad. J'en étais au trente-deuxième début lorsque mon taxi me déposa à la porte de mon immeuble. Soudain, une pensée me vint à l'esprit. J'habitais Escalier C, et je ne connaissais ni l'Escalier A ni le B. J'eus brusquement envie de les voir. Le A était à ma gauche en entrant dans la cour. Je gravis quelques marches et me penchai pour regarder les étages. Il n'y avait aucune différence apparemment. Le B était au fond de la cour. Je répétai les mêmes gestes et conclus de la même façon. Je pris enfin mon Escalier C sur la droite. J'étais presque déçu de constater qu'il était tout à fait comme les autres, un escalier, ce n'est jamais que des marches et une rampe. Alors que je montais lentement et mélancoliquement, un « Hello » enthousiaste et une galopade m'annoncèrent la présence bondissante de Bruce Conway derrière moi. Je sus alors qu'il n'y avait vraiment qu'un seul Escalier C. Conway me tapa sur l'épaule.

« Alors, mon ami, ça va comme tu veux?

– Oui. Et toi, ça a l'air d'être la pleine forme?

– En quelque sorte, en quelque sorte. »

Il jetait des regards tout autour de lui, en sautillant sur place. Je le trouvai surexcité.

« Qu'est-ce qui t'arrive?

– Moi? Rien. J'ai peut-être décroché un job. Enfin, je verrai demain.

– Pas possible! Quel genre de travail?

– Oh, un boulot quoi...

– Ah!

– Je voulais te demander... Heu...

– De l'argent comme d'habitude?

– Oui, heu... plutôt non. Cette fois, si j'ai le job, je pourrai te rembourser. Mais j'aurai peut-être besoin de quelque chose pour faire la charnière. C'est surtout que je dois du fric à des gens qui seraient contents de le récupérer. A part ça, heu... Ça n'a rien à voir, mais qu'est-ce que tu penses de Sharon Dowdeswell!

– Qu'elle a une fille inquiétante.

– D'accord, mais elle?

– Qu'est-ce que tu veux que je te dise? Elle a l'air d'une paumée, instable, un peu bécasse.

– Ah! bon. »

Je vis à son expression soudain renfrognée que ce n'était pas le type de réponse qu'il espérait.

« En quoi mon avis sur Sharon t'intéresse-t-il?

– Hein? Pour rien. Comme ça.

– Tu es amoureux?

– Moi? »

Il prit un air offusqué qui me rassura. Puis il rougit, ce qui m'alarma.

« Je suis un menteur », ajouta-t-il, en fronçant les sourcils.

Il sauta deux fois sur place et éclata de rire.

« Il n'y a pas plus menteur que Bruce Conway! Eh bien, oui! Je suis amoureux! Et alors? docteur, est-ce grave?

– C'est grave d'en pincer pour une fille comme Sharon Dowdeswell.

– Tu me vexes, Forster.

– Possible. Si tu la laisses t'accrocher, tu n'es pas près de t'en débarrasser. Et n'oublie pas la charmante Anita. Au fait, c'est la fille naturelle de qui?

– Tu n'es pas très gentil, Forster.

– Il est certain que la gentillesse n'a jamais été mon trait de caractère le plus marquant.

– Je crois que tu te méprends sur Sharon. Elle n'a pas eu beaucoup de chance jusqu'à présent et...

– Parce qu'en plus, elle va t'apporter la poisse! D'ailleurs, ça a commencé, tu as déjà trouvé du travail! Où vont aller les calamités si tu continues à la fréquenter! »

Il me lança un regard qui ne me plut pas du tout.

« Tu ne crois pas si bien dire. Si j'ai trouvé ce boulot, c'est bien à cause d'elle.

– Qu'est-ce que tu entends par là?

– Que je ne vais pas faire le con toute ma vie. Figure-toi que je vieillis. Et je n'ai pas l'intention de finir tout seul. Il y a des moments où il faut choisir. C'est ce que je suis en train de faire. Crois-moi, on meurt plus vite qu'on ne le pense.

– Quitte ce ton sentencieux, veux-tu. Il ne te convient pas du tout.

– Il m'arrive d'être sérieux, de temps en temps.

– Alors arrête, parce que je n'aime pas ça. Tu n'es supportable que délirant.

90

– Je me fous de ce que tu aimes. Et puis, tu m'énerves. Salut. »

Il gravit quelques marches et me jeta un coup d'œil.

« Ce n'est pas toi qui fais la loi, après tout.

– Et c'est quoi, ton job?

– Manutentionnaire.

– Quoi?

– Tu m'as très bien compris.

– Tu ne vas pas faire ça, quand même?

– Si, je vais le faire. Et même si j'en avais horreur, je le ferais rien que pour t'embêter. »

Il gravit alors l'escalier à toute vitesse.

« Je n'ai pas fini! Bruce, redescends!

– Va au diable! Je te déteste! »

Je l'entendis claquer sa porte. Je restai un instant interdit, mes clefs à la main, incapable de réfléchir. Et puis je pensai à Coleen Shepherd. J'aurais voulu lui parler. Mais je savais qu'il n'était pas encore là, et j'étais sûr qu'il me donnerait tort. Même s'il était désespérément épris de Conway, il ne ferait rien pour le dissuader de vivre avec Sharon. J'étais le seul à pouvoir et à vouloir combattre ce malicieux coup du sort. Je me refusai cependant à me demander pourquoi une si grande fureur et un si grand trouble m'envahissaient. Je me décidai finalement à poursuivre Bruce Conway jusque chez lui. Je dus sonner plusieurs fois avant d'obtenir une réponse.

« Qui est-ce?

– C'est moi. Ouvre, veux-tu?

– Je ne peux pas, je prends une douche.

– Bruce! »

Pas un mot.

« Bruce!

– Laisse-moi tranquille! Je suis tout nu, j'ai l'eau qui coule! Tu n'entreras pas, de toute façon. J'en ai marre de toi! Tire-toi, ou dors sur mon paillasson, ça m'est égal!

– Bruce, écoute! Bruce! »

Je frappai violemment au battant, puis compris que Bruce Conway était réellement fâché contre moi. Il ne me restait plus qu'à formuler l'espoir que ça lui passerait dans la soirée. Car j'avais bien l'intention de continuer l'offensive dès le lendemain. En repartant vers le deuxième étage, j'eus brusquement conscience du silence. Il paraît que le silence est un prélude à la révélation. Cela m'amusa. La révélation serait pour Bruce Conway lorsque je lui aurais fait entendre raison. Curieusement, il ne me vint pas à l'idée que je pouvais être en cause de manière plus directe.

Arrivé à mon palier, je m'adossai au mur et me mis à respirer profondément. La minuterie s'éteignit. J'empoignai la rampe à deux mains et serrai jusqu'à ce que je ne sente plus la pression sur mes paumes. Je me penchai alors dans le vide et tournai peu à peu la tête vers le haut.

La pénombre, les odeurs de plâtre humide et de parquet ciré, l'engourdissement dans mes doigts et les volutes de l'escalier me donnèrent le vertige. Une grande zone d'obscurité barrait le quatrième étage et le cinquième était presque invisible. Seule une raie plus sombre que les autres laissait deviner la présence de quelque chose au-delà.

Le sang cognait en cadence dans mes tempes et je ne voyais plus très net. Il me semblait que cette ombre si noire, tout là-haut, suivait le rythme de mon propre cœur et se balançait dans l'espace. Je me rejetai maladroitement en arrière et vacillai un instant, terrifié.

Je m'appuyai contre ma porte, la joue frottant le bois. La chaleur et la solidité de la matière me calmèrent. Il me fallut pourtant une éternité de secondes lourdes avant de pouvoir me libérer de mon angoisse. Je rallumai la minuterie et cherchai mes clefs. Je ne les avais plus. Je me souvins les avoir sorties alors que je parlais avec Bruce Conway. Je les retrouvai sur une des marches où je les avais laissées tomber sans m'en apercevoir. Je jouai un instant avec elles, et le métal froid acheva de me rassurer. Je rentrai chez moi où je me sentis en sécurité, tout en éprouvant une sorte de regret de quitter l'Escalier C.

J'étais troublé par cette force presque magnétique et ce sentiment de possession qui émanaient des lieux. L'Escalier C m'avait saisi dans son silence et m'avait montré quelque étrangeté que je ne comprenais pas. J'étais initié malgré moi, et le Mystère m'était encore inconnu.

Je repensai alors au tableau de la jeune fille penchée sur l'eau que j'avais vu dans l'après-midi. Le reflet n'est-il pas la réalité? Lequel est éphémère et lequel est éternel? L'idée et l'image ne sont-elles pas vérité? Ce sont les êtres qui passent, pas leurs reflets.

J'en étais là de mes réflexions-réfractions-réflections, lorsque mon oreille perçut un grattement. Je crus qu'Agamemnon cherchait à entrer. Pour une fois, j'étais prêt à accueillir sa présence chaude. Mais ce n'était pas le chat.

« Je peux venir chez toi, papa ? »

Je regardai Anita sans réagir. Puis je me secouai brusquement.

« Mais qu'est-ce que tu fais là ? Tu es toute seule ?

– Oui. Je peux jouer chez toi ?

– Où est ta mère ? »

Elle tourna la tête et fit un signe qui signifiait « là-bas ».

« Elle est chez Conway, c'est ça ?

– Oui. »

J'eus fortement envie de la renvoyer mais je n'osai pas.

« Pourquoi tu n'es pas avec eux ?

– Maman a dit que je rentre chez nous. J'y vais pas. »

Elle croisa les bras et prit un air boudeur. Je fus obligé de laisser faire.

« Tu sais, Anita, il n'y a rien pour jouer, ici.

– Ça fait rien. »

Elle s'assit sur mon canapé, les mains entre les jambes et ne bougea plus.

« Tu veux boire quelque chose?

– Non.

– Tu vois bien qu'il n'y a rien d'intéressant pour toi, ici. Pourquoi ne vas-tu pas plutôt jouer avec tous tes jouets?

– Non.

– Tu vas t'ennuyer, tu sais.

– Ça ne fait rien, papa.

– Anita, je t'en supplie, ne m'appelle plus papa! »

Elle sembla très chagrinée, puis fâchée.

« Je voulais te dire un secret!

– Quoi?

– Maman va habiter avec l'autre papa. Mais moi, je ne veux pas. Qu'est-ce que tu vas faire?

– Comment cela? Mais rien du tout! »

Je m'aperçus qu'Anita et moi avions sensiblement le même projet. Après tout, elle était bien capable de les empoisonner tellement qu'ils renonceraient à la vie commune.

« Moi, je veux venir ici, où je peux dormir?

– Mais Anita, je... Il n'est pas question que tu dormes chez moi! »

Je lus la déception sur son visage.

« C'est pas juste! Tout le monde est méchant avec moi! »

Elle se mit à pleurer avec application et savoir-faire.

Soudain, des cris et des appels retentirent dans l'escalier. J'ouvris la porte et me trouvai face à face avec Sharon Dowdeswell.

Nous nous regardâmes un instant sans rien dire

jusqu'à ce que les pleurs attirent l'attention de la mère.

« Anita? Mais enfin, que fais-tu chez Mr. Tuncurry? Tu pleures? »

Sharon se retourna vers moi avec colère.

« Qu'est-ce que vous lui avez fait?

– Mais rien du tout. Votre fille est venue me demander asile, je ne pouvais pas l'abandonner dans un couloir désert!

– Viens Anita, on rentre.

– Non! Je reste avec mon papa! »

Sharon Dowdeswell saisit sa fille par le bras et la tira dehors. Elle ne prononça pas un mot et referma la porte derrière elles. J'étais seul à nouveau, et plutôt soulagé de m'être débarrassé d'Anita.

Je fermai les yeux un long moment et me laissai aller à rêver. Je commençais à somnoler lorsque des éclats de voix m'annoncèrent que Sparks et sa chère Béatrix étaient de retour. Je tendis l'oreille et essayai de comprendre. Les paroles formaient une sorte d'incantation, une espèce de mélodie qui montait et descendait les gammes irrégulièrement. Il y avait de brusques crescendi accentués de quelques fortissimi et puis quelques andanti allegri. Cela jusqu'à ce que la musique devienne tintamarre. C'était reparti pour un tour. Je ne me sentais ni la patience ni l'humeur d'endurer une nouvelle engueulade. Je me levai en maugréant et allai sonner chez Sparks. Il leur fallut bien trois minutes avant de m'ouvrir. Virgil me fit de grandes démonstrations de joie, visiblement content que je vienne interrompre leur dispute.

« Vous n'avez aucune pitié pour vos voisins, dis-je.

– Je croyais que nous étions l'attraction majeure dans l'immeuble », me répondit Béatrix apparemment peu disposée à être aimable.

Sparks me jeta un coup d'œil et haussa un sourcil

comme pour signifier « tu vois ce que je supporte, mon ami ».

« Qu'est-ce qu'il vous arrive cette fois? demandai-je.

– La même chose que d'habitude, fit Béatrix.

– Vous en êtes toujours à cette histoire d'appartements?

– Exact.

– Ça paraît idiot, hein? » ajouta Béatrix.

J'hésitai à m'asseoir car le climat n'était guère clément.

« Tu veux un verre? » proposa Virgil.

J'acceptai et m'installai dans un fauteuil. Je lançai un autre sujet.

« Vous savez que Bruce a trouvé du travail et qu'il a l'intention de vivre avec Sharon Dowdeswell?

– Il est fou! s'exclama Sparks.

– C'est ce qu'il était. Il devient sérieux et rangé, et ça, c'est vraiment très grave.

– Qu'il travaille, passe encore, renchérit-il, mais qu'il se mette en ménage!

– C'est bien ce que je pense. Enfin, espérons qu'il aura changé d'avis dans deux jours. Avec lui, c'est parfaitement possible.

– Pourquoi « espérons »? fit Béatrix. Parce qu'il s'appelle Conway, il n'a pas le droit de vivre avec la femme de son choix? Votre façon de juger est absolument dégueulasse!

– Rester célibataire et libre, Tuncurry, commenta Sparks. C'est la seule solution pour avoir la paix. Tiens, c'est encore Coleen Shepherd qui a le plus de chance, lui au moins, il ne s'embarrasse pas d'enquiquineuses.

– Vous me direz quand vous aurez fini votre discussion de phallocrates, rétorqua Béatrix en se levant. En attendant, l'enquiquineuse va chercher les biscuits apéritifs et les cacahuètes que l'emmerdeur a oublié d'apporter. Plaignez-vous des femmes après ça, tiens ! »

Comme elle passait dans la cuisine, Virgil remarqua avec un petit sourire :

« Allons, elle n'est pas si fâchée, finalement ! »

Lorsque je repartis de chez Sparks, celui-ci et sa douce amie étaient momentanément réconciliés. C'était toujours comme ça. Peut-être allais-je avoir une soirée tranquille et calme pour une fois. Je m'attelai à un article sur Grindling Conrad. Je commençai, j'arrêtai, je recommençai. Je finis par renoncer temporairement et décidai de descendre prendre mon courrier, ce que j'avais omis de faire depuis deux jours. Je m'amusai bêtement à faire grincer les lattes du parquet de mon palier et jouai sur les marches. Trois pas en avant, deux pas en arrière... Il me fallut bien cinq minutes pour atteindre ma boîte à lettres. Je jetai tous les prospectus directement dans la poubelle. Il y avait une lettre de mon père. Je m'accoudai au couvercle d'une boîte plus solide que les autres et lus le début : « Mon cher fils indigne... »

La lumière s'éteignit, je la rallumai sans vraiment lever les yeux.

Ma main, sur la minuterie, se couvrit de chair de poule. Pendant les trois secondes qu'avait duré l'obscurité, une créature avait surgi dans l'encadrement de la porte d'entrée. Cela avait été si rapide, si inattendu, que je restai figé de peur devant cette apparition toute vêtue de noir et si noire elle-même. Et puis, je reconnus Mrs. Bernhardt. Je toussotai et dis :

« Oh ! bonsoir. Vous m'avez surpris, je ne vous ai pas entendue venir. »

Je souris difficilement. Elle n'avait pas bougé d'un centimètre et elle me regardait fixement de ses deux iris noirs noyés dans le jaune et les rides de ses paupières. C'était la première fois que je croisais son regard. Je vis les larmes mouiller ses cils. Lentement, elle se mit à marcher vers l'escalier et détourna la tête. Elle agrippa la rampe de ses doigts osseux et monta deux marches. Elle s'arrêta, le visage baissé. Ses lèvres tremblèrent et je sus qu'elle allait me parler. Elle dit :

« J'aurais voulu mourir à Jérusalem. »

Je cherchai à lui répondre, à la réconforter. Je ne le pus. Je suivis son ascension jusqu'à ce qu'elle rentre chez elle. Je n'avais rien fait.

Je n'avais rien fait.

Les paroles de Coleen Shepherd me revinrent en mémoire : « Le pire c'est qu'elle ne se révolte pas. » Mrs. Bernhardt était en train de lui donner tort, j'en étais sûr. Oui, elle allait se rebeller contre sa fatalité, elle allait se battre.

Une fois. Oh ! Ne serait-ce qu'une seule fois !

Et puis, je revis son visage, sa silhouette tels qu'ils m'avaient été soudain révélés. Je frémis. Quelque chose d'humide glissa sur mon menton et je portai la main à ma bouche. Je saignais. Sans m'en apercevoir, je m'étais mordu jusqu'au sang.

J'avais reconnu celle qui m'avait salué, cette ombre familière, cette inconnue, je ne la nommai pas. Je ne la nommerai pas.

VI

> « *Ainsi la forme évanouie laissera*
> *L'âme libre enfin*
> *Monter vers les étoiles*
> *Innombrables*[1]... »

POUR la cinquante-troisième fois, je recommençai la même réussite. Je la ratai. J'abandonnai le jeu de cartes. J'essayai de me concentrer sur quelque chose. Et je n'arrivai à rien. En désespoir de cause, je pris un roman et me couchai. A quatre heures du matin, j'avais fini le livre et je ne pouvais pas dormir. Je dus me résoudre à prendre un somnifère. A six heures, j'étais toujours éveillé; à sept, je somnolais. A huit, le téléphone sonna. Je refusai de répondre. Enfin, à neuf heures, il ne me restait qu'à me lever.

C'est ce qui s'appelle bien commencer sa journée.

Il était trop tôt pour monter voir Conway, et je tuai le temps en construisant dans ma tête un discours moralisateur des plus pontifiants. Cela donnait à peu près ceci : « S'opposer, c'est aimer vraiment », a écrit William Blake... Je changeai d'occupation après avoir imaginé la réponse de Conway.

---

1. *Aux bords du fleuve sacré*, poème de M.D. Calvocoressi mis en musique par Albert Roussel dans les *Évocations*.

Peut-être aurais-je pu aller prendre mon petit déjeuner chez Shepherd. J'hésitai un instant et finalement je décidai de ne pas lui parler avant d'avoir réglé le problème Conway. A vrai dire, j'étais si sûr de sa réaction que je craignais de perdre ma volonté et ma résolution à son contact. Or, il fallait que je réussisse. Je regrettais cependant de ne pouvoir lui raconter ma rencontre avec Mrs. Bernhardt. J'avais encore devant les yeux des images terribles et irréelles, et seul Coleen pouvait me comprendre.

Je frissonnai et renversai un peu de café en repensant à mon émoi et à mon angoisse de la veille. Je ne parvenais pas à m'expliquer ce qui m'était arrivé. J'avalai alternativement une bouffée d'air et une gorgée de café pendant trente secondes. Cela me laissa étourdi.

Un peu de musique venait de chez Shepherd. Je reconnus Bach. Je résistai à l'appel. Non, je n'irai pas...

Une porte claqua. Sparks ou Béatrix venait de partir. En raison de l'heure, je penchai pour Béatrix.

Un peu plus tard, j'entendis les pas de Shepherd. L'oreille tendue, j'attendis qu'il fît craquer les lattes disjointes de mon palier. Je souris car il marqua un temps d'arrêt devant ma porte. Puis il continua son chemin.

Je savais qu'il était inutile de réveiller Conway aux aurores, aussi tentai-je de passer la matinée de manière intelligente. Sur ce, je téléphonai à James Coventry.

« Allô? Salut, je voudrais parler à Coventry.

— C'est moi.

— Salut, c'est Tuncurry.

— Déjà levé?

— Oh! je t'en prie... Tu as des renseignements sur Conrad?

— Ouais. Spenser m'a filé son adresse. On peut au moins lui reconnaître cette qualité, il fait généralement ce qu'il a promis. Dis donc, Machin Conrad, il n'a pas le téléphone. Va falloir qu'on se déplace.

— Tu peux le faire aujourd'hui?

— Tout seul?

— Pour un premier contact. Après, je te jure, je prends l'affaire en main.

— Bon, d'accord... Dis donc, Spenser m'a encore répété que c'était un drôle de zigoto, tu sais. Il paraît qu'il porte des grandes capes noires, des cuissardes et le reste... J'avoue que j'appréhende la rencontre... Il a des ancêtres vikings à ce qu'il raconte, bref il doit avoir une grand-mère irlandaise... Dis donc, ton mauvais caractère face au sien, ça ne va pas être triste!

— On verra. Tu me rappelles, hein?

— Mais oui, ne t'en fais pas...

— Salut.

— Ave. »

Je raccrochai avec satisfaction. Je venais de m'éviter une corvée, mine de rien. Surtout que James avait raison. Si nous ne sympathisions pas au premier mot, Grindling Conrad et moi, on pouvait parier sur la destruction immédiate de la ville, enfin du quartier... Bref, à nous deux, on arriverait bien à casser une chaise...

J'allais m'habiller lorsque je jetai un coup d'œil à mon image dans le miroir. J'avais des cernes bleuâtres et les joues creuses. Dans mon visage émacié et inquiétant, mes deux yeux avaient un éclat curieux. Je m'arrêtai devant la glace, cherchant à définir mon expression. On aurait pu me prendre pour un moribond fiévreux et hagard. Mais ce n'était pas ça... Plutôt un dérangé, ou un traqué... Non, pas cela non plus... Brusquement, je trouvai la définition exacte : j'avais l'air mauvais, barbare. Dans mes yeux, il manquait l'essentiel : le regard. Etais-je encore moi?

Je haussai les épaules et allai dans la salle de bain. Je réussis à me donner une apparence à peu près humaine. J'avais pris soin de mettre un jean pour être sur la même longueur d'ondes que Conway. Un peu avant midi, je montai.

Bruce m'ouvrit la porte et m'examina de haut en bas. En le voyant avec un costume gris, je compris que je m'étais fourvoyé. On ne serait pas au même niveau, de toute façon.

« Dans quel état d'esprit es-tu? demanda-t-il.

– Sérieux, franc et amical », répondis-je en m'efforçant de sourire.

Rapidement, je ravalai « s'opposer, c'est aimer vraiment ». Ce n'était pas le moment de le faire rire.

« Ça commence mal.

– Oh! je t'en prie, Bruce.

– Bien. Monsieur veut-il prendre la peine d'entrer? »

Il me laissa passer en faisant une révérence.

« Eh bien, Mr. Tuncurry, la tenue est négligée ces jours-ci...

– Oh! ça va! Écrase, tu veux?

– Décidément, Monsieur ne rigole pas aujourd'hui. »

Je m'assis sur le divan et, après avoir examiné mes mains, je dis :

« Tu es déjà habillé?

– Oui. Même que je viens de rentrer. »

Je m'étonnai de ne pas l'avoir entendu. Je devais être sous la douche à ce moment-là.

« Et qu'est-ce que tu faisais debout à l'aube?

– Je suis allé voir mon chef du personnel. Je me mets au travail, lundi. »

Stupéfait, je le regardai tourner en rond sans répondre.

« Ce n'est pas vrai? finis-je par m'exclamer.

– Mais si... Manutentionnaire dans une fabrique d'ampoules électriques... Faudra que je pense à me syndiquer...

– Enfin, Conway, tu n'es pas sérieux. Tu ne vas quand même pas vivre avec cette cruche, faire des paquets pour un salaire minable et nourrir cette peste d'Anita? »

Il s'arrêta de marcher et me dévisagea sans bouger. Je continuai :

« Pas toi... toi... Libre comme l'air... L'anarchiste, le fou... Je t'empêcherai de faire ça..

– Ah! oui? Comment? Tu es mon père? Mon frère? Mon tuteur légal?

– J'ai le droit et le devoir de te protéger contre...

– Droit? Devoir? »

Je me levai, furieux.

« Parfaitement! Le devoir... et le droit de te dire ce que je pense. Sharon est une profiteuse, une putain à la dérive! »

Bruce Conway me gifla.

« Tu n'es qu'un pauvre con, Tuncurry! Un égoïste et un méchant! Tu n'aimes que détruire. »

J'aurais voulu hurler, l'étrangler. Mais je gémis :

« Je t'en supplie, Bruce... »

Je m'interrompis brusquement en sentant les larmes monter dans mes yeux. Tout cela était difficile. Je pris conscience de ma dépendance vis-à-vis de lui. Je pensai à Coleen Shepherd et à Hal. Dans une certaine mesure, nous avions reproduit le même schéma. Conway s'était servi de moi, de mon argent, et combien de fois m'avait-il tapé, voire frappé, chose que je n'avais acceptée que de lui.

Je laissai les larmes couler sur mes joues, sans honte. Il me regarda paisiblement et remarqua avec intérêt :

« Ma parole, tu me fais une scène de jalousie, Forster.

– Tu me dois plein de fric et tu ferais bien de me le rendre en vitesse, répondis-je en hoquetant.

– C'est tellement réconfortant de savoir que l'on peut compter sur ses amis!

– En ce qui me concerne, tu peux crever. De toute façon, vous ne tiendrez pas deux mois ensemble.

– On verra... En attendant, j'ai des dettes partout. J'aurais besoin d'au moins mille dollars. Tu me les donnes?

– D'accord. Si tu jures de laisser tomber Sharon.

– Tu veux m'acheter?

– Ça te choque? Tu es à vendre, non?

– Je suggère que l'on arrête là cette discussion idiote. A propos, si tu t'en fous que je crève, pourquoi pleures-tu?

– Tu m'as cogné, ça m'a fait mal.

– Ah! tiens? Il faut donc te battre pour tirer de toi un sentiment quelconque? »

Je me mordis les lèvres.

« En effet, fis-je, un sentiment de douleur. C'est tout ce que tu auras tiré de moi.

– C'est un bon début. Quand tu auras bien souffert, tu seras peut-être capable d'aimer.

– Parce que je ne le suis pas?

– Apparemment. Méchanceté, jalousie et possessivité, ça n'a jamais été inscrit dans le manuel du parfait amant.

– Tu es mal placé pour me faire la leçon.

– Pourquoi? »

Je lui tournai le dos sans répondre.

« Je te plains, Forster. »

Je fis volte-face immédiatement.

« Non mais, tu te prends pour qui? Ah! tu me plains! Vraiment? On verra lequel des deux sera à consoler dans quinze jours! »

A grands pas, je traversai la pièce et en mettant la main sur la poignée de la porte, j'ajoutai :

« Et surtout, n'oublie pas de te syndiquer. »

J'évitai de claquer la porte en sortant, bien que j'en eusse grande envie. Calme, je resterai calme. Je commençais à descendre lentement, lorsque j'eus conscience que quelqu'un d'autre était dans l'escalier. Je me penchai légèrement par-dessus la rambarde. J'attendis sans bouger. Une main glissait sur la rampe. A l'angle du troisième et du quatrième étage apparut Sharon Dowdeswell. Elle m'aperçut soudain et eut un sursaut. Mais elle se reprit aussitôt et se redressa fièrement. Elle continua à monter et en me dépassant, dit :

« Bonjour, Mr. Tuncurry. Belle journée, n'est-ce pas ? »

Je sentis l'ironie dans sa voix. Je me hérissai et décidai d'attaquer.

« Bonjour, Miss Dowdeswell. Belle journée pour les rapaces, en effet.

– Les rapaces ? »

Elle me regarda, plus haute que moi de trois marches..

« Oui, les exploiteurs de toute sorte se rejouissent aujourd'hui. Les patrons capitalistes, les chefs du personnel et les putains.

– J'en déduis que vous me classez dans la troisième catégorie.

– On ne peut rien vous cacher. Il suffit d'écouter Anita pour être fixé.

– D'abord, je n'ai pas de comptes à vous rendre, ensuite, je me fous de votre opinion, enfin...

– Enfin ?

– Vous n'y pouvez rien. Bruce Conway est à moi. Et vous ne l'aurez jamais.

– Je trouve vos propos inquiétants, je doute qu'ils plaisent à Bruce.

– Allez les lui rapporter dans ce cas.

– Je le pourrais. Mais je n'ai pas de temps à perdre à ça.

– Oui ? Vous ne venez pas de chez lui, par hasard ?

– Moi ? Ah ! si, c'est juste. Je suis allé lui réclamer

l'argent qu'il me doit. Il ne l'a pas. Vous payez pour lui?

— C'est son problème, pas le mien.

— Ah! bon. Je suppose que vous vivrez sous le régime de la séparation des biens. Autrement, il vous faudra rembourser ses dettes. Vous savez, ses créanciers deviennent menaçants... Comme vous vous en apercevrez rapidement, Bruce jette l'argent par les fenêtres. A vrai dire, vous ne serez pas la première à être plumée. Bruce a toujours eu la manière pour accrocher les pigeons idéals. La séduction, c'est son rayon. Faut voir de quelle façon il s'est imposé dès qu'il vous a vue. Vous vous souvenez? »

J'attendis qu'elle me réponde. Elle entrouvrit la bouche, déconcertée. J'étais en train de réussir mon coup.

« Je ne vous crois pas...

— Oh! moi, ce que j'en dis... Ce que je veux, c'est mon pognon. »

Je lui adressai alors un grand sourire et la saluai de la main.

« Allez, c'est pas tout ça... Au revoir, chère amie. »

Je descendis en me retenant de ricaner. Elle monta les marches en vitesse et j'entendis un bruit de clefs, puis la voix de Conway étouffée mais distincte :

« C'est toi, Sharon? »

A ma très grande surprise, je trouvai Coleen Shepherd adossé au mur, devant chez moi. Il avait les bras croisés et il fronça les sourcils quand il me vit.

« Tiens, qu'est-ce que tu fais là?

— Je t'attendais.

— Ah? Ça fait longtemps?

— Assez. »

Un frisson me parcourut les omoplates. A tous les coups, il avait assisté à ma discussion avec Sharon. J'en eus tout de suite la confirmation.

« Ça t'amuse?

– Quoi?

– Oh! ça va comme ça, Forster. Bruce Conway est déjà venu me raconter votre dispute d'hier. D'après ce que je viens de surprendre, c'est de pire en pire. On peut savoir ce qui te prend?

– C'est une salope. Conway s'est fait avoir, c'est évident! Tu ferais mieux de m'aider au lieu de me faire la morale.

– En effet, Forster. Je vais t'aider.

– Ah? »

Cela m'étonna. Le ton et l'expression de Coleen Shepherd étaient très inhabituels et je ne savais pas trop ce qui se tramait dans sa tête.

« Oui, je vais t'aider. Mais pas de la façon que tu crois. Viens, on va chez moi.

– Pourquoi chez toi?

– Ne discute pas. Amène-toi. »

J'hésitai, impressionné mais surtout effrayé par ce que Coleen devait penser de ma conduite.

« Alors, tu viens, oui? »

L'impatience dans sa voix acheva de me mettre mal à l'aise. Je dus le suivre. Nous entrâmes dans son appartement sans parler. Coleen referma derrière nous et verrouilla la porte. Je sursautai en entendant les déclics et me retournai pour le voir faire. Cela devenait de plus en plus étrange.

« Assieds-toi. »

J'obéis, la gorge serrée et mes vieux démons me reprirent : j'étais là, enfermé avec un homosexuel...

Il se posta devant moi et m'observa attentivement pendant plusieurs secondes.

« Forster, commença-t-il, j'ai souvent combattu en moi-même l'idée que tu étais foncièrement et primitivement mauvais. A mon grand désespoir, je suis obligé aujourd'hui d'admettre ce que Bruce Conway m'a toujours affirmé à ton sujet. Tu es méchant.

— Parce que je dis ce que je pense? Moi, j'appelle ça de la franchise.

— Cela n'a jamais excusé personne...

— Excusé? Ma parole, tu dérailles! Comme si je cherchais à me justifier! Oui, je suis méchant! C'est vrai! Je suis né de Lucifer, l'Archange de Lumière. C'est inné, tu as raison : «foncièrement et primitivement»... Mieux, originellement! Je veux détruire, c'est vrai, je veux faire mal, oui! J'aime la souffrance que je crée, j'aime voir les gens capituler devant ma volonté! Sais-tu ce que je préfère? Dominer les autres, les écraser en leur faisant comprendre qu'ils me sont inférieurs! Être au-dessus, ça ne sert à rien si les autres ne savent pas qu'ils sont en dessous! »

Je repris mon souffle un instant, espérant qu'il m'arrêterait avant que je n'atteigne mon seuil de vulnérabilité. Mais il attendait que je finisse.

« Tu n'es qu'un sale petit pédé! Tu te rends compte que je te méprise? Tu connais la dernière histoire drôle sur les homos? C'est une pédale qui rencontre un youpin avec un polack et qui leur demande... »

Je vis saillir la mâchoire sous les muscles de son visage. Il plissa les yeux et continua de les fixer sur moi sans ciller. Je me levai et avançai d'un pas. J'étais très nettement plus grand que lui, et beaucoup plus fort.

« Qu'est-ce que tu fais si je te cogne?

— Fais donc.

— J'ai toujours su que tu aimais ça...

— C'est évident.

— Je sais ce que tu vas dire.

— Ah! vraiment?

— Oui, tu vas dire que je te fais pitié. Comme ce crétin de Hal.

— Tu ne m'as jamais inspiré la pitié. Mais tu vas finir par m'inspirer la haine.

– Tant mieux! Ça fera un client de plus pour Satan.

– Il y a longtemps que je suis damné.

– Ah! oui, c'est vrai! A quel âge, tu as commencé à t'intéresser au sexe de tes petits camarades? Hein? A l'adolescence? Sûrement. Il s'appelait comment le premier que tu as enculé? Il était plus jeune que toi? Tu l'as forcé, peut-être? »

Il écarta une mèche de son front avec une main qui ne tremblait pas.

« Continue, Forster... Défoule-toi. Je préfère que ça soit sur moi que sur Conway ou Sharon. Vois-tu, moi, j'en ai supporté bien plus que tu ne pourras jamais m'en faire. Tu ne m'atteins pas.

– Et si je te frappais pour de bon? Ça te ferait mal, non?

– Sûrement. Alors, vas-y. Cogne. Cogne! »

Je serrai mon poing gauche et l'élevai jusqu'à la hauteur de ses lèvres.

« C'est que tu en as envie, salope!

– En effet, oui... »

J'étais incapable de le toucher et je le savais.

« Pourquoi tu acceptes ça? demandai-je.

– Je te l'ai dit, mais tù n'as pas compris : je t'aide.

– Hein?

– Tu es un homme en train de se noyer et tu combats celui qui veut te porter secours. Lorsque tu auras surmonté ta peur, tu te laisseras sortir de l'eau.

– Peur? J'ai peur de quoi?

– D'aimer. Comme tous ceux qui font le mal. »

J'éclatai de rire.

« Ça c'est la meilleure!

– Oui, c'est drôle, n'est-ce pas? »

J'essayai de continuer de rire. En fait, j'étais en pleine hystérie. Je portai mes deux mains à mon visage et me couvris les yeux. Je haletai un temps, puis gémis, cherchai l'oxygène que je ne trouvais plus.

« Qu'est-ce qui t'arrive ? »

La voix anxieuse de Coleen me parvint de très loin.

L'hystérie était en passe d'évoluer. Peu conscient, mais doté d'un automatisme depuis mon enfance, je pus lui dire :

« Un sac en plastique... Il faut un... »

Depuis des années, je n'avais plus eu de crises de tétanie. L'émotion violente, la panique avaient ressuscité une vieille ennemie de mon passé.

« Quoi ? Quoi ? Pour quoi faire ? Qu'est-ce que je fais ?

– Le gaz carbonique... »

Je m'effondrai après avoir résisté au maximum et m'abandonnai totalement, finalement heureux d'échapper au monde réel. Coleen avait dû comprendre, car je repris mes esprits assez vite. J'écartai le sac et respirai à nouveau presque normalement. Je me hissai sur le canapé et m'affalai. Maintenant qu'il n'était plus inquiet pour ma santé, Coleen Shepherd commença à sourire. Je lus sur son visage cette curieuse expression de victoire que je l'avais déjà vu arborer. Je tentai de le culpabiliser pour me venger.

« T'es content ? Tu as réussi à me rendre malade.

– Parce que c'est ma faute ? »

Apparemment, il ne se laisserait pas faire aussi facilement. Je m'appliquai à avoir l'air d'un mourant, ce qui n'était pas très difficile étant donné que je tirais une tête terrible depuis la veille, de toute façon.

« Tu as besoin d'un médecin ?

– Pourquoi ? C'est fini, à présent.

– Ah ! Alors, tu vas bien ?

– Non ! Pas du tout. »

Je fermai mes yeux brûlants, ma voix s'érailla

complètement, et je restai ainsi, la bouche ouverte. J'agonisai cinq minutes en silence.

« Si tu n'es pas bien, j'appelle le docteur. »

Entre mes paupières entrouvertes, je le vis poser la mains sur son téléphone, je ne bougeai pas. Il décrocha. Il raccrocha.

« Mais... Qu'est-ce que tu as eu, au juste?

Je refusai de répondre.

« Forster... Forster? Hé! Je te parle! »

Il revint à mes côtés et je sentis sa main sur mon front.

« Pas vraiment chaud... Un peu de température, peut-être... Forster...

– Ne me touche pas... Je t'interdis de me toucher.

– Je vais faire du thé. »

Il s'éloigna tranquillement et disparut de mon champ de vision. Je me levai et allai jusqu'à la porte sans bruit. Je défis les verrous et découvris brusquement que la serrure était fermée et que la clef n'était pas dessus.

« Tu veux partir? »

La voix de Coleen me fit sursauter.

« Ouvre immédiatement.

– Je croyais que tu étais à l'article de la mort?

– Ouvre, je te dis! »

La sueur glissa le long de mon dos, faisant frissonner la chair. Mes jambes refusaient de me supporter davantage.

« Va te rasseoir. »

Coleen me prit par le bras et me conduisit jusqu'au divan où je me laissai choir.

« Le thé te fera du bien, j'en suis sûr. »

Il retourna dans sa cuisine un court instant. Mes lèvres tremblaient tellement que j'avais l'impression que toute l'énergie de mon corps était concentrée sur leur frémissement. Un carcan de souffrance m'enserrait la cage thoracique alors que mon cœur cherchait à faire éclater mes côtes. Je reconnus les prémices de l'évanouissement. J'entendis encore le bruit que fit Coleen en posant son plateau sur la table. Et puis, lentement, la lumière se rétrécit jusqu'à l'infini, comme une implosion dans ma tête. Le premier sens qui me revint fut l'odorat. Je pensai : thé de Chine, arôme fumé... Mes oreilles bourdonnaient trop pour que je perçoive le bruit de la cuillère tintant dans une tasse, mais ma peau m'avertit du mouvement de l'objet. Je me décidai à ouvrir les paupières. Coleen était accroupi devant sa table basse et tournait une cuillère.

« C'est passé? demanda-t-il.

– Oui. »

J'allais beaucoup mieux en effet. Je m'étais débarrassé de mon angoisse et de ma douleur. Coleen poussa la tasse vers moi. Je la saisis et renversai une partie du thé sur mes doigts. Je ne sentis pas la chaleur. J'avalai le liquide brûlant d'un seul coup. Ma langue et mon palais étaient trop engourdis pour réagir à ce traitement. J'évitai de croiser le regard de Coleen. J'étais honteux, mais soulagé. Dans le fond, ce qui m'énervait le plus chez Coleen Shepherd, c'est qu'il avait toujours raison. Il me resservit du thé. Je constatai qu'il était une heure et demie à ma montre.

« Tu as faim?

– Non. »

Je lui devais des excuses, mais j'en étais incapable.

« Tu veux des biscuits?

– Non.

– Pour tremper dans le thé? »

Je haussai les épaules. Comment pouvait-il me parler de manger? Involontairement, je relevai la tête. Coleen m'observait. J'essayai d'échapper à ses yeux gigantesques, surpris d'y voir mon reflet. Les larmes mouillèrent enfin mes joues et, pour la deuxième fois de la journée, je pleurai. Il n'y avait ni haine ni pitié dans le vert de ces yeux-là, seulement de la douceur et de la compréhension. Il vint s'installer à côté de moi et posa sa main sur la mienne.

« Tu es glacé, Forster. Je crois que le mieux est que tu ailles te reposer chez toi, et dormir si tu peux. »

Nous nous regardions toujours, et je pleurais de plus en plus. Je fermai mes paupières, mais je ne pouvais empêcher Coleen de me voir ainsi. J'étais certain qu'il attendait que je lui demande pardon. Mais je ne le ferais pas. Jamais... La chaleur de sa paume et de ses doigts finit par se communiquer à ma chair. Cela m'exaspéra. Je le repoussai brusquement et me redressai en butant dans la table. La vaisselle qui était dessus résonna un instant sous le choc.

« Non mais, qu'est-ce que tu crois? Tu penses peut-être que je vais te laisser me tripoter parce que je suis malade? »

Il hocha la tête avec tristesse. Je sanglotai soudain malgré moi. En vacillant, je gagnai la porte où je m'adossai.

« Ouvre. »

Coleen retira ses clefs de sa poche de pantalon et débloqua la serrure. A la suite de quoi, il me tourna le dos et alla finir son thé. J'hésitai, mais en appuyant ma main sur le mur de l'Escalier C, je repris courage. Je fermai sa porte moi-même et descendis d'un étage. J'avais oublié de lui parler de Mrs. Bernhardt. Mais comment l'aurais-je pu?

Je rentrai chez moi, balançant comme un culbuto, et je me couchai immédiatement. J'évitai de me regarder dans un miroir, effrayé par la vision que je devais présenter.

Je me noyai aussitôt dans l'océan tiède du sommeil.

J'eus confusément conscience de la sonnerie du téléphone. Je tendis le bras comme pour arrêter mon réveil. C'était idiot bien sûr. Je grognai et renonçai à la stopper. Je glissai de nouveau mon bras sous les couvertures et me rendormis. Malheureusement, les rêves me tourmentèrent une seconde ou cinq heures, avec une telle insistance qu'ils laissèrent des traces noires et rouges devant mes pupilles aveugles.

Le tic-tac que j'entendais était bien réel, pourtant. Je naviguai un long moment entre jour et nuit. Tic-lumière, tac-ténèbres, clair-obscur, tic-tac, éveil-sommeil...

Finalement, je me levai, horripilé par le contact de mes draps trempés de sueur. Il était sept heures et demie. Je passai sur mon visage un gant de toilette mouillé pour me débarrasser des mauvais songes. Je vis, malgré moi, mon reflet dans le miroir de la salle de bain.

Mes boucles humides collaient à ma nuque et à mon front. J'étais singulièrement pâle, et les lèvres que j'avais habituellement si rouges étaient blanches. Les seules marques de couleur dans cette face livide, que je ne reconnaissais pas, étaient dues à des coupures récentes (l'une, je me souvins, avait été causée par la blague de Florence Fairchild).

Et puis, bien sûr, il y avait mes yeux gris (dont je ne suis pas peu fier, soit dit en passant), exorbités, noyés de sang, d'eau et de sel. Mes iris, deux fleurs étranges, me parurent presque bleus. A me contempler ainsi, surprenant tableau abstrait, je repensai à Grindling Conrad. Je m'étonnai de n'avoir pas de nouvelles de James. Puis je me rappelai le coup de téléphone qui m'avait à moitié réveillé dans l'après-midi. C'était sûrement lui qui avait cherché à me joindre.

Je gagnai mon salon et appelai James chez lui. Je tombai sur sa femme qui me tint la jambe cinq bonnes minutes avant de laisser à son mari une chance de me parler.

« Alors? demandai-je.

— Eh ben, mon pote, ça n'a pas été facile! D'abord, j'y suis allé une fois pour rien parce qu'il n'était pas là. Et puis, j'y suis retourné en début d'après-midi, et alors là, dis donc, je suis tombé dessus. Eh ben, dis donc, mon pote! »

Le récit de James était jusqu'à présent relativement incohérent, je lui coupai la parole et insistai :

« Bon, mais alors qu'est-ce que tu lui as dit?

— Mais, mon vieux! C'est qu'il ne m'a pas permis d'en placer une!

— Comment ça?

— J'ai commencé en disant que je travaillais à la *Revue de l'Art*. Il m'a répondu : « Une bande d'imbé-« ciles pédants et de scribouillards incompétents. » Ensuite, je lui parle de l'expo, il me fait comme ça : « Tous ces crétins qui ne savent que parler dans le « vide. » Dis donc, tu vois le genre?

— Oui, continue.

— Alors, j'insiste et je lui dis que la revue voudrait faire un truc sur lui. Je lui explique, vraiment tu vois, des tas d'articles, essayer de monter une exposition dans une chouette galerie. Alors là, dis donc! C'était le mot à ne pas prononcer! Il m'a sorti une de ces tirades sur les Galeries d'Art! Mon pote! Je n'ai plus eu l'occasion de dire quoi que ce soit! D'après ce que j'ai compris, il a dû avoir quelques déboires avec ceux-là. C'est tout juste s'il ne m'a pas foutu dehors à coups de pied dans le derrière! Et, dis donc, Spenser avait raison. C'est vrai qu'il a une allure pas possible. Il est gigantesque, en plus! Je te jure, je n'en menais pas large. Bon, dis donc, qu'est-ce qu'on fait, maintenant?

— Ecoute, ça ne change rien. Arrange-toi avec Spenser pour prendre des photos des tableaux. Ensuite, tu fais un commentaire dessus. Je te fais un petit papier en plus et un autre plus long sur la Journée elle-même et surtout sur Conrad, que j'envoie à Macland en lui faisant un discours pour qu'il le publie. Après ça, on se met en quatre pour trouver un mec pas trop con qui veuille bien nous prêter un local pour exposer. Quand on en sera là, on mettra Grindling Conrad devant le fait accompli.

— Bon... Dis-moi, mon cher, tu pourrais demander à la belle Florence de s'occuper des relations publiques?

— Pourquoi pas? Tu me donnes une idée, James...

— T'es sérieux?

— Oui, absolument. »

Comme toujours, je me sentis un peu mieux après avoir discuté avec James. Il avait le don de m'apaiser parce qu'il était simple et spontané. Je m'assis à mon bureau devant une feuille vierge, sachant pertinemment que j'étais incapable d'écrire la moindre phrase. La fatigue s'insinua dans ma colonne vertébrale, grimpant peu à peu le long de mon cou jusqu'à mon cerveau. Je flottais dans les nuages orageux de mes pensées pluvieuses, m'alourdissant à chaque seconde sous le poids de ma mélancolie. Bref, je commençais à me faire chier. Je notai deux mots sur ma feuille : reflet-réalité. Il devait être huit heures lorque Coleen sonna. Je lui ouvris aussitôt.

« Ça va mieux? demanda-t-il.

— Non.

— Ecoute, heu... On va tous au restaurant pour fêter... Heu... Enfin, pour Conway et Sharon. Je suppose que tu n'avais pas l'intention de venir, n'est-ce pas? Je leur ai dit que tu étais très malade. Ce n'est que la triste vérité, d'ailleurs. »

Il me sourit un peu ironiquement.

« Donc, si tu ne vas vraiment pas bien, il faudra appeler Police Secours.

« – Tu te fous de moi?

– Allons, allons... Tu as besoin d'une nurse dévouée? Je ne suis pas disposé à jouer ce rôle-là...

– Va te faire foutre! »

Il se mit à rire, ce qui me rendit furieux.

« Et par qui tu voudras! » ajoutai-je.

Il reprit un air sérieux et resta ainsi sans bouger ni parler. Il espérait sans doute que je lui fasse des excuses.

Soudain, des voix nous parvinrent des étages au-dessus. J'eus la tentation de rentrer chez moi vivement, et puis je décidai d'affronter leur regard. Virgil apparut le premier et eut un léger sursaut en me voyant.

« Ah! Forster... Bah! tu as une tête terrible...

– Il faut croire, répondis-je.

– Oh! là! là! fit Béatrix, ben, mon pauv'vieux! Je t'ai jamais vu comme ça! »

Bruce Conway ne prononça pas un mot et Sharon Dowdeswell ne me jeta même pas un coup d'œil.

« Ça va pas, papa? » s'exclama Anita en sautant à pieds joints la dernière marche.

Coleen Shepherd se retint de rire à nouveau et me lança un regard amusé. Conway et Sharon ne s'étaient pas arrêtés et continuaient de descendre, entraînant Virgil Sparks et Anita. Béatrix hésita un peu et me sourit amicalement.

« Allez... Repose-toi. Si tu veux, je viendrai aux nouvelles demain matin? »

Sa gentillesse me toucha profondément. J'esquissai aussi un sourire.

« Merci... » fut tout ce que je réussis à dire, car ma gorge s'était brusquement serrée.

Elle s'éloigna alors assez lentement, puis rattrapa les autres en vitesse. Coleen était toujours là.

« Alors, tu t'amènes? monte vers nous. »

C'était la voix de Bruce Conway. J'en conçus beaucoup de ressentiment. Voilà que j'étais écarté, abandonné, meurtri... Et Conway cherchait à m'arracher Coleen Shepherd, pour me punir, j'en étais persuadé. Je tentai de le garder près de moi. Si seulement je pouvais l'empêcher de partir avec les autres...

« Bien, j'y vais... commença Coleen.

– Non!

– Quoi?

– Attends... »

Si je lui demandais pardon, il resterait avec moi, c'était certain. Mais je ne pouvais pas.

« Pourquoi? fit-il avec un intérêt visible.

– Coleen, viens! »

De nouveau, Conway appelait. Une sorte de duel d'influence avait débuté entre lui et moi.

« Attends... »

Je n'arrivais pas à dire autre chose.

« Bon, salut », dit-il avec impatience.

Il me tourna le dos et je savais trop bien ce qu'il fallait que je fasse pour le retenir.

« Coleen... » soufflai-je faiblement.

Il posa la main sur la rampe et commença à descendre.

« Coleen... »

Ma voix était presque inaudible, un râle à peine perceptible.

« Attends... »

Mais c'était inutile.

Mes lèvres formèrent un mot qu'aucun son ne transporta jusqu'à lui.

Il disparut dans la volute de l'escalier.

J'étais assez furieux qu'ils me laissent ainsi. Tout ça pour boire à la santé de Conway et Sharon. Qu'ils en crèvent! Je me sentis soudain très fatigué. Je me couchai à nouveau et m'endormis. Dans mon sommeil, je perçus des bruits de pas qui montaient l'escalier. Je me retournai et me réveillai. J'écoutai un instant, pensant que c'étaient peut-être ces idiots qui revenaient.

Mais non. Il était une heure du matin. Je me redressai, l'oreille aux aguets. Il y eut un son étrange, d'abord très sec et qui se répercuta sourdement. Cela me rappela un arc que l'on aurait tendu pour tirer et qui vibrait après avoir lancé sa flèche vers le ciel. J'étais troublé. Dans cette partie de la maison, il ne pouvait y avoir que moi, Mrs. Bernhardt et Hardy. Je me levai. De mon salon, je pouvais voir le rayon de lumière qui filtrait sous ma porte : il y avait bien quelqu'un. La minuterie s'éteignit. J'attendis quelques secondes, puis je sortis dans l'obscurité. Tendant les bras en avant, j'allai jusqu'à la rampe que j'empoignai. Je respirai lentement, doucement, me laissant saisir par la lourdeur de l'atmosphère. Je me demandai alors ce que j'étais en train de faire, sur mon palier, comme un imbécile.

Je me penchai et scrutai les ténèbres. Je tournai la tête vers le haut et cherchai. Je savais que je n'étais pas seul. Le noir semblait tomber sur mon visage, m'écrasant, m'étouffant. Si je voulais voir, le mieux était d'allumer. Je restai sans bouger où j'étais, et continuai de fouiller de loin les ténèbres supérieures. Je commençais à distinguer les barreaux de la rampe. Mais il y avait quelque chose qui m'intriguait. Une zone d'ombre qui flottait dans l'espace au-dessus de ma tête. Brusquement, je me souvins : c'était comme la veille, cette impression de voir un objet se balancer dans le vide. Je reculai et butai contre une lame de parquet mal ajustée. Je touchai l'embrasure de ma porte grande ouverte. J'effleurai la minuterie.

Je sentis sur ma peau le déplacement de l'air, aperçus presque un miroitement. Puis un bruit métallique me parvint du rez-de-chaussée. Je sursautai violemment.

J'allumai. La lumière vive ne me procura aucun

plaisir puisqu'elle allait me montrer ce que je ne voulais pas voir. Je jetai un coup d'œil en bas pour découvrir l'origine de ce nouveau son. Au milieu des poubelles brillait un trousseau de clefs.

Et puis je regardai.

Je voulais hurler et je n'y arrivais pas. Je voulais me cacher ou disparaître, rentrer chez moi. Ma main glissa le long du mur près duquel je m'étais réfugié. Je m'accroupis et descendis à quatre pattes à reculons, la bouche muette, les yeux aveugles. Il m'était impossible de cligner des paupières. Désespérément, toujours en reculant, je tentai de crier. Mon pied toucha l'angle de l'escalier, là où il faisait un coude. Cela me secoua. Je bondis en avant, haletant, et grimpai aussi vite que me le permettaient mes jambes roides.

Arrivé au cinquième, je m'aplatis contre le mur. Et puis, je me jetai à terre et attrapai la corde à deux mains. Mes bras se tordaient au travers des barreaux, frottant douloureusement le bois. Je hissai un poids qui me sembla énorme. Je vis mes veines saillir sous l'effort, mes doigts blanchir autour de mes articulations. La sueur me couvrit le front et je lâchai tout.

J'entendis les vertèbres craquer.

Téléphoner, il fallait téléphoner. Collé au mur, je redescendis, mais entre le cinquième et le quatrième étage, je ne pouvais que voir. Mon regard suivit d'abord le nœud et la corde, puis il se posa sur les yeux jaunes, ouverts et fixes, le sourire tordu, et puis sur ce corps noir et disloqué.

Et il y avait la main.

La paume légèrement tournée vers l'avant, et les doigts qui avaient laissé échapper les clefs.

J'atteignis enfin ma porte et la trouvai fermée.

Je dévalai l'escalier, traversai la cour en titubant et me précipitai dans la rue. Je m'arrêtai, hagard, cherchant où me réfugier. Au bout de l'allée, j'aperçus un petit groupe de personnes. Je reconnus d'abord la haute silhouette de Virgil Sparks. C'étaient eux, enfin! J'avalai une bouffée d'air frais, et courus vers eux.

« Tiens, mais c'est... » commença Virgil.

Je tombai à genoux sur le trottoir.

« Qu'est-ce qui t'arrive, Forster? » me demanda Coleen avec inquiétude.

Je me trouvai incapable de répondre. Voyant cela, Béatrix déclara qu'il fallait me ramener à la maison.

« Non! » m'écriai-je.

Je saisis les deux poignets de Béatrix et serrai frénétiquement.

Je luttai contre la panique et la crise de tétanie.

« Forster, viens... murmura Coleen.

– Non! »

Sharon avait fait un pas en avant et, libérant Béatrix, je tentai de l'arrêter. Je touchai sa jambe en m'effondrant sur le macadam.

« Forster, relève-toi voyons! »

Brusquement, je me penchai au-dessus du caniveau et vomis.

« Il est vraiment malade! s'exclama Béatrix, il faut faire quelque chose.

– Je vais appeler un médecin », décida Sparks.

Il se dirigea rapidement vers l'immeuble. Je sautai maladroitement sur mes jambes et le rattrapai. Je le plaquai contre la vitrine du drugstore.

« Non! »

J'étais furieux contre mon incapacité à m'exprimer. Ma colère me rendit la parole quelques secondes.

« Elle est morte! N'entre pas!

– Quoi?

– N'entre pas! »

Coleen posa ses deux mains sur mes épaules et me secoua :

« De quoi parles-tu ? »

Mes yeux tournèrent dans mes orbites, je voyais le ciel noir, les pavés, les fenêtres sombres. J'étais en train de perdre conscience et il fallait que je résiste. J'écartai Coleen et empoignai le bras de Bruce Conway. Je l'entraînai avec moi dans la cour. Les autres firent mine de nous suivre, mais je hurlai :

« Non ! N'entrez pas ! »

Ils stoppèrent, indécis. Bruce Conway entra avec moi dans la maison. Je fermai la porte et allumai la minuterie.

« Ecoute, Forster... »

Il semblait fâché. Comme je ne pouvais pas lui expliquer, je me contentai de m'agripper à la rampe et de regarder vers le cinquième étage. Un doute m'avait envahi soudainement. N'était-ce pas qu'un cauchemar ? Je le dévisageai intensément, attendant qu'il me confirme que j'étais fou. Il leva la tête et je le vis pâlir. Il me fixa de ses yeux écarquillés et réagit enfin. Il ressortit et je l'entendis demander ses clefs à Béatrix qui avait le téléphone, et qui surtout habitait au premier.

« Mais qu'est-ce qu'il se passe ? s'enquit Sharon, visiblement affolée.

– Restez ici, n'entrez pas ! » ordonna Bruce Conway en refermant derrière lui.

Conway gravit l'escalier quatre à quatre et pénétra chez Béatrix, laissant tout ouvert.

Je me glissai par terre. Je me prosternai sur les carreaux froids, les bras couvrant ma tête, le front appuyé sur le sol. Je cherchai à m'isoler, à m'échapper. Des sifflements perçants et des bourdonnements m'emplirent les oreilles. Je ne voyais plus rien. Je commençais à réussir à m'évader, à m'abstraire. Si je pouvais construire un mur autour de moi. M'enfermer.

Des sirènes retentirent, résonnèrent. Des pas vifs gravirent les premières marches. Je ricanai. Mais ce ne fut qu'en entendant une voix inconnue dire : « Merde, ça va encore être marrant pour la récupérer celle-là ! » que je pus, enfin, m'évanouir.

VII

Où l'on voit que la vie continue

LORSQUE je me réveillai, il faisait jour. Béatrix était sur une chaise à côté de mon lit. A mon grand désespoir, je constatai que j'allais très bien. J'avais espéré être malade à crever pendant au moins trois mois. Mais rien du tout. Le mauvais sort s'acharnait contre moi.

« Salut », dis-je.

Béatrix redressa la tête vivement et me sourit.

« Comment te sens-tu?

— Très bien. Hélas!... »

Elle avait les traits tirés, un visage de poupée de chiffon.

« C'est toi qui devrais te coucher, maintenant, remarquai-je.

— Oh! tu sais... Je n'aurais pas pu dormir de toute façon. Coleen m'a tenu compagnie, il est dans ta cuisine. »

Elle frissonna brusquement.

« Tout ça est tellement horrible... » ajouta-t-elle.

Je me décidai à me lever. Je n'avais pas les jambes très solides, mais après avoir fait deux pas, je constatai que je pouvais marcher sans problème.

« Tu crois que c'est prudent? demanda Béatrix.

— Oui, oui. Ne t'en fais pas. »

Je sortis de ma chambre et trouvai Coleen Shepherd en train de fouiller mes placards. Il me tournait le dos.

« Dis-moi, Béa, à ton avis, si le sucre est dans la boîte marquée farine, est-ce que cela implique que le café est dans celle du thé?

– Non, le café est bien dans la boîte étiquetée café.

– Oh! c'est toi? fit-il en se retournant.

– Eh, oui... Laisse-moi faire. Comme je te connais, tu vas au moins faire sauter le grille-pain. »

J'entrepris de remplir mon percolateur made in Italy sous le regard inquisiteur de Coleen. Il dut finalement penser que j'avais l'air à peu près normal car il déclara :

« Bon... Eh bien, je vais prévenir Béa que le petit déjeuner sera prêt incessamment sous peu. »

Je préparai le plateau avec des mains fermes et sèches, et lorsque la vapeur siffla, je pus sans difficulté presser le café. Je portai la vaisselle et les toasts, puis les tasses pleines. Béatrix et Coleen attendaient sans dire un mot, installés autour de ma table. Je pris un siège et commençai le service.

« Tiens, passe-moi le beurre, Forster », demanda Coleen.

Ce fut la seule phrase prononcée en l'espace de dix minutes. Curieusement, nous étions tous les trois affamés.

« Ouf, ça va mieux, conclut Béatrix en repoussant son assiette vide.

– Ouais...

– J'ai quelque chose à dire.

– Ah? me répondit Coleen Shepherd en croisant les bras.

– Oui, je... Ce n'est pas ma faute.

– Ta faute? Mais quelle idée, Forster! » fit Béatrix, interloquée.

Je regardai Coleen attentivement. Peut-être comprendrait-il lui, ce que je ressentais. Il poussa un soupir et commença à débarrasser la table. Je ne voulais pas laisser tomber la discussion, ou plutôt l'explication que j'avais ainsi entamée.

« J'ai essayé de t'en parler hier, continuai-je. Et puis... »

Je me souvins brusquement de ce qui s'était passé entre nous et je rougis.

« Enfin, c'est que... Je ne sais pas comment dire! m'exclamai-je, énervé. J'ai trop de choses dans la tête et pas assez de mots pour les exprimer. »

J'appuyai mon front sur une de mes paumes, d'un geste découragé. Les deux coudes sur le bord de la table, je tentai de mettre mes idées en ordre.

« En fait, repris-je, c'est comme si j'avais toujours su ce qui allait arriver. Et je n'ai rien fait pour l'empêcher.

— C'est le genre de choses que l'on pense après, remarqua Béatrix, ça ne prouve rien voyons...

— Non, non! Ce n'est pas vrai! Oh! comment te faire comprendre? Ce que j'ai vécu hier, je l'avais vécu avant-hier. C'est quoi? Une prémonition? Je l'ignore. J'étais dans l'escalier et je sentais une présence, tout en étant seul. Tu vois? Non, tu ne vois pas... »

Je fermai les yeux un instant pour réfléchir. Quand je les rouvris, Coleen s'était rassis, apparemment prêt à m'écouter cette fois.

« Quand j'ai lâché la corde, j'ai entendu ses vertèbres craquer.

— Quoi? »

Coleen se redressa d'un bond, horrifié.

« Qu'est-ce que tu racontes?

— J'ai essayé de la remonter... Mais je n'ai pas pu... Et quand j'ai lâché, j'ai entendu...

— Oh! tais-toi, tais-toi! s'écria Béatrix en se bouchant les oreilles.

— Tu sais, j'ai vu sa mort... Avant. Plutôt, je l'ai vue comme morte. Tu saisis? Je l'ai croisée bien vivante, mais je la voyais morte. Je ne peux pas mieux expliquer... Je le savais et je n'ai rien fait.. Mais ce n'est pas vraiment ma faute, n'est-ce pas? On a parfois conscience de certaines choses mais on n'y peut rien, n'est-ce pas?

– Bien sûr, Forster. »

La voix douce de Coleen Shepherd m'apaisa aussitôt.

J'insistai pour qu'ils partent. Ils avaient des tas de choses à faire, et vraiment j'allais très bien, il ne fallait pas qu'ils s'inquiètent pour moi, je vous assure... Ça va très bien.

Je fus soulagé d'être seul enfin. Pendant quelques instants, je me contentai de toucher les meubles et les objets de mon salon. Définitivement certain d'être de retour dans un monde normal, je respirai à fond un air qui ne m'empoisonnerait pas. Je fis la vaisselle avec plaisir. Oh! la vertu des gestes simples! Joyeusement, je jetai la dernière cuillère essuyée dans le tiroir. Le tintement qu'elle fit en heurtant les autres me rappela un bruit semblable. Intrigué, je tentai de me souvenir où et quand et quoi... Et puis, brusquement tout me revint en mémoire.

Je pris ma veste au vol et sortis. J'eus un choc en me retrouvant dans l'escalier. Tout était pourtant terriblement ordinaire. Je descendis lentement en longeant le mur. Arrivé au milieu des poubelles, je cherchai et trouvai. Je me baissai et ramassai le trousseau de clefs de Mrs. Bernhardt. Je caressai le métal froid jusqu'à ce qu'il s'échauffe. J'ignorais en fait ce que je voulais faire. Celle-là devait ouvrir le verrou... Et celle-ci... J'examinai la toute petite clef dorée, joliment ciselée... Oui, une clef de coffret, sûrement. J'entendis des pas dans la cour, et cachai le trousseau dans ma poche. Puis je m'approchai de ma boîte à lettres et pris mon courrier (que des prospectus, bien entendu).

« Tu es debout? s'exclama Virgil Sparks en entrant.

« – Comme tu vois...

– Alors, ça va?

– Mais oui... »

Je commençais à en avoir marre qu'on me demande des nouvelles de ma santé.

« Béatrix était chez toi, non?

– Oui, mais elle est partie.

– Ah! bon... »

Je lui trouvai soudain une drôle de tête.

« Il y a quelque chose qui cloche?

– Ben... Hier, au restaurant... On s'est méchamment engueulés...

– Ah! oui? Vous avez gâché la soirée de Conway, alors?

– Ecoute... Ce n'est pas drôle.

– Question de point de vue.

– C'est comme si elle avait été contente de rester avec toi, pour se débarrasser de moi. Non pas qu'elle n'était pas inquiète, bien sûr! Mais, tu vois... Ça ne m'amuse pas, ce genre de truc. Elle m'évite.

– C'est peut-être un peu ta faute, non?

– Ben... Forster, je suis sûr que tu me comprends, toi.

– Vois-tu, mon ami, pas très bien en vérité. Béatrix est une fille chouette, et tu l'adores. Alors, où est le problème?

– Je croyais que tu étais contre le mariage?

– D'abord, je n'ai jamais dit ça, ensuite, vous n'en êtes pas là, non?

– Mais si, justement! Elle me casse les pieds avec ça! »

Je soupirai.

« Bon, écoute, si on montait chez toi pour parler. J'ai un peu froid ici. »

Et voici que maintenant je me retrouvais conseiller matrimonial.

« Tu sais, Conway en était malade aussi, fit-il involontairement.

– De quoi?

– Ben, de... »

Il leva les yeux et je compris brusquement.

« Ah! oui...

– C'est idiot, mais depuis ce matin, je me demande ce qu'ils en ont fait.

– Qu'est-ce que tu entends par là?

– Du corps... Qu'est-ce qu'ils en ont fait?

– Je ne sais pas... Il doit être à la morgue.

– Ah! Et après?

– Ben... La famille s'en occupera?

– Tu crois qu'elle avait une famille?

– Je ne sais pas.

– Cela m'ennuie. Suppose qu'il n'y ait personne. Qu'est-ce qu'il se passe, alors?

– Je pense que la mairie... Enfin, il y a forcément un service public...

– Ça me tracasse. C'est idiot de se préoccuper d'elle maintenant qu'elle est morte. Il aurait fallu le faire avant. Tout de même... S'il n'y a personne?

– On peut peut-être prendre les frais à notre charge.

– Tu crois?

– Oh! c'est certainement possible. Du moment qu'on paie...

– Alors, je suis d'accord pour payer...

– Oublie ça... je verrai ce qu'on peut faire.

– Tu penses que... que tu peux?

– Bien sûr que je peux! Je suis encore sain d'esprit, non?

– Oui, oui », s'empressa-t-il de répondre.

Nous entrâmes chez lui. La fenêtre était grande ouverte et Virgil la referma à ma demande.

« Bon, pour en revenir à Béatrix... »

Virgil alluma une cigarette d'un geste impatient.

« Tu sais déjà tout. Il n'y a rien à ajouter.

– Pour nous résumer, Béatrix veut vivre avec toi et éventuellement t'épouser, c'est ça?

– Eventuellement! C'est la condition numéro un, oui!

– Tu ne veux pas?

– Je ne suis pas fou!

– Bon... Réfléchissons un instant. Il doit y avoir un moyen de résoudre le problème sans casse. Avant de quitter un appartement, il faut donner un préavis de départ d'au moins un mois... Pourquoi ne pas vous donner ce délai pour essayer de vivre ensemble? Au besoin, elle pourra toujours récupérer son studio. Ce qu'il faudrait, c'est que vous fassiez chacun quelques concessions. Toi, tu acceptes la vie commune et elle abandonne cette idée de mariage, au moins pour quelque temps.

– Tu l'as dit! Parce que tôt ou tard, ça reviendra sur le tapis... Moi qui espérais que tu me soutiendrais...

– Qu'est-ce que tu veux que je te réponde? Tu l'aimes, non?

– Bien sûr, mais quand tu parles de Conway, par exemple...

– Mais ça n'a rien à voir! Crois-moi, Sharon n'est pas Béatrix.

– Oh! je n'en doute pas! Personne ne ressemble à Béatrix... » fit-il en grimaçant.

Il consulta sa montre.

« Midi et quart... Elle devrait être là...

– Elle est partie très tard à cause de moi. Elle a peut-être décidé de rester travailler pour rattraper?

– Ça m'étonnerait, dans son bureau ils font ce qu'ils veulent.

– Dans le fond, mon ami Sparks, il y a de bons côtés dans le mariage... Pense donc, en ce qui te concerne, tu n'aurais plus de soucis à te faire. Béatrix te rapportera son salaire tous les mois.

– Ah! oui? C'est une forme d'humour?

– Mais non, c'est très sérieux.

– Tu m'imagines lui demander de l'argent?

– Bah! tu le fais déjà.

— Tu ne manques pas de culot, Tuncurry!

— Tu lui en as bien demandé pour payer ton loyer, non?

— Oh! mais ce n'est pas pareil!

— Quelle est la différence?

— Ben, c'est... »

Il me regarda et nous éclatâmes de rire.

« Allons, après tout, tu as raison. »

Il s'étira et bâilla.

« A part ça, tu restes à déjeuner?

— D'accord. »

Ce ne serait pas la première fois que nous mangerions tous les deux des boîtes de conserve prélevées dans ses placards débordants. Nous étions en train de faire l'inventaire de ses richesses culinaires lorsque Béatrix entra.

« Qu'est-ce que vous faites?

— A ton avis, qu'est-ce qu'on peut bien faire dans une cuisine, un ouvre-boîte à la main? Tu as trente secondes pour trouver la réponse exacte, dis-je.

— Heu... Pêcher à la ligne?

— Je suis désolé, chère candidate, mais tu as perdu. La bonne réponse était : transformer un hachis innommable en un plat raffiné!

— Je ne savais pas que tu étais magicien, remarqua Virgil en jetant un coup d'œil critique dans la casserole que je venais de remplir.

— Non, mais j'ai beaucoup d'imagination.

— Eh bien, en tout cas, ça a l'air d'être la pleine forme, vous deux », fit Béatrix en nous tournant le dos.

Virgil s'approcha de moi et me souffla :

« Tu vois? Elle me fait la gueule. En plus, elle doit penser que tu es de mon côté, et qu'on est en train de comploter ensemble.

— Ne t'occupe pas. Mets la table comme si de rien n'était. »

Lorsque j'apportai les légumes et ce que j'avais tiré

de la boîte (que je suis incapable de qualifier), Béatrix avait les deux pieds sur la table et lisait le *Wall Street Journal*. Virgil, assis en face, retenait difficilement une envie de rire.

« C'est prêt? demanda-t-elle sans lever les yeux.

— Oui, patron, répondis-je. Est-ce que l'on peut connaître le cours du franc suisse?

— En hausse, comme toujours.

— Chic alors! Mes économies sont à l'abri!

— C'est scandaleux d'avoir des francs suisses!» s'exclama Virgil.

Béatrix replia son journal soigneusement et rapprocha sa chaise après avoir ôté ses pieds de la table.

« Qu'est-ce que c'est que ce machin?

— Ça, madame? Cuissot de chevreuil, sauce Grand Veneur, flambé au cognac.

— Sans blague?

— Oui. La seule chose c'est que ce n'est pas la saison du chevreuil, qu'il n'y avait plus de cognac, et que le Grand Veneur a été retardé et remplacé par le Petit Veneur.

— Ah! bien.

— D'ailleurs comme ça, c'est meilleur pour la santé.

— Ça reste à prouver!» s'insurgea Virgil en se servant néanmoins généreusement.

Béatrix nous regarda l'un après l'autre, le sourcil interrogatif. Elle attendait certainement que nous lui déclarions une guerre ouverte. Je lui passai le plat cérémonieusement.

« Madame Sparks...

— Dis donc, toi! fit Virgil en rougissant.

— Quoi? Ah! au fait, M. Sparks a quelque chose à te dire.

— Qui? Moi?

— Allons, allons, Virgil... Courage. Je suis de tout cœur avec toi, mon vieux.

— Faux jeton!

132

– J'écoute, dit Béatrix posément.

– On pourrait faire un arrangement...

– Aïe! Ça commence mal!

– Non, attends! Enfin, on peut tenter le coup d'habiter ensemble. Je te concède ça, mais je t'en prie, fous-moi la paix avec cette histoire de mariage! »

Béatrix soupira de soulagement.

« Bon... »

Puis elle se mit à manger :

« C'est tout?

– C'est suffisant, je suppose », remarquai-je en souriant.

Béatrix me jeta un coup d'œil amical.

« Tu es un curieux animal, Forster Tuncurry. Fou le soir, malade le matin, normal le midi... Et l'après-midi?

– Les trois en même temps. Ou autre chose. Qui sait? »

Cet après-midi-là, précisément, je m'acharnai à écrire mes articles sur Grindling Conrad. Je repris ma vieille idée reflet-vérité qui me servit de fil conducteur et, à ma grande surprise, je n'eus aucun problème d'inspiration. Avec beaucoup de réticence, j'appelai mon rédacteur en chef Macland. La conversation dura exactement deux minutes dont une passée avec l'opératrice. « T'as de la chance, on a un trou » fut ce que j'obtins comme réponse. Mais je n'allais pas m'en plaindre.

J'éprouvai ensuite le profond désir de sortir de cette maison où je commençais à me sentir angoissé. Je décidai de prendre le temps de vivre. Je portai moi-même mon papier au journal et pris le chemin des bureaux de *La Revue de l'Art* où j'avais pas mal de choses à discuter. Il faisait assez beau, et entre deux coups de klaxon on arrivait parfois à entendre un pigeon roucouler. Sur ma route, je croisai des filles que je trouvai jolies. J'étais content d'être dehors, dans l'atmosphère polluée, les files de voitures et les détritus. Je m'arrêtai devant quelques magasins et eus un sursaut d'envie devant la vitrine d'un fabricant de vêtements coloniaux. Ah! les casques blancs des explorateurs du Kilimandjaro, du lac Victoria et du « Dr Livingstone, I presume »... Il faudra que je m'offre ça, un de ces jours...

Lorsque j'arrivai à ma destination, je découvris avec plaisir une effervescence de bande dessinée.

« Alors quoi, ce n'est pas prêt?·
– Dis, tu as fait le...
– Et ces photos, ça vient? »

Je cherchai James. Il était dans son bureau avec trois de ses collaborateurs que je connaissais vaguement.

« Hé! Tuncurry! C'est gentil de venir nous voir! » s'écria l'un d'eux en m'apercevant.

Je lui fis un sourire aimable en essayant en vain de me souvenir de son nom.

« Salut, mon pote, dit James. Dis donc, tu n'as pas bonne mine!

– Non, j'ai des petits ennuis avec ma santé. Mais ce n'est pas grave. Je t'apporte ce que j'ai écrit sur Conrad.

– Ah! ça, c'est chouette! Tiens, assieds-toi. On va parler un peu ensemble. Heu, dis donc, je ne crois pas que tu aies déjà rencontré Willie, c'est notre nouveau photographe.

– Ah! enchanté. »

Le petit Willie me salua de la tête avec enthousiasme.

« C'est moi qui ai fait les clichés des tableaux, ce matin, souligna-t-il avec ce que je qualifierais de fierté.

– Ouais, bon, dis donc, Tuncurry, tu as pensé à Macland?

– C'est fait. Ça passe dans le prochain numéro. Ils avaient un trou à boucher.

– Un coup de pot! Bien, les Dieux sont avec nous. Regarde un peu notre maquette. »

Je jetai un coup d'œil sur sa table de travail.

« Vous étiez en plein dessus, si je comprends bien?

– Ouais, on a eu un peu de mal à faire admettre notre point de vue à ceux qui devaient passer dans cette édition-là... enfin, c'est une question réglée. Mais maintenant, qu'est-ce qu'on fait?

– On cherche une galerie, tu as dit! s'exclama le type dont j'avais oublié le nom.

– Ben oui, mais qui? Comment? Où? Quand?

– Une seconde, une seconde, demandai-je.

– Quoi?

– Mettons les choses au point. Ce que je veux savoir, pour commencer, c'est si la Revue a décidé une action en faveur de Conrad, c'est-à-dire est-ce que votre comité directeur a pris position nettement?

– Dis donc, mon pote, c'est moi le rédacteur en chef, répondit James, et Randolph est le fils du patron, ajouta-t-il en pointant le menton vers le garçon à lunettes qui n'avait pas encore ouvert la bouche.

– C'est suffisant? »

Randolph s'éclaircit la voix.

« Oui, oui, souffla-t-il en devenant écarlate.

– Bon. Deuxième question : est-ce que la Revue est prête à verser du fric si c'est nécessaire?

– Du fric? Mais on n'en a pas, mon pauvre vieux!

– Le problème, alors, va consister à trouver un pelé qui nous laisse son local gratuitement. Ce n'est pas si évident.

– Mais on lui fera une pub du tonnerre de Zeus, remarqua James en hochant la tête. T'as une idée?

– Je suis pour viser au plus haut : Schmidt.

– Tu plaisantes?

– Non. Qu'est-ce qu'on risque? Nous lui ferons, tu

as raison, un battage terrible, et ça, ça ne peut que le tenter.

– Et s'il n'aime pas les peintures?

– Ce n'est pas comme ça qu'il fonctionne, le père Schmidt. Ce qu'il va se demander c'est : est-ce rentable? Oui, puisqu'on va parler de lui et en bien, pour une fois. Bon. Un autre point : la méthode de persuasion. Je suis pour attaquer de façon détournée. Pour cela, il y a un bon moyen qui s'appelle Florence Fairchild. »

James éclata de rire et tapa la table avec le plat de la main.

« Ce n'est pas vrai!

– Eh si... Moi, je veux bien prendre le risque.

– Eh bé... Ça, c'est de la bravoure... Alors, on te laisse te débrouiller?

– Oui. A condition que tu me réserves dans l'immédiat un petit coin tranquille avec un téléphone.

– D'ac. Tu as le bureau de Jerry si tu veux. »

Jerry... C'était donc ça son nom.

« Le troisième sur la droite en sortant. C'est minuscule, je te préviens.

– Aucune importance. »

Je me levai et allai m'installer dans le trou à rats de Jerry. J'appelai la galerie Schmidt. Je tombai sur une femme.

« Bonjour. Excusez-moi de vous déranger mais je cherche à entrer en contact avec Miss Fairchild. Avez-vous un numéro ou une adresse à me donner?

– Qui êtes-vous, monsieur? C'est à quel sujet?

– Je suis critique d'art et j'ai besoin de parler avec l'attachée de presse de Mr. Schmidt, s'il vous plaît.

– Pouvez-vous rappeler?

– Non, mademoiselle, je ne peux pas! Ceci est urgent, s'il vous plaît...

– Je n'ai que son numéro personnel, et je ne sais pas si j'ai le droit...

– S'il vous plaît! »

136

– Bon et bien, c'est le 22 606 31.

– Merci infiniment... Je vous ferai envoyer des fleurs. »

Elle rit et répondit :

« D'accord, c'est à adresser à Melissa.

– Je m'en souviendrai... Au revoir, Melissa.

– Au revoir. Monsieur je ne sais pas qui. »

Je notai mentalement « fleurs pour Melissa », étant homme de parole. Restait le plus difficile.

« Allô?

– Allô, Miss Fairchild?

– Oui, qui est à l'appareil?

– Forster Tuncurry.

– Quoi?

– Forster Tuncurry. Y a-t-il un moyen de converser avec vous sans que ça tourne au désastre?

– Qu'est-ce que vous voulez?

– D'abord, vous poser une question simple : avez-vous vu l'exposition Grindling Conrad pendant cette Journée des Arts Graphiques?

– Non. »

Je soupirai.

« Je croyais que vous vous intéressiez à la peinture...

– Oh! ne persiflez pas. On m'en a parlé de ce Conrad, et on m'a dit que cela ne valait pas la peine de se déplacer... »

Je perdis brusquement mon sang-froid.

« On vous en a parlé... On vous a dit... Vous aviez un étage à monter et vous ne l'avez même pas fait! Est-ce que vous ne pensez pas que par personne interposée? Cela vous arrive d'avoir une opinion?

– Mais...

– Non, écoutez-moi! Ce que j'ai vu de Grindling Conrad me permet d'affirmer que c'est le premier vrai créateur que j'ai eu l'occasion d'admirer depuis dix ans! Et vous n'avez pas pris la peine de vous déplacer... Maintenant, je vous fais une proposition. Allez à l'Université, Columbia, allez au moins regarder les tableaux, ils y sont encore. Et si en votre âme et conscience vous osez me dire après que c'est mauvais, je vous promets d'émigrer en Alaska. Si, par contre, vous êtes de mon avis et, soit dit en passant, de l'avis de tous les rédacteurs de *La Revue de l'Art*, êtes-vous d'accord pour persuader Schmidt de l'exposer? Et n'oubliez pas qu'il y aura beaucoup de publicité gratuite pour la galerie Schmidt... C'est un point non négligeable... Mais c'est avant tout un problème de conscience. Alors, laissons là nos querelles et battons-nous ensemble pour l'Art!

– Pour les discours enflammés, vous ne craignez personne!

– Puissiez-vous dire vrai! Alors? Je vous laisse mon numéro de téléphone et vous m'appellerez quand vous aurez pris une décision? Ou êtes-vous trop lâche pour admettre avoir tort?

– Je ne vous permets pas de me parler sur ce ton!

– Prouvez-moi que vous méritez mieux! Mon numéro est 45 120 72. Vous avez noté?

– Non, et je n'en ai pas l'intention. Au revoir, Mr. Tuncurry. »

Elle raccrocha. Je tapai du poing sur la table. Quelle cruche! Vaniteuse et servile, ignorante, stupide... je regagnai le bureau de James.

« Alors? demanda-t-il.

– Ça ne va pas être facile... Mais je ne renonce pas. Pour l'instant, je voudrais l'adresse de Grindling Conrad.

– Tiens », fit-il en me tendant un carton.

J'inscrivis l'adresse dans mon carnet et lui rendis la fiche.

« J'y vais.

– Tu y vas? Chez lui?

– Oui. J'espère qu'il sera là.

– Bon courage! grommela James. Je te préviens, tu vas t'amuser!

– On verra bien... »

J'avais quelques doutes en ce qui concernait l'amusement...

En passant devant un fleuriste, je commandai les fleurs pour Melissa, à porter à la galerie Schmidt le lendemain matin. Puis je hélai un taxi. Je fus heureux de m'asseoir car je me sentais brusquement très faible. Mais je m'occupais l'esprit et le corps, et refusais ainsi à certaines pensées l'entrée de mon cerveau.

Grindling Conrad habitait au fond d'une cour dans un immeuble aussi improbable que le mien dans une ville comme New York. Je n'eus pas à frapper à la porte car elle s'ouvrit soudain sur un colosse à la chevelure rousse. Il me regarda sans aménité du haut de son mètre quatre-vingt-dix.

« C'est à moi que vous en voulez? » fit-il.

Je me redressai pour paraître plus grand.

« Si votre nom est Grindling Conrad, c'est à vous que j'en veux. Bien que l'expression me semble fort agressive et peu en rapport avec mes intentions.

– Dieux du Ciel, encore un phraseur! Débitez votre salade et en vitesse, je suis pressé.

– Je crois que vous avez déjà eu affaire à James Coventry...

– Connais pas.

– Mais si, *La Revue de l'Art*.

– Ah! oui. Encore un que j'ai flanqué dehors! »

Je m'éclaircis la gorge.

« Bref, cette revue et moi-même avons décidé de parler de vous... On a d'ailleurs commencé. Ce que je veux dire, c'est qu'on a entrepris de le faire, que cela vous plaise ou non.

– Quoi? »

Il fronça les sourcils mais il ne me faisait pas peur. Je pris même de l'assurance.

« Pour ne rien vous cacher, je suis en pourparlers avec la galerie Schmidt. »

Là, je m'avançais un peu.

« Ah! oui? »

Cette fois, sa voix était franchement menaçante.

« Et même, si ça ne marche pas avec eux, il y en a d'autres. J'ai pris vos intérêts en main.

— Vraiment?

— Oui, sans pourcentage, sans bénéfice... Je suis même prêt à payer, si c'est nécessaire. J'en ai marre de rêver que si j'avais vécu à l'époque de Van Gogh, je l'aurais regardé crever comme les autres.

— Qui êtes-vous, vous? demanda-t-il en s'appuyant au chambranle, signe qu'il n'était pas si pressé que ça.

— Je m'appelle Forster Tuncurry et je...

— Et vous avez écrit *Délices-Malices* sur Jérôme Bosch.

— En effet... Vous l'avez lu?

— Trois fois.

— Ah? Vous serez peut-être content de lire ce que j'ai écrit sur vous? »

Je lui tendis les doubles de mes deux articles, certain, en tout cas, qu'il apprécierait ce que je disais des conférenciers... Il saisit respectueusement les feuillets dans sa main gauche et je fus surpris de découvrir une main d'une telle délicatesse, qui ne s'accordait pas avec le physique de catcheur de son propriétaire.

« Entrez. »

Il s'effaça pour me laisser passer et je pénétrai dans son antre. Tout avait été construit et conçu pour la peinture. Et je découvris difficilement un lit où m'asseoir, n'ayant point trouvé de siège. Conrad s'était octroyé le seul tabouret existant.

« Alors comme ça, vous agissez sans me demander mon avis?

— Vous auriez dit non. On est passé outre.

— Je hais les galeries d'art.

– Moi aussi. Mais c'est l'étape nécessaire avant le Metropolitan Museum.

– Je n'aime pas les musées non plus. »

Je haussai les épaules.

« Il faut être réaliste. On n'a pas le choix.

– Vous, vous êtes du genre blasé.

– Oh! bien pire – du genre cynique. Mais je sais me battre quand il le faut.

– J'en vaux la peine?

– Je vous dois une émotion. C'est plus que je n'ai eu depuis longtemps avec la peinture. »

Il me sourit.

« Je crois que je vais me convaincre de vous trouver sympathique.

– Je n'en exige pas tant! m'exclamai-je.

– Et vous pensez sincèrement que cette oie gavée de Schmidt va m'accepter, moi?

– J'y compte. Ce ne sera pas facile, c'est certain, mais il ne faut jurer de rien.

– Vous voulez boire quelque chose? J'ai du vrai whisky irlandais. Ça mettrait un peu de couleur sur vos joues livides. Vous avez toujours aussi mauvaise mine ou c'est exceptionnel?

– Je suis malade en ce moment.

– Et même dans cet état, vous vous démenez pour moi? C'est flatteur!

– L'action me protège contre la dépression.

– Vous en êtes là? Alors, ce whisky?

– Je préférerais du thé.

– Du thé! s'écria-t-il, désolé je n'ai pas de ça chez moi.

– Alors rien, merci. Je ne suis pas d'attaque pour me taper de l'alcool, fût-il en provenance directe de l'Olympe! »

Je vis que ma cote d'amour baissait, aussi me rattrapai-je en vitesse.

« Bon, mais alors vraiment pour goûter.

– J'aime mieux ça! »

Il se leva et se frotta les mains.

« Vous allez voir, c'est du costaud! »

J'évitai de faire une remarque. Il me servit un demi-verre avec bonne humeur et se versa à lui-même un verre entier. Je le regardai avaler à grandes gorgées, et après hésitation, je trempai mes lèvres dans le whisky.

« Alors? demanda-t-il, fameux, hein?

– Oh! oui, tout à fait excellent. »

Et c'était la vérité.

« Vous êtes irlandais?

– Celte, monsieur. Celte!

– Celte... d'Irlande?

– Non, absolument pas. Je suis danois par ma mère et donc Viking, et écossais par mon père, donc celte.

– Picte? fis-je amusé.

– Oh!... On ne risque rien à le dire, je suppose!

– Grindling Conrad, c'est votre vrai nom?

– Aussi surprenant que cela puisse paraître, oui. J'ai souvent pensé à prendre un pseudonyme, dans le genre John Smith ou Alfred Jones... Vous avez vous-même un nom assez original.

– Oui. Et mes ancêtres à moi étaient bagnards, je suis d'origine australienne. C'est moins glorieux, mais j'aime l'idée que mes arrière-grands-parents avaient des boulets au pied ou sortaient d'un bordel de Londres! C'est aussi avec ces gens-là qu'on a fait l'Amérique. Je me demande parfois comment on a le culot de parler de notre grande nation américaine et de tous ces bons, ces vrais Américains... Entièrement fondée sur les rebuts des sociétés européennes : forçats, prostituées, puritains et quelques exilés intellectuels pour sauver le reste!

– On se rend compte rapidement que votre tournure d'esprit est assez particulière... »

Je bus une gorgée d'alcool et remarquai :

« Vous devriez avoir du whisky écossais...

– Je n'ai plus de contact avec l'Ecosse. Par contre,

ma mère a épousé en secondes noces un fermier irlandais.

– Votre père est mort?

– Non, il s'est remarié avec une Canadienne et vit en Nouvelle-Zélande.

– Pourquoi pas?

– Oui... Mais nous voilà bien loin de notre propos.

– Moi, tout ce que je veux, c'est avoir les mains libres.

– Et n'en faire qu'à votre tête?

– Exactement. Dans l'immédiat, j'aimerais voir d'autres de vos œuvres. »

Il fit un geste circulaire :

« Voilà. »

Je posai mon verre sur le sol et me levai. Je fus tout de suite attiré par la toile du fond. Je lus : *Hommage à Brueghel*, et reconnus une version moderne de *La Chute d'Icare*.

« Je suis sûr que celui-là vous plaît, dit-il en souriant.

– On ne peut rien vous cacher... Et ça, c'est... *Ville engloutie.* »

Je promenai mon regard sur les autres peintures aux noms évocateurs, et puis je m'arrêtai devant la dernière, assez perplexe : *D'après Renoir*. Et en effet, on pouvait y retrouver Renoir, mais comme analysé, repensé, recréé.

« Vous aimez Renoir? demandai-je, étonné.

– Mais oui, bien sûr. Pourquoi?

– Parce que... Je ne sais pas, cela ne cadre pas avec vous.

– Quelle idée! »

Je restai silencieusement désapprobateur.

« Il y a une telle émotion dans Renoir, reprit-il, un mouvement parfait, une douceur... On peut toucher le bonheur rien qu'en voyant les nœuds dans les cheveux des petites filles.

– Eh bien, c'est possible. Mais ça me laisse de glace. »

En prononçant ces mots, je sentis le froid dans mes os.

« Ça ne va pas?

– Je crois que je me suis un peu trop fatigué. Ce n'est pas très malin de ma part.

– Vous devriez aller vous coucher.

– Oui. Pour nous résumer, vous me permettez d'agir à ma guise?

– Apparemment, je n'ai pas le choix!

– Bon. Je vous donne mes coordonnées si vous voulez me joindre. Je vous tiendrai au courant. »

Je me baissai pour reprendre mon whisky et sentis le sang cogner dans mes tempes. Je renonçai à boire davantage.

Je somnolais depuis une vingtaine de minutes lorsque mon téléphone sonna. Je n'avais aucune envie de bouger, mais me traînai néanmoins jusqu'au salon, en me jurant d'acheter un répondeur pour avoir la paix avec ce maudit appareil.

« Allô? grommelai-je.

– Mr. Tuncurry? »

J'identifiai aussitôt le timbre assez grave de cette voix.

« Florence? Miss Fairchild? corrigeai-je immédiatement.

– Oui... Forster... J'ai une petite chose à vous dire.

– J'écoute.

– Simplement qu'il m'arrive de penser par moimême et d'avoir une opinion...

– Ah?

– Et bien que je n'aie pas le moindre désir de vous être agréable, je dois avouer, uniquement par amour de l'Art bien entendu, que votre Monsieur Conrad

144

me... séduit. Ses œuvres en tout cas... Hélas! je n'aurai pas la joie de vous savoir parti en Alaska, après ça.

– Vous remplissez mon cœur d'un immense bonheur, répondis-je emphatiquement. Qu'avez-vous l'intention de faire?

– Eh bien, je suppose que c'est le moment et la façon idéale d'inaugurer les caves aménagées sous la galerie. Cela nous permettrait d'agir dès maintenant, et cela sans avoir à changer quoi que ce soit à notre planning. Cela ne serait guère poli de décommander nos exposants.

– Pour ma part, je serais ravi qu'on les supprime... Mais je me contenterai de la cave. Pour ce qui est de la pub gratuite, vous n'avez pas à vous en faire, c'est déjà parti. Malheureusement, c'est peut-être même un peu trop tôt.

– Est-ce qu'il est possible de rajouter un entrefilet dans *La Revue de l'Art* pour annoncer l'exposition?

– Sans problème, je m'en occupe. Mais quelles seraient les dates?

– Lundi prochain, ça vous convient?

– Hein? Mais Schmidt est au courant?

– Je ne m'avancerais pas ainsi si ce n'était pas le cas. Je me suis arrangée avec un responsable pour faire transférer les toiles de l'Université directement chez vous. Mais il y a encore de la place pour d'autres.

– Je m'en charge.

– C'est inutile, c'est fait aussi.

– Qu'est-ce qu'il a dit?

– Qui?

– Grindling Conrad.

– Rien. Il n'a pas eu l'air surpris du tout.

– Non, évidemment. Je lui avais laissé entendre que je prenais ses intérêts en main.

– C'est ce que j'ai cru comprendre... A part ça, les filles de la galerie ont passé leur fin d'après-midi à écrire des enveloppes, coller des timbres et remplir les cartons d'invitation. C'est en chemin, je les ai postés moi-même... Vous voyez, les attachées de presse font parfois leur travail correctement. »

Je me mordillai les lèvres et me décidai à rire.

« Mr. Tuncurry, le problème est que l'on a souvent des impératifs et des embêtements dont vous n'avez pas la plus petite idée. Je vous fais confiance pour l'annonce à publier dans la Revue? Gratuitement, s'entend...

– Gratuitement, je vous le promets...

– Bon. Je pense que j'aurai l'occasion de vous revoir bientôt, malheureusement?

– Malheureusement, oui. J'en ai peur.

– Dans ce cas, à bientôt... Forster...

– Au revoir, belle amie... de l'Art. »

Je perçus son rire un court instant puis elle raccrocha. J'appelai James chez lui et lui racontai mes exploits qu'il ponctua de quelques « dis donc » et « mon pote ». Il accepta de tout cœur de faire de la publicité pour, comme il dit, « apporter sa modeste contribution »... Ce fut avec satisfaction qu'ensuite j'admirai ce merveilleux instrument qu'est le téléphone... et fis une croix sur le répondeur.

Je m'installai dans mon fauteuil de travail et respirai profondément quelques secondes. Il était sept heures et quart lorsque Béatrix passa prendre de mes nouvelles.

« Alors, ça va? » dit-elle en souriant.

Elle s'assit sur mon canapé et contempla un instant les déchirures dues à l'insupportable chat Agamemnon.

« Je ne sais ce que tu as fait à Virgil, continua-t-elle, mais je ne l'ai jamais vu aussi charmant.

– Je ne crois pas lui avoir fait grand-chose, pourtant.

– Par contre, Conway n'a jamais été aussi déplaisant.

– La mauvaise influence de Sharon et de son adorable fille, nul doute...

– Non, ce n'est pas du tout ce que je voulais dire. Ça me surprend qu'il se moque à ce point de ta santé. Qu'est-ce qui est arrivé entre vous deux?

– Nous sommes en désaccord, apparemment. Je déteste cette femme et je ne lui ai pas caché mon sentiment. A mon point de vue, il fait l'erreur de sa vie.

– Je suis sûre que tu te trompes. Mais ça n'explique pas son attitude. Je l'ai croisé tout à l'heure, et naturellement je lui ai parlé de toi, tu vois... Il m'a tourné le dos aussitôt et sans desserrer les dents. Je te jure, ça m'a fait un drôle d'effet. C'est comme s'il m'en voulait à moi aussi.

– Espérons que ça lui passera. Quand cette salope l'aura laissé tomber, il nous reviendra comme avant.

– Tu ne devrais pas faire ce genre de remarque, Forster. Ce n'est pas étonnant qu'il n'apprécie pas. Et puis, franchement, Sharon n'est pas ce que tu penses. A mon avis, tu fais fausse route. Bruce n'est pas sûr de lui et ça le rend nerveux et excitable. Et puis...

– Ecoute, j'en ai marre de Bruce Conway! Alors je t'en prie, tais-toi!

– Bon, bon... »

J'attendais qu'elle parte. Elle s'en rendit compte et se leva.

« Bien, je vais retrouver mon cher presque époux... Tu devrais aller voir Coleen.

– Pourquoi?

– Parce qu'il s'inquiète beaucoup à ton sujet. »

Je perçus à sa voix que c'était presque une interrogation.

« Je ne vais pas passer mon temps à donner des bulletins de santé à tout l'immeuble.

– Il se demande ce que tu as eu. Moi aussi, d'ailleurs.

– Une crise de tétanie. J'ai eu ça toute mon enfance, ce n'est pas grave. Et puis, c'est fini.

– Peut-être. N'empêche que tu n'as pas l'air en pleine forme.

– Non. Avec toute cette histoire... »

Nous échangeâmes un regard honteux.

« Enfin, ça n'a pas arrangé mes nerfs.

– J'imagine... Allez... Bonsoir. Dors bien.

– Merci, au revoir. »

Je la suivis des yeux et la vis disparaître dans l'escalier. Elle descendit un étage, donc rentra chez elle. Virgil n'était peut-être pas encore là. Je mis ma veste et sortis à mon tour. J'avais décidé de monter chez Bruce Conway. En passant devant la porte de Coleen Shepherd, j'hésitai à sonner. Et puis je continuai mon chemin. Il y avait du monde chez Conway et je savais trop bien qui. Je renonçai.

J'enfonçai mes mains froides dans mes poches, et sentis sous mes doigts le trousseau de clefs de Mrs. Bernhardt. Impulsivement, je gravis les dernières marches de l'escalier. Je me demandais si Hardy était au courant. De toute façon, je n'avais pas l'intention de lui parler de quoi que ce soit.

J'ouvris l'appartement de Mrs. Bernhardt. Je trouvai le commutateur à ma droite et allumai. Je refermai soigneusement la porte derrière moi. Le mobilier était simple et désuet, la moquette terriblement usée. Sur la table centrale en bois, il y avait deux napperons en dentelle jaunie et un vase particulièrement laid. A côté de la cuisine se tenait l'imposante masse d'un buffet décoré d'assiettes peintes.

Je souris devant la commode à tiroirs dont le dessus supportait des photos en noir et blanc, du crêpe noir accroché aux cadres, et un chandelier à sept branches. Je regardai les personnages photographiés. Il n'y en avait que deux, mais à différentes époques. L'un devait être son mari et l'autre son fils. Son fils, bébé, à cinq ans, à douze... Et une dernière où il se tenait très droit, fièrement, mais mal à l'aise dans son uniforme.

Je jetai un coup d'œil à la cuisine en formica. Il y avait un calendrier avec des images de chiens et de chats. Au mur, plusieurs posters et doubles pages de magazines avaient été punaisés. Que des vues d'Israël, uniquement Israël. L'une d'elles représentait un cimetière de dalles blanches avec, au fond, la ville de Jérusalem. Puis, j'allai dans la chambre. Là, sur le papier à fleurs noirci, on avait mis une grande photo du Mur des Lamentations, prise certainement un vendredi soir. Sur la table de chevet, je découvris une médaille avec écrit en dessous : Samuel Bernhardt, mort au Vietnam avec les honneurs le 23 mars 1967. Je soupirai. Pauvre femme. Elle n'avait eu, apparemment, qu'un seul enfant et il était mort à la guerre. Mrs. Bernhardt était installée dans l'Escalier C depuis très longtemps, au moins quinze ans. Son mari était décédé à la suite d'un accident sur un chantier de travaux publics, d'après ce que m'avait raconté, un jour qu'il était là, le gardien de l'immeuble. Il y avait bien seize ans de ça.

Je pénétrai dans la salle de bain. Le lavabo était fendu, il y avait un trou en guise de baignoire et la chasse d'eau fuyait. La peinture n'avait jamais été refaite et à certains endroits, on pouvait voir le plâtre détrempé par des années de tuyaux hors d'usage. Je soupirai à nouveau.

Je retournai au salon. J'ouvris les portes du buffet. Il était à peu près vide hormis un peu de vaisselle ébréchée et une bouteille d'alcool de figue. Je pris un verre et me servis à boire. Je cherchai alors le coffret auquel la petite clef dorée appartenait. Je le découvris dans le premier tiroir de la commode. Par curiosité, je jetai aussi un bref coup d'œil dans les deux autres tiroirs. Il n'y avait pas grand-chose, des bougies, des allumettes et un livre en hébreu phonétique.

Je m'assis devant la table où je posai le coffret de bois et mon verre d'alcool. Je bus une gorgée et me décidai à introduire la clef dans la serrure branlante. Je fis deux tours et soulevai le couvercle. Il y avait sur le dessus une lettre de licenciement à son nom, datée du 23 juin de cette année. Ensuite, les papiers d'identité de son mari Jacob, le livret militaire de Samuel et une photo. Celle d'une femme noire, jeune avec dans ses bras une petite fille noire, tout habillée de blanc, avec des tresses et des nœuds comme des papillons. Elle pouvait avoir deux ou trois ans. Au dos de l'épreuve était inscrit septembre 42, Chicago. Je trouvai alors un entrefilet de journal rubrique faits divers : « Ce matin, une petite fille Rachel Bernhardt âgée de quatre ans a été écrasée par un bus de ramassage scolaire. Elle est décédée à l'Hôpital Central sans avoir repris connaissance. » Comment avait-elle pu découper et garder cette coupure de presse, cette horreur impersonnelle et indifférente? Au fond du coffret, il y avait une gourmette d'enfant au nom de Rachel, d'où pendaient des breloques de mauvaise qualité : un fer à cheval tordu, une clochette qui tintait encore, une étoile juive et un animal indéfini qui aurait pu être une biche.

Je repris la photo et constatai une chose qui ne me serait jamais venue à l'esprit auparavant. Mrs. Bernhardt avait été jeune, heureuse et jolie. Du moins jusqu'au mois de septembre 42. Il ne restait dans le coffret qu'une petite boîte rose. Elle contenait une alliance dédorée et une dent de lait. A l'intérieur de l'anneau une simple date : 17 mars 38. Je le passai à mon index et ne pus l'enfoncer. Ce devait être son alliance à elle. Je pris la photo et la gourmette et rangeai les autres objets. Je refermai le couvercle, le verrouillai, puis remis le coffret dans la commode.

Je finis mon verre, puis je le lavai, l'essuyai, et le replaçai avec la bouteille dans son placard. Je me rassis à la table et contemplai à nouveau les visages de la mère et de la fille. Que cette enfant était belle! Je tournais et retournais sans cesse le bracelet entre mes doigts glacés. La clochette faisait tinc-tinc en cadence.

Je croisai mes bras sur la table et posai mon front sur ma main droite qui tenait encore la gourmette. Et puis, je me mis à pleurer. Je perdis la notion du temps et sanglotai longtemps, très longtemps. J'eus finalement une crampe dans l'épaule et je me redressai. Automatiquement, je consultai ma montre. Il était neuf heures vingt. Je passai une main engourdie sur mes joues et constatai que je pleurais sans larmes depuis un bon moment. Je glissai la photo dans mon portefeuille et le bracelet dans ma poche. Je me levai, jetant un dernier regard circulaire dans la pièce. J'ouvris la porte, éteignis le plafonnier et sortis sur le palier. Je suivis la courbe du mur du bout des doigts et commençai à descendre.

Je passai devant chez Conway sans m'arrêter puis devant chez Coleen. Sur mon paillasson, je trouvai le chat. Je vis ses yeux briller dans l'obscurité, et sentis sa queue frotter mes jambes. Il se permit de ronronner, ce qui m'exaspéra. Je tentai de le renvoyer, puis dus y renoncer.

« Sale bête ! » sifflai-je.

Au-dessus de moi, une porte tourna sur ses gonds, jetant un flot de lumière dans l'escalier.

« Forster ? C'est toi ? »

Coleen m'appelait. Je ne bougeai plus et attendis sans lui répondre.

« Forster ? » répéta-t-il.

Puis il rentra chez lui. Je me demandai comment il avait pu m'entendre. Je m'apprêtais moi-même à regagner la chaleur de mon studio lorsqu'une idée me vint soudain à l'esprit. Je remontai jusqu'au cinquième, toujours dans le noir, en faisant bien attention à ne pas faire de bruit.

J'allai droit dans la cuisine de Mrs. Bernhardt et cherchai l'image du cimetière au-dessus de la Ville

Sainte. Je la détachai, essayai de trouver un indice quelconque, une carte, un lieu-dit... Mais il n'y avait aucune indication précise quant à la localisation du cimetière. Je pliai la photo, certainement une page de magazine, et l'empochai.

Je venais de faire une promesse à Rachel.

VIII

Que mon sort est amer[1]...

TÔT ce matin-là, plusieurs idées me trottaient dans la tête. J'essayai de les ordonner avant de les exécuter. Je commençai par écrire à Vanessa Poretski et je l'invitai à l'exposition Grindling Conrad. Ensuite, j'arrachai à une demoiselle de la galerie l'adresse de Florence Fairchild. A la suite de quoi, je sortis, allai à la poste, puis chez le fleuriste de mon quartier où je commandai des roses rouges à expédier à Miss Fairchild.

Il me fallut alors tout mon courage pour entrer au commissariat de la rue voisine. Je m'accoudai au comptoir et attendis patiemment qu'un flic veuille bien me remarquer.

« C'est à quel sujet? demanda celui qui était en face de moi, sans relever la tête.

– C'est à propos du décès de Mrs. Bernhardt survenu dans la nuit du 17 au 18 de ce mois. Je voudrais savoir où le corps a été transporté et ce qu'il faut faire pour prendre les funérailles à sa charge? »

Il me regarda en fronçant les sourcils.

« Vous êtes de la famille?

– Non, justement. Mais elle n'a pas de famille. C'est pour ça que...

---

1. *Sur les lagunes,* poème de Théophile Gautier – Musique H. Berlioz.

– Un instant, je vous prie. »

Il se leva et ouvrit un casier derrière lui.

« Bernhardt... Vous écrivez ça comment? Ah! attendez, j'ai trouvé... Pendue dans l'Escalier C immeuble 26 rue... Quel est votre nom?

– Tuncurry. J'habite dans la même maison. Certains locataires désireraient payer un enterrement correct... Vous comprenez?

– Très bien, mais c'est probablement trop tard.

– Oh! déjà?

– Je le pense. Vous devriez aller à la morgue. Je vais vous donner une autorisation. »

Il remplit une petite fiche.

« Il y a moyen de téléphoner pour prévenir?

– Je vais le faire, une minute. »

Il me tendit le carton rose et un stylo.

« Ecrivez votre nom, là. »

Puis il décrocha son téléphone. J'écoutai.

« Allô? Donnez-moi le service 6B, s'il vous plaît. Max? Ici, Harry, bonjour. Tu as reçu dans la nuit du 17 le corps d'une Mrs. Bernhardt?... Oui, c'est ça, un suicide... Elle a été réclamée? Non? Bon, pas de famille? Bien, je t'envoie quelqu'un qui s'en occupe... Quoi? Elle est partie au crématorium? Ce n'est peut-être pas fait?... S'il te plaît... Oui, merci... Salut.

– Alors?

– Il va essayer d'arrêter l'administration, répondit-il avec un sourire.

– Mais ils ne vont pas l'incinérer, quand même? Elle était juive, il lui faut des funérailles juives. C'est la moindre des choses!

– Que voulez-vous que je vous dise? Allez au service 6B et demandez Max. C'est tout ce qu'il y a à faire. »

Je soupirai. Et puis je remerciai l'agent de police pour son amabilité. Et de fait, c'était la première fois que j'en rencontrais un comme ça.

Je pris un taxi jaune et filai à la morgue. Je me

retrouvai devant un immense building qui ressemblait à un hôpital. Je me renseignai auprès de deux petits vieux sentant le formol. J'errai dix bonnes minutes dans des couloirs sans fin et réussis à dénicher Max, qui fumait juste au-dessous du panneau « interdiction de fumer ».

« Bonjour. C'est bien vous, Max?

– Ouais. Je vous attendais. Donnez-moi la fiche. »

J'extirpai le papier de ma poche.

« Désolé, fit-il en s'en foutant manifestement.

– Désolé? Pourquoi?

– C'est trop tard. Tout ce que je peux faire, c'est vous remettre un passe pour le crématorium. Débrouillez-vous avec eux.

– Mais c'est fait ou pas?

– C'est prévu dans le cahier du jour, mais ce n'est peut-être pas fait.

– Où est-ce? J'y vais.

– Ressortez d'ici et suivez les indications. »

Il me donna un carton vert.

« Merci. Au revoir. »

Je partis en courant. Une fois dehors, je repérai les pancartes « crématorium », et fonçai à perdre haleine. J'arrivai alors devant une énorme construction ronde en béton. J'entrai et fus aussitôt apostrophé.

« Hep, vous! Où allez-vous? »

Je lui montrai le passe.

« Je cherche à récupérer le corps de Mrs. Bernhardt avant qu'il ne soit réduit en cendres.

– Ah! oui. Malheureusement, ce travail est généralement terminé au petit jour... Suivez-moi. »

Il m'entraîna dans des méandres de couloirs tapissés de dalles. Derrière chacune d'elles, il y avait un mort... Je frémis.

« Restez ici », commanda l'homme.

Il disparut par une petite porte, m'abandonnant dans ce dédale sinistre. J'enfonçai mes mains dans les poches de mon pantalon et jetai des regards inquiets tout autour de moi. Deux personnes venaient de déposer une couronne au pied d'un mur. J'eus soudain conscience de la situation grotesque dans laquelle je m'étais fourré. J'étais en train de suivre un cadavre à la trace et pour en faire quoi, je vous demande un peu?

L'homme en blouse grise réapparut.

« Je m'excuse... Comme je vous l'ai dit, on finit très tôt... Je m'excuse... »

Sans plus d'explications, il s'éloigna et s'adressa au couple que je voyais d'où j'étais. Sa voix porta jusqu'à moi.

« S'il vous plaît, messieurs-dames, accrochez votre couronne au crochet là. Si tout le monde faisait ça, on ne pourrait plus marcher. »

C'était atroce. Je fis un pas au hasard, ne sachant pas où se trouvait la sortie. Je commençai à avancer lentement, me sentant terriblement coupable. J'entendis la porte s'ouvrir à nouveau.

« Monsieur! Monsieur! »

Je me retournai, plein d'espoir.

« Monsieur, c'est vous qui êtes venu pour la personne, heu, Bernhardt?

– Oui, c'est moi. »

Avec sa blouse grise, il ressemblait étrangement à son collègue.

« Vous voulez signer là? »

Il m'indiqua un emplacement réservé dans une pile de formulaires. Bêtement, je signai.

« Et là, nom et adresse, s'il vous plaît. »

J'obtempérai, sans savoir seulement à quoi tout cela rimait.

« Merci. Attendez-moi, je reviens. »

Je le regardai partir sans réagir. Quand il revint, il portait une urne funéraire. Il me la tendit en disant d'un air parfaitement satisfait :

« Voilà. »

Et il disparut par la porte.

Je restai interdit, les yeux écarquillés. Puis je me mis

à rire. A rire! Je ne pouvais m'arrêter. Mon rire résonna entre les dalles noires, se répercuta sur les plafonds en s'amplifiant. Le couple me jeta des regards indignés et s'en fut, prudemment. Je continuai de rire, jusqu'à m'en faire mal. Et je ne savais même pas ce que j'avais signé.

Je rentrai chez moi avec cet horrible objet. Je le déposai sur ma table et réfléchis. La solution était probablement de me mettre en contact avec un rabbin qui se chargerait de dire quelques prières et de lui trouver une place dans un cimetière juif. Mais ce n'était pas ce que j'envisageais. J'avais l'intention de suivre mon sacro-saint principe : pourquoi faire simple quand on peut faire compliqué?

Je sortis de ma sacoche ce que j'avais acheté en revenant, à la librairie. Puis je dépliai devant moi la photo que j'avais prise dans la cuisine de Mrs. Bernhardt. J'ouvris le guide à la page « Jérusalem et environs » et je commençai à lire. J'avais une idée assez précise de l'orientation sur la carte grâce à l'emplacement du Dôme de la Roche sur la photographie. Je finis par découvrir quelques lignes qui me parurent se rapporter au lieu exact photographié.

... « Une petite route qui traverse les paisibles jardins d'oliviers, de pins, de fleurs au-dessus de Gethsémani, puis les mélancoliques cimetières juifs qui dominent la vallée du Cédron »...

C'était un point acquis. Je refermai le livre après avoir mis une marque à la bonne page.

Je ne pouvais laisser l'urne ainsi exposée à tous les regards, aussi je la rangeai dans ma chambre au bas de l'armoire. Et puis je pensai qu'elle avait droit au moins à une petite prière. Mais je ne connaissais que le « Notre Père » et le « Je vous salue Marie ». Je me contentai du « Notre Père » qui, finalement, était autant le sien que le mien...

A côté du guide, je posai la gourmette et les deux photos. Je les contemplai tour à tour, échafaudant un plan.

« Bon », dis-je en me levant, décidé.

J'empoignai l'annuaire téléphonique et mis le doigt rapidement sur un numéro et une adresse. D'abord, se renseigner.

« Allô?

– Allô, le consulat d'Israël?

– Oui, monsieur, fit une voix fatiguée.

– Je voudrais savoir à quelle heure on peut passer pour résoudre une affaire délicate?

– Quel genre, monsieur?

– Heu... Un rapatriement.

– Les bureaux sont ouverts de dix heures à treize heures trente du lundi au jeudi. Adressez-vous au service de l'émigration.

– Merci, au revoir. »

Encore des gens qui ne se foulaient pas trop, trois heures et demie quatre jours par semaine! Comme je m'étais réveillé très tôt, il n'était que onze heures et quarante minutes et je n'avais pas très loin à aller. Je tentai le coup.

Je pris un taxi, comme d'habitude, et pensai que je ferais mieux de m'acheter une voiture avec ce que je dépensais comme argent à circuler en taxi. Vingt minutes plus tard, un record, j'étais arrivé. Je laissai un pourboire au chauffeur, chose que je ne faisais jamais. Je dus passer à la fouille, montrer mes papiers, répondre à plusieurs questions avant de pouvoir entrer. On me remit un numéro et on me conseilla de m'asseoir et d'attendre. Je compris alors pourquoi les bureaux étaient ouverts si peu de temps : il y avait dans la salle d'attente du monde pour six heures. A trois heures moins le quart, on m'introduisit dans une pièce occupée par une foule presque compacte. On m'indiqua un homme au fond près de la fenêtre. Je m'installai en face de lui. Il griffonnait sans s'intéresser à moi, ses lunettes en équilibre sur le bout de son nez.

« Voilà », finit-il par dire avec contentement.

Il déplaça une pile de dossiers et posa ses coudes sur les bras de son fauteuil, se calant bien au fond.

« Que puis-je pour vous ? »

Je me raclai la gorge. Bon sang, ça n'allait pas être facile.

« Eh bien, c'est un cas un peu... heu... spécial.

— Oh! comme tout le monde, comme tout le monde...

— Bref, heu, je voudrais faire transporter les... le corps d'une personne décédée en Israël.

— Ah! je vois... Cette personne a de la famille sur place ?

— Non.

— De quelle ville était-elle originaire ?

— Je n'en ai pas la moindre idée.

— Mais ?

— Je ne suis pas de sa famille.

— Ah ? Mais elle est juive ?

— Oh! oui oui. Sans problème.

— Bon, mais... Elle est Israélienne, oui ?

— Pardon ?

— De nationalité ?

— Ah! heu non...

— Mais monsieur... »

Il réfléchit un instant.

« Effectivement, c'est un cas particulier. Attendez-moi, je reviens. »

Je patientai encore quelques instants. Après tout, j'avais fait cela toute la journée. Il me fit signe de loin et je le rejoignis. Il me conduisit dans une partie plus calme du consulat et je me trouvai bientôt face à un autre homme, au visage extrêmement sévère.

« Monsieur », dit-il en guise de salutation.

Je pris une inspiration et répondis par un geste de la tête.

« Veuillez vous expliquer clairement et brièvement, je vous prie. »

Je toussotai. Cette fois, ça allait être franchement dur.

« Voilà, c'est simple. Une femme juive est morte dans mon immeuble, et je désirerais qu'elle soit enterrée dans son pays.

– J'ai cru comprendre que son pays était les Etats-Unis, monsieur.

– Oui, de fait mais pas de cœur...

– Vous avez une idée des problèmes que cela pose?

– Absolument, mais je m'occuperai de tout. Je n'ai besoin que d'une autorisation pour transporter moi-même les cendres de cette femme qui était heu... très pieuse.

– Les quoi?

– Oui?

– Qu'est-ce que vous avez dit? Les cendres?

– Ah! heu... ben oui. Vous voyez, ça ne prendra pas beaucoup de place.

– Est-ce que vous vous moquez de moi, monsieur?

– Mais pas du tout! Je... C'est la municipalité, c'est leur faute. »

Je me grattai la tête en cherchant mes mots.

« Elle n'avait pas de famille... Elle a été incinérée par erreur, si vous voulez... J'ai... obtenu le droit de récupérer l'urne et je voudrais que cette malheureuse puisse avoir au moins une sépulture comme elle l'aurait souhaitée... en Terre sainte. Ne serait-ce que pour réparer cette ignominie. Je dois, d'ailleurs, préciser qu'il s'agit d'un vœu qu'elle a elle-même exprimé en ma présence.

– Pas de testament?

– Hélas! non, c'est une dernière volonté orale.

– Désolé, il n'y a rien à faire.

– Mais tout ce que je demande, c'est une autorisation pour entrer en Israël. Je prends tout à ma charge.

– C'est impossible, monsieur. Il n'y a pas de famille, pas de testament et pas de droit de nationalité. On accepte l'émigration des vivants, pas des morts.

– C'est ça, répliquai-je amèrement, morts ils ne vous servent à rien.

– Jusqu'où irions-nous si nous commencions à honorer ce genre de requête ?

– Jusqu'au ciel, peut-être bien. »

Il haussa les épaules et termina comme il avait débuté.

« Monsieur. »

Je soupirai et me levai.

« Vous risquez de me revoir. Je ne vais pas abandonner comme ça. Ou plutôt, je viserai plus haut. Il doit y avoir moyen de rencontrer le consul ou l'ambassadeur. »

Il garda le nez baissé, compulsant des paperasses.

« Imbécile », sifflai-je en ressortant.

Mais le traiter de tous les noms n'allait pas arranger quoi que ce soit. Tout semblait vouloir échouer dès que Mrs. Bernhardt y était mêlée d'une façon ou d'une autre.

Dans l'escalier, je croisai Bruce Conway. Il détourna son regard dès qu'il m'aperçut.

« Bonjour », dis-je.

Il passa sans répondre.

« Tu finis ton travail drôlement tôt », continuai-je.

J'allais ouvrir la bouche à nouveau lorsque je vis Shepherd monter en courant. Bruce et lui se saluèrent amicalement.

« Tiens, tu es là, Forster. »

Bruce disparut dans la cour. Coleen fronça les sourcils.

« Qu'est-ce que tu as encore été lui raconter?

– Moi? Rien du tout! Je lui ai souhaité le bonjour, ce qu'il a ignoré froidement. C'est lui qui est fâché, pas moi. »

Je l'écartai pour rentrer dans mon appartement. Il resta là, les mains dans les poches, attendant que je l'invite à me suivre ce que je n'avais nullement l'intention de faire. Il réagit remarquablement vite à la situation et fit un pas en avant, mettant la moitié de son corps dans le chemin de la porte que j'essayais de refermer.

« Monsieur Shepherd, je me permets de te rappeler que tu habites au-dessus.

– Oui, je sais. »

Et cette fois, il pénétra franchement dans mon salon.

« Coleen, je n'ai pas envie de te parler.

– Tu n'as jamais envie de rien. »

Je soupirai et brusquement je me rendis compte que je n'avais jamais autant soupiré. Je m'assis, résigné.

« Qu'est-ce que tu veux?

– Qui, moi? »

Il prétexta l'étonnement, jouant à agrandir ses yeux.

« Je ne veux rien, moi. »

Il s'installa à ma table et contempla ce que j'y avais laissé.

« Qu'est-ce que c'est que tout ça? »

Il prit la gourmette puis aussitôt la photographie.

« Qui est-ce? Mais?

– Ne touche pas! »

Je bondis vers lui et lui arrachai les objets des mains. Il me regarda, stupéfait, alors que je rangeais tout vivement dans un tiroir de mon bureau.

« Mais, Forster? Ça ne va pas?

– Fous-moi la paix!

– Pourquoi te conduis-tu comme ça? »

Je ne pouvais me résoudre à lui expliquer. Je pensais à Rachel.

« *Elle est un jardin bien clos, ma sœur, ma fiancée, un jardin bien clos, une source scellée* [1]...

– Quoi? »

Je ne répondis pas.

« Il y a vraiment quelque chose qui ne tourne pas rond dans ta tête, mon pauvre Forster.

– Ne prends pas ce ton apitoyé, ça m'exaspère! Qui plus est, tout va très bien dans ma tête, mon pauvre Coleen. »

Je sentis que j'allais encore lui dire des méchancetés et tentai de me tenir coi. Mais lui ne voulait pas lâcher le morceau.

« Forster, commença-t-il, je comprends bien que tu sois ébranlé par les événements mais il est temps de te ressaisir et...

– Arrête! J'en ai marre de tes sermons! Sors d'ici! Tu m'entends? Fous le camp! »

Je l'empoignai et le traînai jusqu'au palier. Je le poussai dehors avec violence et il buta contre les marches.

« Aouch! » fit-il en tombant sur les genoux.

Je vis que ses yeux s'emplissaient de larmes et m'empressai de fermer la porte.

« Forster! »

Il m'appelait plaintivement et c'était plus que je ne pouvais en supporter. Quand je ressortis, il se tenait le genou gauche en gémissant.

« Tu m'as fait mal! »

Sa voix et son attitude étaient pareilles à celles d'un enfant qu'on aurait bousculé dans la cour de récréation. Il me jeta un regard accusateur par en dessous comme s'il était en train de bouder.

« Si je n'ai pas la rotule déboîtée, j'ai de la chance! »

---

1. *Cantique des Cantiques* de Salomon.

Je desserrai ses doigts et relevai son pantalon. Sa jambe était un peu ensanglantée et, voyant cela, Coleen se mit à piailler deux fois plus. Je pressai mon mouchoir sur la plaie et me relevai.

« Je vais chercher de l'alcool.

– Qu'est-ce qui arrive ? »

Je sursautai en entendant soudain Bruce Conway derrière moi.

« Il s'est cogné, fis-je.

– Cogné ? Tu m'as poussé, oui ! »

Conway pointa le menton vers moi.

« Perds ton temps, Shep, avec ce salaud-là. »

Je le giflai et il me rendit ma gifle aussitôt.

« Arrête ! s'écria Coleen.

– Tu ne vas pas me dire que c'est moi qui commence ! » répondis-je.

Bruce Conway avait les poings fermés à hauteur de son thorax, visiblement prêt à se battre.

« Bruce, arrête ! »

Coleen allongea les bras jusqu'à le toucher.

« Laisse-le ! Il n'est pas dans un état normal !

– Il ne l'a jamais été !

– C'est vous qui devenez tous fous, ma parole ! »

Je leur tournai le dos et partis prendre de l'alcool et des pansements pour me calmer. Je revins avec ma trousse à pharmacie, bien décidé à ne pas me mettre en colère. Bruce s'était installé sur les marches à côté de Coleen et examinait son genou.

« Ce n'est pas cassé, remarqua-t-il après avoir tâté l'articulation. T'es drôlement douillet ! »

Coleen fit la moue d'un air désapprobateur.

« Mais ça fait mal !

– Tu te fous de moi, c'est une écorchure !

– Aïe ! »

Bruce Conway ne put s'empêcher de rire en voyant l'expression de Coleen alors que je désinfectais la blessure.

« Courage ! » s'exclama-t-il.

Je m'appliquai à le panser avec une bande trois fois trop grande, tout en essayant de garder mon sérieux.

« Tu crois que ça suffira? demanda Conway anxieusement. Une attelle serait peut-être nécessaire? Tu pourras marcher sans béquille, Shep?

– Je te prie de ne pas m'appeler Shep ou Col, c'est affreux, répondit Coleen, vexé.

– C'est fini », dis-je en épinglant.

Coleen se pencha pour admirer.

« C'est un beau pansement, ça, pour bébé! insista Bruce Conway, ravi de faire sortir Coleen Shepherd de ses gonds.

– C'est peut-être un peu beaucoup, murmura celui-ci en hochant la tête dubitativement.

– Penses-tu! C'est à peine assez! Il va peut-être falloir te porter jusque chez toi? »

Shepherd me tendit la main.

« Aide-moi à me lever.

– Allons donc! » s'écria Bruce.

Je pris sa main et le tirai vers moi. La pression de sa paume se fit plus forte une fois qu'il fut debout. Il garda ma main emprisonnée dans la sienne et ne semblait pas avoir du tout l'intention de la lâcher. Je tentai de la dégager discrètement, mais il serra davantage.

« Bon », dit-il sobrement.

Bruce Conway s'aperçut qu'il me tenait ainsi et fronça les sourcils asymétriquement. Puis nos regards se croisèrent, aussi surpris l'un que l'autre, à la vérité. Coleen glissa ses doigts entre les miens et se mit côte à côte avec moi. Il posa son bras sur le mien, son coude au creux de mon coude.

« Bon, répéta-t-il, aide-moi à monter, maintenant.

– Tu peux le faire tout seul, non?

– Non, je ne peux pas! Après tout, c'est ta faute, si je suis blessé. »

Ce fut ainsi qu'il me punit. Devant Bruce Conway.

Le lundi matin, je me trouvai face à l'envahissante Melissa de la Galerie Schmidt. Elle ne me quittait plus depuis qu'elle savait que c'était moi qui lui avais offert des fleurs. Je visitai la cave sous sa protection.

« C'est bien, non? demanda-t-elle avec un grand sourire.

– Qu'est-ce qui est bien, la cave ou les tableaux?

– L'ensemble.

– Oui, oui, c'est très bien. »

J'en profitai pour contempler de nouveau les œuvres de mon cher ami Grindling Conrad.

« Vous avez vu, votre bouquet tient toujours, je l'ai mis sur le bureau d'accueil.

– Ah? Tant mieux! Tant mieux... Dites, est-ce que Miss Fairchild va venir ce matin?

– Ce serait surprenant. »

Je tapotai mes lèvres nerveusement du bout des doigts.

« J'espère qu'il va y avoir du monde.

– Oh! pas de problème, il y en a toujours.

– Vous veillerez à ce qu'ils ne s'arrêtent pas devant les horreurs du dessus.

– D'accord! »

Elle rit et passa cavalièrement son bras autour du mien.

« Elle vous plaît, Miss Fairchild?

– Quoi?

– Allons, allons! Ne faites pas l'innocent!

– A vrai dire, je m'engueule avec elle chaque fois que je la rencontre.

– Hum... J'aimerais bien voir ça.

– Je me suis juré de rester poli ce soir. Je n'ai pas envie de tout gâcher.

– Je vais vous faire un aveu, Miss Fairchild me tape sur les nerfs.

– Ça ne m'étonne pas. Et Sigmund?

– Sigmund? Il est fou d'elle.

– Ah? Ils couchent ensemble?

– Je n'en sais rien. Mais ce n'est pas le genre de Mademoiselle. Trop bien élevée... Puisqu'on en est à Sigmund Schmidt, je vais vous révéler autre chose. Il est persuadé qu'il vous a dans sa poche et que vous lui êtes redevable désormais.

– Il va être déçu, le pauvre homme!

– Hum... Vous êtes une terreur dans l'établissement, Mr. Tuncurry.

– Ah! vraiment?

– Oui... Vous ne dites que des méchancetés.

– Pas à vous, très chère, pas à vous...

– Si vous m'invitez à dîner, je succombe à votre charme, définitivement. »

Je pensai à Vanessa, que j'avais invitée et avec qui j'avais l'intention de finir la soirée.

« A dîner, je ne peux pas. A déjeuner, si vous voulez.

– Je suis de garde, aujourd'hui.

– Alors, nous garderons ensemble. J'irai vous acheter un hamburger au coin.

– Avec des frites...

– C'est ça. Et un milk shake à la fraise. Ce sera follement romantique.

– Et si je vous prenais au mot?

– Mais je suis tout à fait sérieux.

– Bon. »

C'est ainsi que je me fis draguer par Melissa devant un big Mac et un Coca-Cola.

Sur le coup de trois heures, je rentrai me changer. Pris de fantaisie, je mis mon pantalon de skaï brun, ma chemise ajourée de la même couleur, et cherchai désespérément une veste pour aller avec. N'en trouvant pas, je me contentai d'un tricot marron que je posai sur mes épaules, négligemment. Bien qu'ayant toujours les joues pâles et cet éclat particulier dans les yeux, je n'avais plus l'air de sortir de ma tombe. Au contraire, mon visage émacié avait une expression assez singulière, et ma boucle noire tombante parachevait ce que je me décidai à qualifier de séduisant. Je sifflotai en verrouillant ma porte et m'attirai une réflexion du quatrième étage.

« Oah! On dirait un rocker recyclé dans le disco!

— Qu'est-ce que tu fais là, Bruce Conway?

— Je prends le frais sur mon palier, c'est interdit? »

Je m'accoudai à la rampe pour mieux le voir.

« Je croyais que tu travaillais? »

Il eut un sursaut ennuyé, puis éclata follement de rire.

« Me suis fait virer le deuxième jour! »

Je respirai d'aise.

« Pour quel motif?

— Je leur ai demandé à qui s'adresser pour s'inscrire à un syndicat.

— Ça a suffi?

— L'instant suivant, je traitais le chef du personnel de porc graisseux. Ça, ça a suffi...

— Et maintenant, que vas-tu faire?

— Sais pas... Mais faudrait vraiment que je trouve un boulot. Ça va tourner à la catastrophe, sinon. Sharon n'a pas beaucoup d'argent non plus... »

Au nom de Sharon, nous nous raidîmes tous les deux, soudainement sur la défensive.

« Mais que voudrais-tu comme emploi? finis-je par dire.

— Je ne sais pas... Je ne suis bon à rien. »

Il haussa les épaules, et s'accroupit derrière les barreaux. Il me lança un regard où je lus de la détresse. Cela me choqua durement.

« Je vais être en retard.

— Où vas-tu?

— A une exposition. »

J'hésitai puis demandai :

« Tu veux venir ? »

Il se redressa en criant :

« Oh ! oui. Chic !

Puis, il se renfrogna.

« Ah ! non... Je ne peux pas...

— Pourquoi ?

— Il faut que j'aille chercher Anita à l'école. Et puis, Sharon va s'inquiéter si je ne suis pas là.

— Laisse un message.

— Ben oui... Mais la gamine ?

— Flûte ! fis-je, énervé. On n'a que des emmerdements avec ces deux-là !

— Forster !

— Mais c'est vrai ! Puisque c'est comme ça, allez au diable tous les trois ! »

Je descendis, fâché, puis Bruce me rappela.

« On pourrait peut-être l'emmener ?

— Qui, Anita ?

— Ben oui.

— Tu as un goût pour le danger. Faudrait être fou pour trimbaler ce bâton de dynamite avec nous ! »

Voilà donc pourquoi je me retrouvai à la galerie Schmidt avec Bruce Conway et Anita Dowdeswell. Je leur fis promettre à tous les deux de bien se tenir, de ne pas toucher les tableaux avec des doigts gras et de dire merci et s'il vous plaît quand c'était nécessaire. Anita était surexcitée à l'idée de venir avec moi, et nous dûmes l'habiller avec sa robe préférée sous peine de crise de larmes. Elle voulait me faire honneur, surtout après m'avoir dit que je ressemblais à Peter Pan (je ne vois pas très bien pourquoi, toujours est-il qu'elle insista pour se faire appeler Wendy). Bruce Conway penchait plutôt pour Bambi à cause de la couleur. Je leur ordonnai d'arrêter là leurs bêtises et je pressai le mouvement.

« Oh ! qu'il est beau ! » s'exclama Melissa dès qu'elle me vit entrer.

A la tête que fit Florence Fairchild, je conclus qu'elle pensait la même chose. Je m'inclinai cérémonieusement.

« Mesdames.

– Moi aussi, je suis beau, dit Bruce Conway en se balançant d'avant en arrière sur ses baskets.

– Voilà des amis à moi, Bruce Conway et Anita.

– Wendy! corrigea-t-elle en secouant ma main.

– Ah! oui, Wendy pour ce soir. »

Les yeux bruns de Florence Fairchild allaient de moi à Anita en passant par Melissa.

« Oh! papa, il y a des choses à manger, là!

– Papa? »

Les deux femmes s'unirent dans la même surprise.

« Ne faites pas attention, répondis-je. C'est une manie, chez elle, d'appeler ses voisins papa.

– Oh! mais, mon cher Forster, je peux t'assurer que tu en as l'exclusivité, ricana Bruce.

– Bon, si tu t'occupais de Wendy, capitaine Crochet. Le bar est ouvert. »

Je lui refilai ma fille adoptive et les poussai tous les deux.

« Ce n'est pas une bonne idée de mettre le buffet au premier étage, remarquai-je. Ils vont tous rester agglutinés ici au lieu de descendre.

– Il n'y avait pas de place en bas, fit Melissa, on n'avait pas le choix. »

Je me tournai légèrement vers Florence Fairchild.

« Vous allez bien?

– Aussi bien que possible, compte tenu que vous êtes là.

– Allons, allons... Je suis fermement décidé à être gentil et souriant pour une fois.

– C'est pour ça que vous avez déjà commencé à râler à propos du buffet? »

Je me mordis la lèvre inférieure d'un air dubitatif.

« Avouez que j'ai raison. Ils vont tous se mettre à

picoler et à se raconter des salades, et ils ne vont même pas aller voir les tableaux.

– C'est toujours comme ça dans votre opinion, n'est-ce pas? Alors, qu'est-ce que ça change?

– Il est vrai que les vernissages, ça ne sert qu'aux mondanités. »

Un vrombissement de voix masculines nous enveloppa soudain. James Coventry et ses petits copains de la Revue jouaient à qui parlerait le plus fort.

« Vous êtes déjà soûls? demandai-je.

– Salut, mon pote! »

James me tapa amicalement sur l'épaule et répondit :

« Non, je t'assure, on n'a pas bu une goutte. D'ailleurs, j'ai soif. »

Florence Fairchild se tenait toute raide, hautaine jusqu'au bout des ongles.

« Mes hommages, mesdemoiselles », dit James avec bonne humeur.

La belle Florence m'énervait de plus en plus. Je me retenais difficilement. Melissa me lança un clin d'œil compatissant. Et puis, elle remarqua Jerry qui la dévisageait tel un chat devant un poisson rouge. J'eus donc à cet instant l'incomparable privilège d'assister à un coup de foudre en direct. Ne finassons pas, ce fut vraiment fulgurant. Oubliés le pauvre Tuncurry, les galeries de peinture, les demoiselles Fairchild et les revues d'art déficitaires (est-ce un pléonasme?). Nous les regardâmes s'éloigner ensemble, plus interloqués les uns que les autres.

« Ben, dis donc, mon pote! commenta James, résumant ainsi toutes nos pensées.

– J'espère que Mr. Conrad va bientôt arriver, fit Florence Fairchild, réagissant enfin devant cette situation surprenante et tentant de l'effacer de sa mémoire le plus vite possible.

– Parce que vous croyez qu'il va venir?

– Mais, Mr. Coventry, que voulez-vous insinuer?

– Ce n'est pas tellement son genre, généralement il ne se déplace pas. »

Affolée, elle se retourna vers moi.

« Forster, il ne va pas nous faire ça?

– Est-ce que je sais? »

Je la laissai souffrir quelques secondes pour le plaisir de la voir aussi désemparée.

« Ne vous en faites pas, finis-je par avouer, il viendra. Je m'en porte garant.

– Oh! vous.

– Ce n'est pas ma faute! » me défendis-je.

James Coventry entraîna ses collègues vers le punch et les jus d'orange, j'en profitai pour demander à Florence si elle avait reçu mes roses.

« Apparemment, vous envoyez des fleurs à toutes les nanas du coin. Je ne me sens pas particulièrement flattée. »

Puis elle loucha vers le bouquet de Melissa qui trônait sur le petit bureau.

« Vous avez raison de vous compter dans les nanas. »

Sur ce, je m'en fus rejoindre Bruce Conway et Anita. Celle-ci me sauta littéralement dans les bras.

« Ce qui est intéressant est au sous-sol », remarquai-je en voyant l'air perplexe de Bruce face aux ronds et aux triangles.

Je soulevai Anita de terre et elle s'agrippa à mon cou. Je vis sourire Bruce.

« Je te suis, papa », fit-il.

Nous descendîmes. Spontanément, Anita me montra le tableau *Arlequin trahi*.

« C'est une marionnette!

– Oui, si tu veux. »

Bruce Conway, lui, traîna surtout devant *Saint Georges et le Dragon*.

« C'est vachement marrant!

– C'est inspiré comme critique, répondis-je.

– Oh! ne me fais pas suer. »

Puis il me flanqua un coup de coude dans les côtes en riant. Je retrouvais le Conway que j'avais toujours connu. Brusquement, j'aperçus Grindling Conrad. J'allai vers lui, suivi fidèlement par Bruce.

« Bonjour Mr. Tuncurry. Vous avez meilleure mine que la dernière fois.

– Assurément. »

Anita m'embrassa soudain, ce qui me surprit.

« Mes enfants aiment beaucoup les tableaux, dis-je en indiquant Bruce du menton. Deux de mes amis, Bruce Conway et Anita.

– Wendy!

– Ah! oui, Wendy. Confidence pour confidence, je suis moi-même Peter Pan. »

Il hocha la tête interrogativement et se décida à sourire.

« Quel drôle d'individu vous êtes!

– N'êtes pas mal non plus, fit Bruce.

– En apparence peut-être. Mais je suis extrêmement simple et rustre. Assez peu dégrossi, en fait un matériau à l'état brut. Mais vous, Tuncurry, vous êtes tel un médaillon en ivoire, ciselé et travaillé si finement que l'on dirait de la dentelle ou une porcelaine chinoise. Incroyablement complexe.

– N'en jetez plus! m'écriai-je.

– Il n'a pas tort, renchérit Bruce, incroyablement complexe et totalement inutile.

– Il est joli! s'exclama Anita qui avait surtout retenu le côté dentelle de la comparaison.

– Les femmes t'ont trouvé irrésistible, susurra Bruce en se dandinant d'une jambe sur l'autre.

– Les toilettes sont au rez-de-chaussée, lui dis-je, ce qui eut pour effet de le faire tenir tranquille cinq secondes.

– Bon, fit-il en exécutant un pas de danse vers l'escalier, je mangerais bien quelques petits fours. »

Nous le suivîmes. Je portais encore Anita ce qui me

173

permit de ne pas serrer la main de Sigmund Schmidt que je rencontrai en compagnie de Miss Fairchild.

« – Ah! ce cher ami! s'exclama-t-il. Oh! la mignonne petite fille! Comment t'appelles-tu, mon trésor? »

Anita l'ignora complètement, à mon grand plaisir. Grindling Conrad avait l'air de s'amuser. Peu à peu, les invités arrivaient. Je vis venir avec terreur Mrs. Ariboska et son chapeau à fleurs. Dans un coin, Bruce Conway engloutissait tout ce qu'il pouvait.

« Ohaoh! rugit Mrs. Ariboska en se jetant sur moi comme un fan sur son chanteur pop préféré. Mr. Tuncurry! »

Je marmonnai une réponse inintelligible.

« Mais qu'est-ce que je vois? Oh! le ravissant petit bibelot! Tu me dis ton nom? Tu vas à l'école? Tu travailles bien? Tu es gentille avec ta maman et ton papa? Tu en as une belle robe! Tu vas à l'école? Comment t'appelles-tu? Il ne faut pas être timide! Tu vas à l'école? »

Même si Anita avait eu l'intention de dire quoi que ce soit, elle n'aurait pas pu en placer une.

« L'exposition est un succès, enchaîna-t-elle sans sourciller. Ces œuvres c'est si original! D'ailleurs, Sigmund, Sigmund, Sigmund Schmidt, m'en avait parlé quand nous avons déjeuné ensemble, et il m'avait convaincue d'avance. Les couleurs sont bien choisies, vous ne trouvez pas?

– Les tableaux en question sont au sous-sol.

– De toute façon, continua-t-elle sans m'entendre, Sigmund, Sigmund Schmidt, m'avait affirmé que ce serait le plus grand peintre de notre génération.

– La mienne, pas la vôtre...

– Tu l'aimes bien ton papa? conclut-elle férocement.

– C'est pas mon père », répondit tranquillement Anita.

Mrs. Ariboska la fixa de ses yeux ronds sans comprendre.

« C'est gentil à cet âge-là », remarquai-je finalement en lui tournant le dos.

Je commençais à avoir soif, aussi rejoignis-je Bruce du côté du bar. Je posai Anita et lui offris un verre de jus d'orange. Je me servis moi-même une espèce de punch planteur pas trop alcoolisé.

« Ça va, tu te tasses? demandai-je à l'horrible Bruce Conway qui avalait son énième petit pâté.

– Hum... pas mauvais, celui-là. Tiens. »

Il m'en tendit un que je refilai à la gamine qui geignait qu'elle voulait goûter aussi.

Vanessa Poretski entra. Je laissai mes deux monstres ensemble à boulotter les toasts à la mousse de foie gras.

« Bonsoir.

– Bonsoir, Forster. Tu es très chic.

– Merci. Viens, je vais te montrer ce qu'il y a à voir. Je t'interdis de regarder ce qu'il y a ici, ça te donnerait de mauvaises idées. » Je la pris par la main et l'emmenai. Au passage, Bruce Conway me fit un clin d'œil et m'emboîta le pas avec Anita. En bas, je retrouvai le clan Schmidt-Fairchild et le pauvre Grindling qui semblait s'ennuyer ferme cette fois. Dès qu'il m'aperçut, son visage s'éclaira et il vint vers moi.

« Voilà Grindling Conrad. Grindling, Vanessa, Grindling. »

Je m'aperçus alors que je venais de commettre l'erreur de ma vie sentimentale.

« Ah? C'est votre petite amie? fit Grindling.

– Heu? Non, non... »

Vanessa me lança un regard mitigé et s'abstint de tout commentaire.

« Très bien. Dans ce cas, vous ne voyez pas d'inconvénient à ce que je vous l'enlève?

– Hein? Heu, non... »

Vanessa me tira la langue et passa son bras sous celui de Grindling Conrad.

« A bon entendeur, salut, Casanova! »

– Peter Pan, dit Anita avec un grand sérieux.

– Quel manque de chance!» s'écria Bruce en claquant les doigts.

Puis il éclata de rire en voyant ma mine déconfite. Le pire fut cependant de surprendre le regard de Florence Fairchild qui n'avait rien perdu de toute la scène. A la façon dont elle haussa un sourcil, on savait à quoi s'en tenir.

« Si on retournait au buffet, suggéra Bruce. Au moins, tu pourrais te soûler. »

Nous allâmes donc nous offrir quelques verres supplémentaires. Je fus de nouveau agressé par Mrs. Ariboska.

« Mon très cher ami! L'exposition est un succès, n'est-ce pas? Quel goût pour les couleurs. Alors ma petite chérie, tu es contente? Tu en as une jolie robe! »

Bruce Conway la dévisagea, apparemment stupéfait. A ma grande joie, il décida de s'amuser un peu.

« Ma chère, quel chapeau su-per-be! »

Il attira ainsi son attention.

« N'est-ce pas? Merci. L'exposition...

– ... est un succès, finit-il. Quel rouge! Ah! et ce bleu! Est-ce que vous avez déjà vu un bleu si... si bleu? »

Puis il se mit à baver son punch planteur et il s'essuya avec sa manche.

Un malheureux maître d'hôtel fut apostrophé et se trouva brusquement débarrassé de son plateau de mini-babas au rhum et autres éclairs au café. Bruce Conway me donna le plateau et commença à manger tous les gâteaux systématiquement, rangée par rangée, à la cadence d'un par seconde. Mrs. Ariboska, subjuguée, ne pouvait quitter des yeux le va-et-vient angoissant de sa main. Plusieurs personnes s'arrêtèrent et parmi elles, Florence Fairchild visiblement horrifiée. James Coventry et son photographe étaient pliés en deux, mais c'étaient bien les seuls. Bruce arrivait au bout. Il engloutit le dernier et rota.

« Je boirais bien un petit coup... L'exposition est un succès, vous ne trouvez pas? Ah! Quel joli jaune! »

Il alla se servir un jus de fruits et... mangea un canapé au fromage.

« Ce n'est pas vrai! » s'écria James puis il repartit de son fou rire.

Florence Fairchild s'approcha de moi, les lèvres pincées.

« A ce que je vois, vos amis sont à votre mesure. »

Bruce Conway revint à mes côtés. Elle lui jeta un regard glacé et sourit brusquement en se rappelant quelque chose.

« Heureusement, les femmes sont plus sensées que les hommes. Vous avez eu un petit problème avec cette charmante demoiselle, tout à l'heure...?

– Qui? Lui? demanda Bruce Conway en m'entourant avec son bras. Quelle idée! »

Puis il ricana.

« Mais voyons, Tuncurry ne s'intéresse pas aux femmes! Qu'est-ce que vous croyez que nous faisons ensemble! »

Florence Fairchild eut un mouvement de recul involontaire.

« Faut vous y faire, Florence, ajoutai-je. Je ne suis pas libre.

– Les homos et les petites filles, c'est tout ce qu'il veut. Hein, Wendy? Qui c'est que tu appelles papa?

– Lui. »

Elle me toucha du bout du doigt.

« Mais ce n'est pas ton vrai papa, hein?

– N... Non.

– Il est gentil avec toi, hein? Qui c'est qui t'a habillée pour venir ici?

– Papa...? »

Anita me jeta un coup d'œil indécis ne sachant pas trop ce qu'il fallait qu'elle dise.

« Vous êtes tous les deux absolument dégoûtants! s'exclama Florence Fairchild. Après ce que j'ai fait pour vous, ne put-elle s'empêcher d'ajouter.

— Pour moi? répondis-je. Mais vous n'avez rien fait pour moi! Et je ne vous suis redevable de rien, ni à vous ni à Schmidt. Non mais, qu'est-ce que vous vous croyez? Et cessez donc de vous tenir comme une autruche ayant avalé un balai par erreur!

— Pas mal envoyé ça, constata Bruce en se léchant les doigts. Surtout la fin, j'ai bien aimé.

— Merci. Vous savez, Florence, j'avais la ferme intention de me conduire correctement et d'être aimable avec vous. Votre comportement a le don de me mettre hors de moi. D'après ce que je sais, je ne suis pas le seul à ne pas vous supporter, d'ailleurs.

— Quoi? Qui?

— Je n'ai pas à vous répondre. Le mieux est que nous nous en allions, mes amis et moi. Pour limiter les dégâts. Je pense que Sharon voudrait bien récupérer sa fille, maintenant, ajoutai-je à l'adresse de Bruce Conway.

— Ouais, fit-il lymphatiquement. De toute façon, c'est bientôt l'heure du repas. »

Je relevai une mèche et touchai mon front mouillé de sueur.

« Tu as un petit creux?

— Les amuse-gueule, ça m'a toujours mis en appétit.

— Je vais saluer Grindling, attendez-moi dehors. »

Je partis à la recherche de Grindling Conrad et de Vanessa, que je trouvai plongés dans une discussion animée.

« Tiens, vous revoilà, vous, dit-il.

— Je raccompagne mes deux enfants chez eux et je me couche.

— Tu te couches? s'exclama Vanessa.

– Exactement. J'ai les jambes en carton, la tête qui tourne, je suis fatigué, mes yeux se brouillent.

– Dites-moi, vous avez vu un médecin? s'enquit Grindling avec gentillesse.

– Conseillez-lui plutôt un psychiatre. »

Je fis volte-face en entendant la voix de Florence Fairchild.

« Vous me suivez à la trace? demandai-je, furieux.

– Oh! mais ça partait d'un bon sentiment, répondit-elle. Plus j'y pense, plus je crois que finalement vous êtes un malade mental.

– Foutez-lui la paix. »

Bruce Conway se tenait très droit, les poings serrés et regardait au-delà de nos têtes d'une manière inquiétante. Il est vrai que lui savait ce qui pouvait réellement se passer dans ma petite cervelle.

« Mais je... commença Florence Fairchild en rougissant.

– Taisez-vous! »

Bruce glissa son bras sous le mien et m'entraîna vers la sortie où patientait Anita.

« Ça va », murmurai-je.

Et juste en disant cela, j'eus comme un vertige, un trou noir, une image.

« Rachel...

– Quoi? »

Je m'arrêtai, tentant ainsi d'empêcher les objets et les gens de valser autour de moi.

« Tu es tout pâle, Forster. Viens, je vais essayer d'appeler un taxi.

– Tu sais, j'ai entendu les vertèbres craquer...

– Ne parle pas...

– Mais tu sais que...

– Oui, Coleen me l'a dit. »

Une main puissante me saisit le poignet alors que je vacillais soudain.

« Je vais vous aider, proposa Grindling.

– Tu es malade comme l'autre fois? fit Anita en attrapant la boucle de ma ceinture.

– Il faudrait un taxi, demanda Bruce.

– Il y a ma voiture. »

Je me redressai brusquement et les repoussai tous.

« Non merci, Miss Fairchild, je n'ai pas besoin de votre véhicule. D'ailleurs, je vais très bien, maintenant.

– C'est prudent?

– Mais oui, Bruce, je t'assure. Je me suis énervé, c'est le genre de choses que je ne supporte plus depuis... »

Je me mordis les lèvres et étouffai mal un sanglot.

« Allons-nous-en. »

Nous nous remîmes en marche, laissant derrière nous plus d'une personne troublée ou surprise. L'air frais me procura un bien immédiat. J'insistai pour rentrer à pied.

« C'est loin », grogna Bruce.

L'arrivée dans l'Escalier C fut des plus agréables.

« Ça fait des heures que j'attends! » rugit Sharon Dowdeswell dès qu'elle nous vit.

Elle avait laissé sa porte ouverte pour être sûre de ne pas nous manquer.

« Et Anita? A quelle heure va-t-elle dormir ce soir? Bruce, nous étions bien d'accord en ce qui concernait...

– Laisse tomber!

– Bruce, ça ne va pas se passer comme ça. Nous avions mis certaines choses au point, et tu avais juré de remplir tes engagements. Et ce n'est pas parce que...

– Arrête! Ce n'est pas le moment!

– Ah! non? Et pourquoi non?

– Je ramène Forster chez lui.

– Il peut monter un étage tout seul. D'ailleurs, Mr. Tuncurry, vous êtes prié de laisser Bruce tranquille. Il a mieux à faire que de perdre son temps dans les galeries de peinture. Qu'est-ce que tu as fabriqué aujourd'hui? Tu as cherché du travail, oui?

– Heu... Non.

– Mais, enfin, Bruce.

– Assez, assez! suppliai-je misérablement, ne vous disputez pas, je vous en prie!

– On peut connaître la raison de tous ces cris? dit Béatrix en ouvrant sa porte, voisine de celle de Sharon.

– Pour une fois que ce n'est pas vous qui gueulez, répliqua Sharon, extrêmement désagréable.

– Heu? Forster, tu as mauvaise mine. Viens, je vais te faire un bon thé de Chine.

– C'est ça, débarrassez-nous-en. »

Béatrix jeta un regard peu aimable à Sharon Dowdeswell.

« Vous, je vous conseille de ne pas embêter mon ami Forster. Sinon, vous aurez affaire aux Holt-Sparks. »

Elle me prit par la main et m'emmena dans son studio.

« Ne t'occupe pas, va, finalement, elle a des tas de problèmes sur le dos, la pauvre. »

Elle me poussa doucement dans son fauteuil et me mit un peu de musique. Les yeux mi-clos, j'écoutais la voix de baryton :

« Que mon sort est amer, que mon sort est amer.

Ah! Sans amour s'en aller sur la mer... s'en aller sur la mer[1] »...

Je frémis un instant en entendant :

« ... Et le fantôme (...)

murmure en vous tendant les bras :

---

1. *Sur les lagunes.*

" Tu reviendras[1] " »
Béatrix me servit du Lampsang Souchong et j'oubliai d'
« écouter la pâle colombe
chanter sur la pointe de l'if
son chant plaintif.[1] »

1. *Au cimetière, Clair de lune, Nuits d'été,* Poèmes de Théophile Gautier, musique d'Hector Berlioz.

IX

Le fou, c'est l'autre

Mon médecin m'avait prescrit du calcium, du magnésium en masse et aussi un calmant que j'avais négligé jusque-là. Je me forçais à en prendre, espérant que cela pourrait me sortir de cette espèce de marécage capricieux qui tantôt m'aspirait, tantôt me rejetait.

Je n'avais pas le courage d'attaquer à nouveau le mur d'incompréhension des employés du consulat d'Israël. Je m'enfermai chez moi. Je vidais mes fonds de placards et passais la plupart de mon temps affalé sur mon canapé à boire des litres de thé de Chine. Je n'allais même pas chercher mon courrier et refusais d'ouvrir la porte à Coleen Shepherd ou à Béatrix. Je décrochai le téléphone.

Ma seule activité était de tourner et de retourner sans cesse des cartes à jouer dans une réussite imbécile.

« Si je la rate, je me jette par la fenêtre... »

Bien entendu, je perdis la partie en question. D'un geste rageur, j'envoyai balader tout le paquet. Allons, ça ne pouvait plus continuer comme ça.

J'enfilai un tricot, car j'avais tout le temps froid, et fis quelques pas dans mon salon. Finalement, je pris la décision de descendre acheter à manger.

La pemière personne que je rencontrai fut Sharon

Dowdeswell. Nous nous observâmes un instant en silence, aussi embêtés l'un que l'autre.

« Bonjour, dis-je à voix basse, souhaitant presque ne pas être entendu.

– Bonjour, Mr. Tuncurry. »

Elle me dépassa et continua à monter vers le quatrième étage.

« Bruce est là ? » demandai-je soudain.

Elle se retourna vers moi.

« Je suppose... Il n'y a pas moyen de le faire bouger pour chercher du travail.

– Vous permettez ? Je viens avec vous. »

Il était évident que cela ne l'enchantait pas du tout. Néanmoins, je poursuivis mon chemin avec elle. Seule l'expression de son visage reflétait son opposition. Je supposai qu'elle avait dû avoir une méchante explication à mon sujet avec Bruce, et qu'il l'avait plus ou moins convaincue de me ménager. Sharon ouvrit la porte avec ses propres clefs.

« Mr. Conway, appela-t-elle, tu as de la visite. »

Puis elle alla s'asseoir, dans une attitude visiblement hostile et réprobatrice. Bruce sortit de sa cuisine, une casserole à la main.

« J'arrive, Tuncurry, je finis ça. »

Je le suivis de façon à être seul avec lui.

« Qu'est-ce que tu fais ?

– Du caramel. »

Je haussai les épaules. A son âge !

« C'est bon le caramel, insista-t-il. Alors, tu t'es décidé à mettre le nez dehors ?

– Oui, comme tu vois.

– Shepherd faisait une drôle de tête, ces temps-ci. Je crois qu'il commençait à envisager de faire sauter ta baraque à la dynamite. Pour savoir ce que tu trafiquais, cloîtré chez toi. Je parie que tu n'es pas passé chez lui ?

– Non, en effet. »

Il se mit à ricaner, en étalant son caramel dans une assiette beurrée.

« Bon, il ne reste plus qu'à filer ça au frigo... A part ça, cher ami, tu avais quelque chose à me dire?

– D'abord, j'aimerais que Sharon arrête de me faire la gueule.

– Ah! ça, mon vieux... à qui la faute?

– Ensuite... Je croyais que tu avais l'intention de devenir adulte. Ça n'en prend pas le chemin. »

Il me jeta un regard par en dessous.

« Ah! non. Pas toi...

– Ce qu'il te faut, c'est un job à ta mesure. Un métier remuant.

– Qu'est-ce que tu suggères? Coursier?

– Bah! pourquoi pas? Ce ne serait pas si mal.

– Je t'en prie, ne t'occupe pas de moi. Il y en a déjà assez qui me veulent du bien contre mon gré dans l'immeuble.

– Ecoute, je sais parfaitement que ça t'est égal, mais je te fais grâce de tes dettes envers moi.

– C'est gentil mais est-ce que je peux t'emprunter cinquante dollars?

– Ah! Dieu tout-puissant! Tu ne changeras jamais!

– J'ai bien peur que non.

– Quand on est comme toi, on ne prend pas une famille en charge!

– En l'occurrence, c'est la famille qui l'a pris en charge, fit Sharon appuyée contre l'embrasure de la porte.

– Oui, effectivement, acquiesçai-je. Ça m'a tout l'air d'un cul-de-sac, votre affaire.

– Est-ce que je ne pourrais pas être un homme au foyer?

– Ce serait très bien si je gagnais assez d'argent, mais c'est loin d'être le cas.

– Quel est votre métier? demandai-je.

– Je suis secrétaire médicale. Je n'ai pas à me

plaindre, mais mon salaire ne suffit pas à trois personnes. Et puis, j'en ai marre de me priver de tout. Moi aussi, je voudrais m'acheter une robe de temps en temps, ou aller au cinéma et visiter les galeries de peinture. Depuis que j'ai seize ans, je bosse sans arrêt, je me crève pour élever ma fille correctement. Je n'ai pas grand-chose à me reprocher, Mr. Tuncurry, mais j'ai aussi envie de faire la fête le samedi soir, ou de discuter jusqu'à trois heures du matin de musique et de littérature. Seulement voilà, je ne peux pas. Et moi, le week-end, je dors parce que je suis trop fatiguée pour faire quoi que ce soit. Je sais bien que cela n'intéresse personne, mais moi, ce que j'aimerais, c'est travailler à mi-temps, m'occuper d'Anita, l'emmener au zoo, lire des livres avec elle, me reposer un peu, reprendre des études... Si ça continue comme ça je ne pourrai jamais. Il faut toujours que je tombe sur plus paumé que moi. »

Après un silence de quelques secondes, Bruce finit par dire :

« Ce n'est pas très facile de trouver un boulot en ce moment...

— Non, surtout quand on ne cherche pas. Et puis, tu en avais un, et...

— On ne va pas revenir là-dessus. Les incompatibilités d'opinions, ça existe.

— Le problème, c'est que cela sera chaque fois pareil. »

Sharon retourna au salon, apparemment fâchée mais peut-être tout simplement découragée. Je restai face à Bruce Conway.

« Elle n'a pas tout à fait tort...

— Je sais bien, murmura-t-il misérablement.

— J'ai faim brusquement. Il faut dire qu'avec ce que je mange en ce moment...

— Va t'asseoir, si tu veux. Je vais t'apporter un sandwich.

186

– Tu n'aurais pas plutôt des cornflakes avec du lait?

– Si tu préfères ça. »

Je rejoignis Sharon et m'installai sur le divan. Le chat Agamemnon me sauta dessus en ronronnant. J'oubliai de râler. Sharon consulta sa montre et se leva.

« Je vais chercher Anita chez son amie.

– A tout à l'heure, répondit Bruce en apportant un bol et un verre pour moi.

– Je n'ai rien avalé de consistant depuis un certain temps », expliquai-je en surprenant le regard de Sharon.

Elle ne fit aucune remarque et sortit.

Bruce s'assit à côté de moi et me laissa savourer mes céréales tranquillement.

« Je devrais avoir honte. Mais je suis un irresponsable, je ne peux pas avoir honte », fit-il.

Je retirai le nez du chat de mon verre de lait et tapai sur la patte qu'il avait avancée vers mes cornflakes.

« Ta situation devient critique.

– Bah! suppose que j'hérite d'un vieil oncle. L'ennui, c'est que je n'en ai pas. Avoue que je n'ai pas de chance. Pourquoi est-ce que ce ne sont que les riches qui héritent? »

Je vidai mon bol et me redressai.

« Tu t'en vas déjà?

– Pour l'instant, je ne peux rien faire pour toi.

– Et mes cent dollars?

– Cinquante.

– Tout augmente... Quatre-vingts? »

Je pris mon portefeuille dans ma poche revolver et le vidai sur la table.

« Soixante-cinq dollars, compta Bruce. Tu notes?

– Pour quoi faire? Tu n'as pas l'intention de me les rendre quand même?

– Non, en effet. Ce qui est bien avec toi, c'est que l'argent ne t'intéresse pas du tout.

– Probablement parce que j'en ai.

– Oh! ça, ça ne veut rien dire. »

Je lui serrai la main avant de partir, ce que je ne faisais jamais. Il était sept heures moins le quart lorsque je retournai chez moi. Je flânai entre ma cuisine et ma chambre, indécis. J'entendais *Le Sacre du Printemps*, comme tous les soirs. Coleen Shepherd essayait de m'attirer. Je passai dans la salle de bain et découvris des taches d'humidité sur le plafond. La baignoire du troisième devait déborder consciencieusement. Je me demandai dans quelle mesure il ne le faisait pas exprès. Je dus me résoudre à monter. J'avais à peine sonné qu'il m'ouvrit la porte, à croire qu'il se tenait juste derrière.

« Tu es encore en train de m'inonder.

– Oh! zut! Entre, entre! C'est à cause du tissu, la vidange doit être bouchée.

– Le tissu?

– Oui, je lave mon dessus-de-lit. Plutôt, je le fais tremper. Entre. »

L'explication tenait de l'alibi. Je fus convaincu que l' « accident » était provoqué.

« C'est réglé, fit-il en revenant. Ça n'a pas eu le temps de faire beaucoup de dégâts.

– Je crois que je vais me fendre et t'acheter un autre disque, remarquai-je.

– Oh! mais j'en ai d'autres!

– On ne dirait pas.

– Ça va mieux?

– Pourquoi, ça allait mal?

– Oh! Forster! Tu... »

Il s'interrompit brusquement et contempla ses ongles d'un air inspiré.

« Bon, eh bien, commençai-je.

– Où vas-tu?

– Je rentre chez moi, cette question!

– Tu es pressé? Cela fait des jours que je ne te vois plus et...

– Et alors, je te manque?

– Mais oui. Et puis, je m'inquiète, Béatrix aussi. Evidemment, tu t'en fous.

– Oui, je m'en fous. On a bien le droit d'être tranquille de temps à autre, non? Est-ce que je suis obligé de supporter mes voisins à longueur de journées, de soirées ou de nuits? Vous ne pouvez pas me foutre la paix?

– Tu exagères! Tu étais malade, c'est normal que l'on veille sur toi, non? Et si tu te trouves mal chez toi, hein? On te laisse crever?

– C'est ça, laissez-moi donc crever. Cela simplifierait les choses.

– Ah oui?

– Je ne sers à rien. Je me demande pourquoi je suis là, de toute façon.

– Arrête de dire des bêtises. Est-ce que tu te soignes, seulement?

– Soigner quoi?

– Ben, les nerfs, en tous cas.

– C'est ça, dis tout de suite que je suis fou.

– Mais Forster, pourquoi déformes-tu tout?

– Eh bien, puisque ça t'intéresse tant, apprends que j'ai des tas de calmants, et je ne sais pas ce qui me retient de me taper la boîte entière d'un seul coup. Adieu problèmes, adieu voisins!

– Tais-toi donc, je ne supporte pas ce genre d'idioties.

– Très bien, tu ne vas pas les endurer plus longtemps, je m'en vais.

– Oh! reste assis, bon sang! »

Nous nous tûmes un instant, évitant de nous regarder en face.

« Forster, reprit-il, il y a quelque chose que tu ne veux pas dire et ça te rend dingue. Pourquoi ne pas te confier, pourquoi ne fais-tu jamais confiance à personne? Est-ce si difficile? Quel est le secret qui te meurtrit, qui t'obsède et qui finira par te détruire si tu continues ainsi? Forster, pourquoi ne partages-tu jamais rien de profond?

– Il y a des secrets qui ne vous appartiennent pas.

– Tu mens.

– De toute manière, je suis seul juge. C'est à moi de résoudre tout ça.

– Mais tu n'y arrives pas!

– Oh! si, j'y arrive. Mais je n'ai pas tout à fait terminé.

– Ça va durer longtemps?

– Peut-être.

– Tu me fais peur.

– Je suis quelqu'un en survie. Je vais peut-être enfin commencer à vivre... Mon existence est entièrement conjuguée à la forme passive.

– Aimer est un verbe actif.

– Bel exemple.

– Ce que tu dis là est atroce.

– Ce qui a tout déclenché, c'est que j'ai pris soudain conscience du réel. Je me suis senti réel. Physiquement. Comment mieux expliquer? Imagine que tu viens de courir à une incroyable vitesse sur une très grande distance. Lorsque tu t'arrêtes, tout tourne autour de toi, tu ne sens plus tes jambes, tu halètes, l'oxygène que tu avales t'assomme, tu as l'impression de flotter. Et puis, tu t'appuies contre un arbre et tu es de nouveau là, réel. Tu comprends?

– J'essaie. Je devine ce que tu veux exprimer sans être sûr de ce que tu ressens exactement. »

Etais-je moi-même bien sûr de ce que je voulais dire? Il était finalement vexant d'être incapable de s'expliquer... Pourtant, chacun semblait me considérer comme un être intelligent. Alors quoi? Que m'arrivait-il?

« Mes mots ne peuvent pas traduire correctement mon émoi, ma douleur. Ah! la supériorité de la pensée sur la parole! Et l'infériorité de la pensée par rapport aux sensations!

– Continue.

– Je crois que pour la première fois, j'ai enfin et puissamment sympathisé... avec une morte. »

Coleen eut un tic de la lèvre inférieure, un mouvement de dégoût involontaire. Je ne précisai pas à qui je songeais.

« Est-ce cela ton secret?

– Non. Cela forme un tout avec autre chose. Comment définir ça? Une épreuve. Oui, c'est le mot juste. Mon tout est une épreuve.

– On dirait une charade! Mon premier est un fou, mon deuxième...

– Si tu veux... Je vois cela comme un cap à franchir dans la tempête avant de trouver des eaux calmes et chaudes.

– Tu n'es pas près de t'en sortir, Forster.

– Oh! mais je ne renonce pas. C'est déjà un pas vers la victoire. Et puis il y a aussi l'Escalier C et je... »

Je frottai une paume froide sur mon front. J'étais éreinté.

« Parler est un effort, ajoutai-je. Tu n'as pas idée de ce que cela représente comme fatigue.

– Je vais te faire du thé.

– Encore du thé, dis-je en souriant.

– Je croyais que tu aimais ça.

– Justement. Je me nourris de thé depuis plusieurs jours.

– Je peux t'offrir autre chose, si tu veux.

– Non, surtout pas! Du thé, c'est très bien... Le théier, arbre divin, né des paupières de Bodhidharma... Tout à fait pour moi.

– Tu es un peu illuminé, tout de même.

– En effet. A une autre époque, on m'aurait exorcisé. Surtout avec mes crises de tétanie! Possédé par le diable! De nos jours, on va chez le psychanalyste... Parfois, je crois qu'on aurait pourtant plus de raisons de recourir à un bon exorciste... »

Je me calai dans mon coin de canapé avec plaisir.

Coleen disparut dans sa cuisine, me laissant seul quelques minutes. J'étais content de moi. J'avais pu m'expliquer enfin, même maladroitement, et le fait d'avoir retrouvé le moyen de m'analyser et de me critiquer me remettait les pieds sur terre. Je n'étais plus aux mains d'une terreur insurmontable et destructrice. Je restais simplement avec ma douleur.

« Tiens, adepte du Zen, voilà le breuvage de ton Dieu.

– En l'occurrence, celui de mon Dieu, c'est le pinard. Avoue que c'est plus marrant!

– Ne blasphème pas.

– Allons! Je ne suis pas sûr pour Dieu le père, mais je suis persuadé que le fils avait le sens de l'humour. »

Installé en face de moi, Coleen reprit ce curieux sourire que je lui connaissais. Son regard se perdait toujours dans le vague à cet instant. Cela me mettait mal à l'aise. Il prit une cigarette et se mit à fumer silencieusement. Son visage ressemblait à ceux des petites filles de Renoir. L'idée me déplut fortement. Puis je pensai au petit garçon avec un chien blanc de Fragonard. Je décidai qu'il était idiot de le comparer avec quoi que ce soit. Pourtant, les saint Jean-Baptiste de Léonard de Vinci avaient eux aussi cette douceur tendre sur les lèvres et le *Blue Boy* de Gainsborough avait cette dignité...

« Pourquoi est-ce que tes pupilles s'allongent et diminuent? dit-il soudain.

– Quoi? Mais je ne sais pas, moi. Parce que je réfléchis, je suppose.

– Tu réfléchis à quoi?

– A rien », mentis-je.

Il haussa les épaules.

« C'est malin, comme réponse.

– Je pensais à Gainsborough.

– Ah! bon. Pourquoi?

– Comme ça...

– Bref, tu ne veux pas me répondre.

– Oh! écoute! Je suis fatigué.

– Va te coucher.

– Ça fait quinze jours que je passe à dormir. C'est toutes ces saloperies de tranquillisants, aussi.

– Heu... Je peux te montrer un... un truc?

– Ben, oui? »

Il se leva et alla fouiller dans ses cartons à dessins. Il en ressortit une feuille de taille moyenne.

« Tiens. »

C'était mon portrait.

« Evidemment, je l'ai fait de mémoire », ajouta-t-il.

Je l'examinai, pas vraiment très content. C'était tout à fait ressemblant, mais il y avait quelque chose qui me gênait beaucoup. Et je n'arrivais pas à savoir quoi.

« Ça ne te plaît pas? demanda-t-il d'un ton angoissé.

– Non.

– Je n'aurais pas dû te le montrer, gémit-il. J'aurais dû m'en douter.

– C'est bien dessiné, mais... »

Brusquement, je compris. C'était moi, *avant*...

« Je ne suis plus comme ça, remarquai-je alors. Tu piges? Ça, ce n'est plus moi. Tiens, cette expression suffisante, cette allure de « Monsieur sûr de lui », ce regard égoïste; est-ce mon visage de maintenant? Ce n'est pas le *même*, n'est-ce pas?

– Ah!... Oui, tu as raison.

– Conserve-le précieusement, c'est une pièce historique. A part ça, tu es doué.

– Mais, Mr. Tuncurry, j'ai fait des études artistiques!

– A l'âge que tu as, tu devrais encore être à l'école!

– Je suis plus vieux que j'en ai l'air.

– Oui, douze, treize ans, peut-être... »

J'appuyai ma tête sur le dossier et respirai profondément. Sans un bruit, Coleen vint s'asseoir à côté de moi.

« Tu es sûr que tu n'as rien à me dire, Forster? »

Je me redressai et attrapai ma tasse. Je bus plusieurs gorgées, les yeux fixés sur ma petite cuillère.

« Alors? insista-t-il.

– Je ne crois pas, non...

– Ah! bon, fit-il sèchement.

– Qu'est-ce que tu veux savoir encore?

– Rien. Rien du tout.

– Ça signifie quoi? m'exclamai-je, énervé.

– Aucune importance. »

Il croisa les bras et se mit très clairement à bouder. Cette façon d'agir me surprenait toujours, mais c'était redoutablement efficace, car je ne pouvais l'endurer bien longtemps.

« Oh! ça va, arrête.

– Tu n'as vraiment rien à me dire? »

Je me mordis les lèvres. Il allait pourtant falloir que cela sorte un jour.

« Je te demande pardon », murmurai-je.

Je sentais la chaleur sur mes joues, ce qui rendait les choses encore plus pénibles. Coleen poussa un intense soupir de satisfaction et s'étira.

« Bien », conclut-il.

Merci Dieu tout-puissant, d'avoir créé honte, humilité et miséricorde.

Avant de rentrer chez moi, je sonnai chez Sparks. Béatrix me fit entrer et me proposa un thé, elle aussi, dont je ne voulus pas.

« C'est la première fois que tu dis non à une tasse de Lampsang Souchong! s'écria-t-elle.

– Mais c'est que je viens d'en boire chez Shepherd.

– Ah! tu étais chez lui... Bien, bien, bien. Mais fais

comme chez toi, mon vieux. Tiens, prends le fauteuil.

– Bah! non, je ne reste pas. J'étais juste passé pour te donner des nouvelles de mon état.

– Comment? Mais Mr. Tuncurry, tu ne vas pas avoir le culot de refuser de dîner chez les Sparks!

– Si tu m'invites, alors, c'est tout différent. Virgil n'est pas là?

– Il est dans son bain, le cher ange.

– Ah! oui, celui qu'il prend tous les six mois.

– Tu parles. C'est un maniaque de la propreté corporelle. Ses factures d'eau courante sont le double de celles d'électricité! »

Nous étions en train de rire lorsque Virgil apparut, une serviette-éponge autour des hanches.

« Ah! c'est toi. Je me demandais si Béatrix parlait toute seule.

– Va donc t'habiller, insolent! répondit-elle. Il est maigre, hein?

– Oh! écrase! Si j'avais un ventre rond, qu'est-ce que j'entendrais? »

Il passa dans la chambre en grommelant qu'il n'était pas maigre, mais qu'il était surtout très blanc.

« Il est gentil, un peu bête mais gentil », fit Béatrix en le suivant du regard avec bienveillance.

Elle s'installa sur le bras de mon fauteuil et me tapa sur la cuisse.

« Alors, mon ami, ça va comme tu veux? »

Je discutai avec mes voisins jusqu'à environ dix heures, puis insistai pour m'en aller.

« Tu peux bien rester un peu, plaida Béatrix.

– Non, autrement vous ne pourrez plus vous débarrasser de moi.

– Il a raison, dehors Tuncurry!

– Oh! Virgil! C'est mal élevé!

– Mais c'est lui qui veut partir! Et puis, j'ai quelques idées pour occuper la soirée... »

Béatrix hocha la tête gravement.

« On se demande lesquelles.

– Je m'en voudrais de vous déranger davantage. »

Je me glissai comme un crabe vers la sortie.

« M'sieur dame ! » lançai-je m'éclipsant.

Je retournai chez moi. Curieusement, je n'étais plus fatigué du tout.

En me réveillant, le lendemain, j'eus le sentiment d'avoir oublié de faire quelque chose. En consultant l'heure, je conclus que ce que j'avais surtout omis de faire, c'était précisément... de me réveiller. Je pris donc à la fois mon petit déjeuner et mon déjeuner. Comme on était au milieu de l'après-midi, j'aurais presque pu prendre aussi mon goûter. Ce fut en buvant mon café que je compris ce qui me tracassait. Depuis plusieurs jours, mon téléphone était décroché. Je reposai le combiné à sa place après avoir tout de même vérifié qu'il marchait toujours. Dix minutes plus tard, sa sonnerie retentit et je faillis regretter.

« Allô ? fis-je de mauvaise grâce.

– Oh ! Forster ?

– Qui ?

– Mr. Tuncurry ?

– Oui, c'est moi.

– C'est... éhum...

– Ça va, j'ai reconnu votre voix, Florence. Qu'est-ce que vous me voulez ?

– Ça fait une semaine que je cherche à vous joindre.

– Mon téléphone était en dérangement.

– Je m'en suis rendu compte.

– Bon alors, qu'est-ce que vous voulez ?

– Vous n'êtes guère poli avec une personne qui s'inquiète pour votre santé. Depuis la soirée à la galerie, je ne pense qu'à vous.

– Trop aimable.

– Oh ! Forster ! Je vous assure que je suis désolée de

mon comportement, j'ai l'impression de vous avoir fait
du mal et je...

– Ne vous en faites donc pas! Vous n'êtes pas
responsable. J'étais très malade, c'est tout.

– Mais je n'ai pas arrangé les choses...

– Je ne vous le fais pas dire. Mais c'est sans
importance, vraiment.

– Alors, vous n'êtes pas trop fâché contre moi?

– Mais non.

– Ah! alors je suis soulagée. A part ça, nous avons
vendu quatre toiles de Grindling Conrad.

– Quatre? répétai-je, estomaqué.

– Extraordinaire, n'est-ce pas?

– Je dois avouer... Je ne m'y attendais pas. Lesquelles sont parties?

– Heu... *La Ville engloutie, Jeune fille penchée sur
sa mémoire ruisselante, Le Hollandais volant* et
L'Œillet de la passion. Voilà.

– Bien. Il est content, Grindling?

– Peuh! On se le demande!

– Oui, j'imagine... Enfin, il n'a pas refusé de les
vendre, quand même?

– Non, encore heureux. »

Un silence de quelques secondes s'installa.

« Heu, Forster...

– Oui? répondis-je vivement.

– Vous croyez que l'on peut se voir sans s'étri-
per?

– Ben, je ne sais pas...

– Est-ce que cela vaut la peine de tenter le coup
encore une fois?

– C'est-à-dire?

– Supposez que je vous invite à dîner demain
soir?

– Que *vous* m'invitiez?

– Oui... Chez moi par exemple.

– Eh bien, vous pouvez vous vanter d'avoir réussi à
me surprendre!

– J'ai le sentiment de vous avoir mal jugé.

– C'est un peu ma faute, aussi.

– Alors, on efface et on recommence?

– Volontiers.

– Je viendrai vous chercher en voiture.

– C'est trop!

– Non, non. Ça ne m'ennuie pas. Et je voulais aussi, heu... vous dire que... lundi dernier, vous étiez superbe.

– Merci, mais je vous renvoie le compliment. Ça va être insupportable si on se met à échanger des douceurs...

– Oh! on s'y fera... Alors, à demain?

– A demain. »

Je raccrochai, puis esquissai un pas de danse. Et soudain, je me rappelai que je n'avais pas le droit d'être joyeux.

J'avais besoin de parler encore à quelqu'un. Je sortis dans l'escalier, hésitant à monter autant qu'à descendre. Joss Hardy apparut dans l'encadrement du porche. Il me croisa sur mon palier, sans prononcer un mot. Je ne me décidai pas à lui souhaiter le bonjour.

Je songeai à Grindling Conrad. Voilà celui qui aurait pu m'aider. Je tentai ma chance. Peut-être le trouverais-je chez lui? Je resserrai mon tricot en laine islandaise autour de mes côtes. Renonçant à affronter le métro, je choisis un taxi comme à l'accoutumée.

Vingt minutes plus tard, j'étais déposé devant l'immeuble de Conrad. Du fond de la cour, je l'entendis chanter. La porte était grande ouverte. Je le découvris nu jusqu'à la ceinture, un foulard noué autour de la tête. Il peignait.

« Bonjour », dis-je timidement, ennuyé de le surprendre aussi occupé.

Il ne répondit pas et continua son travail sans s'intéresser à moi. J'entrai et cherchai l'unique tabouret où s'asseoir. Grindling avait installé ses pots de laque dessus. En désespoir de cause, je m'appuyai contre le seul pan de mur disponible.

« Bonjour! lançai-je plus fermement. »

Grindling Conrad eut un geste impatient de la main.

« Oui, je vous ai entendu! répliqua-t-il, fâché.

– Je ne voulais pas vous déranger. Je m'en vais. »

Il se décida à regarder dans ma direction.

« Mais non, ne partez pas! » implora-t-il, inquiet.

Son expression désemparée devant mon mouvement d'humeur me stupéfia.

« Restez là », répéta-t-il deux fois.

Il entreprit de débarrasser le siège envahi et me l'offrit. Inutilement d'ailleurs, car la peinture avait coulé dessus et n'était pas sèche. Je préférais être debout.

« Vous avez froid? demanda-t-il.

– Tout le temps... » soupirai-je.

Je m'approchai de la toile, curieux de sa manière de procéder. Mais il m'arrêta aussitôt.

« Cela me gêne », déclara-t-il d'emblée.

Un peu de mauvaise grâce, je fis un pas en arrière. il replaça les pots sur le tabouret.

« Miss Fairchild m'a appris que quatre de vos œuvres ont été vendues », commençai-je.

Il grogna quelque chose que je ne saisis pas.

« Vous n'êtes pas content?

– Si. Mais ils ont fixé un prix trop élevé.

– Et cela ne vous plaît pas?

– Ça ne vaut pas autant d'argent.

– Ah! vraiment! » m'exclamai-je en riant.

Je n'avais encore jamais rencontré un artiste qui dévaluait ses propres créations.

« Ce ne sont que des bouts de papier mal dessinés, ajouta-t-il comme s'il suivait mes pensées. Que voulez-vous, je trouve les billets de banque d'une telle laideur!

– Voilà qui vous ressemble!

– Pourquoi?

– Ne jamais rien faire comme tout le monde!

– Moi? Je suis tout à fait ordinaire. C'est vous qui êtes bizarre.

– Ordinaire? Les gens sont pris de panique à votre contact!

– Justement. Il est plus rassurant pour les autres de dire : il est fou. Il fait des tableaux de fou. Normal. Mais je ne suis pas fou. C'est cela qui effraie. Un type équilibré qui peint comme un fou, cela fait peur. C'est irrationnel.

– Le point de vue se défend, je l'admets.

– Moi, je suis simple. Vous, vous êtes compliqué.

– Précisez.

– Pourquoi avez-vous tant voulu m'aider?

– Parce que j'aime ce que vous créez et que je veux me battre pour vous.

– Vous ne devez pas vous aimer beaucoup, remarqua-t-il, pour vous laisser aller ainsi.

– Je suis malade.

– Bien sûr... Mais pourquoi combattre pour moi?

– Je pense que vous êtes un génie. Cela méritait bien un effort de ma part, je l'ai accompli.

– Non. »

Il essuya son pinceau et le rangea dans une boîte qu'il referma précautionneusement.

« Eh non, monsieur Tuncurry.

– Là, je ne pige plus.

– Vous vous battez pour *vous*.

– Oui, je comprends ce que vous insinuez. Vous vous imaginez sans doute que je me justifie, que je me « réalise » à travers vous.

– Pas du tout. »

Incertain, je suivis chacun de ses mouvements avec attention. Il remit les bouchons sur ses bouteilles d'encre, les vissant à fond, très doucement.

« J'en reviens au début de notre conversation,

reprit-il. C'est vous, le dingue. Mais dans votre esprit, c'est l'autre. »

Je secouai la tête, niant violemment.

« Mais si, affirma-t-il. Je vous sers de dérivatif, de soupape de secours pour vos angoisses.

– Je suis peut-être timbré, répliquai-je, mais je sais quand même ce que je fais.

– Non, justement, je ne crois pas. Si vous aviez réfléchi, vous n'auriez jamais demandé à Schmidt de m'exposer. Seulement, vous ne désirez plus utiliser votre cervelle. Parce que vous avez pris conscience qu'elle ne marchait pas correctement. Alors, place au reste!

– Quel reste?

– L'épiderme. La peau. Et Dieu, que votre peau est pâle!

– Bon, mais que puis-je à tout cela?

– Acceptez-vous. Ne donnez pas à votre voisin le nom que vous portez.

– Mon voisin? relevai-je vivement.

– C'est une image. Je ne songeais à personne en particulier. Par contre, je trouve intéressant que ce mot anodin vous fasse réagir ainsi. »

Je haussai une épaule, espérant paraître à mon aise.

« J'ai cru... marmonnai-je. Après tout, vous avez rencontré Bruce Conway.

– Oui, vous l'avez appelé votre enfant. »

Je l'avais oublié mais c'était vrai. N'était-il pas cela pour moi?

« Vous suggérez que je prenne ce qualificatif pour ma personne?

– En l'occurrence, non. Vous n'avez rien d'enfantin, ni d'innocent. Mais, si vous me permettez, évitez ce genre de relations.

– C'est-à-dire?

– Les fils rejettent leurs pères, tôt ou tard... Prenez

garde à ce qui pourrait vous arriver avec cet enfant-là.

— Nous avons déjà traversé notre « Œdipe », plaisantai-je.

Grindling interrompit cette discussion et me proposa un verre de whisky irlandais que j'avalai à sa façon : d'un seul coup. En repartant chez moi, j'avais un tournis à me faire regretter tous les jus d'orange...

Malgré moi, je cherchai le nom que je donnais à Coleen Shepherd. Mais oui... L'homosexuel, c'était l'autre...

X

Cocktail de sucre et de vinaigre

Je me promenais dans le secteur ouest de mon quartier, lorsque mon regard se fixa sur une pancarte : Aide souhaitée. Je détaillai l'immeuble qui se cachait derrière cette notice surprenante : Clinique Luthérienne pour Enfants Handicapés.

Poussé par la curiosité, j'entrai. Une jolie infirmière remplissait des papiers en dessous d'un portrait de Luther. Je toussotai et elle releva la tête.

« Monsieur, fit-elle fort aimablement.

– Bonjour, mademoiselle. Je viens de lire l'annonce dehors et...

– Vous êtes intéressé ?

– Heu... Oui.

– Une seconde, je vous prie, j'appelle le chef de service. »

Très vite, un homme d'âge moyen apparut. Il avait une démarche souple et presque dégingandée et jetait des coups d'œil dans tous les coins. Arrivé au bureau, son premier geste fut de redresser un dossier sur la table.

« Bonjour ! » s'exclama-t-il.

J'eus l'impression d'entendre un ressort se détendre.

« Je suis le docteur McCornish! continua-t-il de la même manière. Ne riez pas, Miss. »

Cela arracha un éclat de rire à la jeune infirmière. Le docteur McCornish pointa un doigt menaçant vers elle.

« Je vous ai prévenue! Vous vous en repentirez! »

Puis il se retourna vers moi et s'excusa.

« Je sers de clown ici. Est-ce ma faute si je suis écossais? »

Je commençais à me demander avec inquiétude où j'étais tombé.

« Vous voulez visiter? Je fais toujours visiter *avant*. La plupart des gens repartent en courant une fois qu'ils ont vu le dortoir des irrécupérables.

— Je ne viens pas pour moi. Mais j'ai un ami...

— Oui oui. Ils disent tous ça, ce n'est jamais pour eux-mêmes.

— Mais c'est vrai. Je vous le jure!

— Oui oui. »

Il m'entraîna vers l'étage supérieur en sautillant.

« Mon ami, fis-je, vous ressemble beaucoup. »

Il s'arrêta et me dévisagea.

« Oui, poursuivis-je, il ne tient pas en place non plus. Quel genre d'aide recherchez-vous? »

Il fronça les sourcils et attendit quelques secondes avant de répondre. Je notai les frémissements de sa jambe gauche.

« D'abord, c'est mal payé.

— Oui, je m'en doute.

— Ensuite, je ne veux que des personnes sans qualification.

— Sans?

— Exactement. Les enfants dans les hôpitaux ne sont entourés que de personnel soignant et qualifié. Ce qu'il leur faut, ce sont des gens normaux qui n'ont rien à voir avec les soins et les traitements. De cette façon, c'est comme si un membre de leur famille leur tenait compagnie. Vous comprenez? Psychologiquement, c'est fondamental. D'ailleurs, nous enregistrons des progrès depuis que nous avons mis cette expérience en route. Malheureusement, ce sont surtout des femmes qui viennent. On manque d'hommes, et c'est regrettable.

— Quel genre de travail attendez-vous?

— Manger avec les enfants, jouer avec eux, parler, caresser, embrasser, les aimer... Et ce n'est pas facile, croyez-en ma longue habitude. Venez. »

Il ouvrit une porte sur une grande chambre de six lits. Dans chaque lit, un enfant difforme et bavant était couché. Une femme d'une cinquantaine d'années passait de l'un à l'autre en murmurant des mots tendres. J'hésitai à reconnaître des formes humaines. Le docteur me regardait attentivement.

« Rassurez-vous, précisa-t-il, ils ne vivront pas longtemps. Ce sont les irrécupérables. Ils atteignent rarement leurs huit ans. Répugnant, n'est-ce pas, qu'ils aient besoin d'amour comme les autres? »

Il referma la porte et me conduisit un peu plus loin. Dans une gigantesque salle, de nombreux enfants jouaient, riaient, criaient ou pleuraient. Quelques adultes participaient joyeusement au vacarme. Un petit garçon blond aux yeux noirs se tenait assis sans bouger sur un tabouret. Je m'approchai de lui, surpris. La beauté de cet enfant aurait pu faire la fierté de beaucoup de mères.

« C'est curieux, remarqua le docteur McCornish, tout le monde tombe en arrêt devant Paul.

— Il est si beau.

— Oui, n'est-ce pas? Il n'y a que ses parents qui ne l'admirent pas.

— Qu'est-ce qu'il a?

— Il est autistique. »

Pour un peu, je serais reparti avec lui. Puis je me souvins que j'étais dans un hôpital, pas dans un orphelinat.

« Doggie! Doggie! »

Une mongolienne appelait en tendant les bras.

« C'est moi, dit le docteur, j'ai le malheur de me prénommer Douglas. »

Il m'abandonna et alla embrasser la fillette. Je me trouvai bientôt accaparé par un garçon de cinq ou six ans qui me tapa consciencieusement avec son nounours. D'un geste vif, je lui enlevai son jouet et le cachai derrière mon dos. Il me regarda avec stupéfaction et chercha autour de lui. J'agitai l'ours en peluche deux secondes devant ses yeux ébahis et le dissimulai à nouveau. Il fronça les sourcils et je craignis un instant qu'il ne se mette à pleurer. Mais non, au contraire. Il tourna autour de moi et découvrit son nounours. Il éclata de rire en le reprenant et s'en servit pour me donner des coups, m'incitant au jeu. Hop! Je saisis la peluche et recommençai cette fois en la glissant sous ma veste. Aussitôt, il se mit à sa recherche et comprit très vite ce que j'avais fait. Ses cris perçants attirèrent le docteur McCornish, qui se planta devant nous et nous observa un moment.

« Vous ne vous débrouilleriez pas mal, commenta celui-ci.

— Merci. Mais je vous l'ai déjà dit, ce n'est pas pour moi que je suis venu.

— Ah! oui... Hum... J'avais oublié...

— Mais je vous assure, répondis-je, énervé de n'être pas cru.

— Oui, oui. Vous pourriez faire une bise à Jonathan avant de partir, il en serait ravi. »

Je m'accroupis en face du petit garçon et l'embrassai ainsi que son nounours, ce qui déclencha une nouvelle vague de hurlements stridents. Paul était toujours immobile, étranger au bruit et au mouvement. Je le contemplai encore deux secondes, fasciné par son visage immobile et son expression réfléchie.

« Et votre ami, il viendra? demanda le docteur un peu ironiquement.

— J'en suis à peu près certain. »

Il cligna des paupières d'un air interrogatif.

« Nous payons à l'heure, expliqua-t-il, finalement résigné, et personne ici ne fait plus de trente heures par semaine car c'est absolument épuisant. Vous toucherez, je vous prie de m'excuser, votre ami touchera cinq dollars par heure. Nous ne pouvons donner plus, bien que nos bienfaiteurs luthériens soient plutôt généreux. Nos emplois du temps sont le plus large possible : sept jours sur sept, vingt-quatre heures sur vingt-quatre.

– Même la nuit?

– Oh! oui. A cause des cauchemars, surtout.

– Je vois... A part ça, vous acceptez les dons?

– Pourquoi? Pour vous donner bonne conscience?

– J'ai dépassé ce stade puéril.

– Ah! bon! Dans ce cas, nous acceptons la charité d'autrui. »

Peu après, nous nous retrouvâmes dans le hall d'entrée face à ce cher Luther.

« Et votre ami viendra bientôt?

– Je l'espère. Il s'appelle Bruce Conway. Vous le reconnaîtrez facilement, il est toujours en train de faire des bonds sur place, lui aussi.

– Lui aussi?

– Oui, comme vous. »

Je laissai un chèque plié à la jeune infirmière qui me gratifia de son plus charmant sourire. Le docteur McCornish, que le tact n'étouffait pas, s'assura que je l'avais bien signé. Je les saluai tous les deux, et les abandonnai à leurs chamailleries.

« Tu crois, tu crois? »

Bruce Conway sautait comme une chèvre en répétant l'air ravi :

« Tu crois, tu crois?

– Oui, répondis-je pour la cinquième fois consécutive. Maintenant, je suis sûr qu'il y a une place dans ce monde pour les agités. Quand tu verras le docteur McCornish, tu n'auras plus de doutes.

– Tu crois », conclut-il.

Sharon Dowdeswell n'avait pas encore dit un seul mot. Je voyais à son expression qu'elle n'était pas satisfaite, et je ne comprenais pas pourquoi. Aussi demandai-je poliment :

« Et vous, Sharon, qu'est-ce que vous en pensez?

– Ce que j'en pense? »

Elle sursauta, surprise qu'on lui parle.

« Oui, vous avez bien un avis?

– Ce n'est pas ça qui va nous rapporter de l'argent, c'est tout ce que je vois. »

Le sourire de Bruce s'effondra soudain.

« C'est que vous ne voyez pas les choses par le bon côté, répliquai-je. Bruce ne peut pas travailler comme tout le monde, c'est comme ça et c'est tout. Il a besoin d'un intérêt et il veut vivre à son rythme. Bien sûr, cela ne paie pas beaucoup, mais cela paie quand même. Le plus important, c'est qu'il ait enfin quelque chose à sa mesure. Et puis, c'est ça ou rien, n'est-ce pas?

– Mais avec toutes ses dettes, comment faire pour rembourser? Je ne sais pas où l'on va...

– Je lui ai fait grâce des miennes, et je suis certain que Shepherd fera de même. Pour le reste... Ça devrait aller, j'espère? »

Je regardai la tête rembrunie de Bruce.

« Ben... commença-t-il. Je ferai beaucoup d'heures la première semaine », finit-il avec enthousiasme.

Sharon haussa les épaules, presque méprisante devant l'attitude enfantine de Bruce. Cela m'énerva.

« Allons quoi! Un peu d'optimisme, que diable! Je sais que Bruce se plaira là-bas. »

Un silence gêné nous enveloppa tous les trois de très très longues secondes.

« Sharon... fit Bruce timidement.

– Bon, d'accord. Mais je te conseille de t'accrocher, cette fois! Je dois être idiote...

– Non, non!» s'écria Conway, illuminé.

Bruce tomba à genoux devant elle et lui embrassa les mains. Irrésistiblement, il l'attira vers lui et finalement lui donna un baiser sur les lèvres. Je ne l'avais jamais vu avoir un comportement d'amoureux, et cela me fit une drôle d'impression. Je cherchai à fixer mon regard ailleurs.

« Sharon, chérie, tu n'as pas un urgent besoin d'acheter des cigarettes?

– Hein? Quoi?

– S'il te plaît. J'ai deux mots à dire à cet ostrogoth derrière moi. »

Elle le repoussa d'un air faussement fâché, et se leva.

« Qu'est-ce que j'ai fait au bon Dieu pour mériter ça! » grogna-t-elle en sortant.

Tout en se balançant d'avant en arrière, Bruce Conway cherchait visiblement comment s'exprimer.

« Alors? demandai-je en manière d'encouragement.

– Ben, voilà... Je ne comprends rien à un ami à moi. Vois-tu, il est gentil avec moi, il me prête des sous, il me les donne même, et après il veut me faire du mal, il fait des tas de méchancetés, et enfin il est tout gentil à nouveau et il est même poli avec les dames. Je ne comprends rien à cet ami-là. Et toi, tu peux peut-être m'expliquer?

– Ce doit être un imbécile.

– Non, je ne crois pas.

– En tout cas, son comportement est celui d'un imbécile.

– Non plus... Il doit y avoir une raison à tout cela.

– Peut-être que cet ami a eu peur.

– De quoi?

– De voir un équilibre relationnel soudain rompu,

une situation changée. Il a essayé de garder les choses telles qu'elles étaient, de les empêcher d'évoluer. C'est très égoïste.

– Ah! Possible... Mais il a lui-même changé, non?

– Heureusement. C'est ce qui fait qu'il est redevenu gentil, seulement cette fois, il n'est plus égoïste. Il essaie de prendre en compte l'opinion et les souhaits des autres. Au lieu de passer outre...

– Je vois... je vois mieux ce qui est arrivé à cet ami-là. »

Il m'offrit son merveilleux sourire et j'eus l'impression de fondre (comme on dit dans les romans).

« Bon. Si on parlait de Coleen Shepherd.

– Quoi? Quel rapport?

– Eh bien, qu'est-ce que tu as l'intention de faire?

– Qu'est-ce que tu racontes?

– Ecoute, on n'est pas aveugles dans l'immeuble. Même Virgil s'en est aperçu, c'est dire...

– Aperçu de quoi?

– De Coleen Shepherd.

– Tu peux t'exprimer clairement, oui?

– Hé, Tuncurry! Tu ne vas pas prétendre que tu ne sais pas de quoi je parle!

– C'est pourtant la vérité.

– Oah... Ah! bon. Réfléchis bien, Tuncurry. Qui c'est qui te soigne tendrement quand tu es malade? Hum? Qui c'est qui te tient la main dans l'escalier? Hein? Qui c'est qui t'invite à prendre le petit déjeuner? Non, non! Prends ton temps avant de répondre! Concentre-toi. Qui c'est qui...

– A tout ça, je pourrais te répondre Béatrix. Qui me soigne, me prend la main, et Virgil qui m'invite à déjeuner...

– Ouais, c'est de la mauvaise foi, ça.

– De toute façon, je ne vois pas en quoi ça te concerne.

– C'est un aveu.

– Un aveu? Non mais, ça ne va pas?

– Du calme, du calme. Je voulais simplement m'assurer que tu étais conscient que Coleen est amoureux de toi et que tu allais te conduire correctement pour une fois.

– Correctement?

– Avec tact. Je ne voudrais pas que le pauvre Coleen souffre à cause de toi.

– Tu suggères quoi?

– Rien du tout, mon vieux, c'est ton problème. Seulement, connaissant ta facilité à faire du mal, je ne voudrais pas qu'il en fasse les frais. C'est un petit bibelot de porcelaine fine... Gare à toi si tu le casses.

– Alors là, mon cher Bruce, tu te fourres le doigt dans l'œil! *Si* il y en a *un* qui casse, ce sera moi! Coleen Shepherd, c'est peut-être de la porcelaine, mais je peux te garantir qu'elle est in-ca-ssa-ble! Crois-moi, je le connais mieux que toi.

– Oh! je n'en doute pas... Cela va peut-être te rendre furieux, mais je trouve que vous allez bien ensemble... je ne sais pas pourquoi, d'ailleurs. »

Décidément, tout le monde voulait me pousser vers Coleen Shepherd. Il n'y avait que moi qui résistais.

« Tu restes dîner? demanda Bruce.

– Je ne crois pas que Sharon apprécie...

– Mais non, tu te trompes. Elle a l'air un peu froide comme ça, mais vraiment tu sais, elle ne t'en veut plus du tout. Et puis, cela ferait plaisir à la petite.

– La...? Merci bien... Oh! merde! »

Je bondis sur mes pieds et me précipitai dehors.

« Mais qu'est-ce qui t'arrive, Forster?

– J'ai oublié, j'ai complètement oublié! Je sors ce soir, il faut que je redescende en vitesse, ou elle va trouver porte close!

– Qui ça, elle? fit-il avec grand intérêt.

– Heu, tu te souviens... Florence Fairchild.

– Ce n'est pas possible! »

Il me regarda, les yeux ronds, superbe modèle pour la statue de la stupéfaction totale.

« Ben, mon vieux... On se demande comment tu fais! Et celle-là, tu l'aimes?

– Moi? Comment veux-tu que je le sache déjà? »

Il fronça les sourcils.

« Mm... Pense à Coleen Shepherd.

– Eh, dis-moi, je fais ce que je veux, non?

– Oui, oui. N'empêche...

– Salut, je file. A demain. »

Je descendis quatre à quatre les escaliers. Pour l'occasion, j'allais mettre mon costume ocre. Je me changeai le plus rapidement qu'il était humainement tolérable lorsque l'on se prétend gentleman, priant qu'elle n'arrive pas entre-temps. Je m'admirai une demi-seconde avant qu'elle ne sonne.

« Bonjour, Miss Fairchild, dis-je cérémonieusement, en faisant une courbette exagérément japonaise.

– Bonsoir, Mr. Tuncurry », répondit-elle avec la même fausse courtoisie et une révérence.

Je m'effaçai pour la laisser entrer, regrettant amèrement de n'avoir pu me recoiffer. Elle portait une robe rose foncé qui lui arrivait à mi-mollet et une veste noire sur ses épaules. Je lui fis compliment de sa beauté et elle fit de même. Puis nous nous regardâmes en silence, mal à l'aise.

« C'est étonnant, reprit-elle soudain, vous êtes un homme que je ne parviens pas à définir. D'habitude, on peut toujours classer les gens dans des catégories, plus ou moins justement, mais tout de même... mais vous, vraiment, je ne sais pas. »

Je l'invitai à prendre un verre avant que nous ne partions. Elle s'assit sur mon divan et me demanda si j'avais un chat. Je lui répondis que les déchirures du tissu étaient dues à l'animal de mon épouvantable voisin dont elle avait eu l'honneur de faire la connaissance. Cela nous amena à reparler de l'exposition.

« Ça a très bien marché, Sigmund était ravi. James

Coventry nous a promis de faire un article sur le vernissage avec beaucoup de photos, dans son prochain numéro. Gratuitement pour nous, c'est vraiment une bonne opération. A votre avis, comment font-ils pour sortir un hebdomadaire sur l'Art sans faire faillite? C'est pour le moins surprenant.

– Tout simplement parce que le directeur a des affaires ailleurs, et qu'il peut éponger le déficit.

– C'est un brave homme, dans ce cas.

– Pas tout à fait, non. Mais il a un fils, Randolph, et c'est pour lui qu'il se sacrifie...

– Eh bien, c'est un bon père à défaut d'un brave homme.

– Oui... Je me permets un doute. Mais peu importe. »

Je sirotai mon dry martini.

« Vous aviez pris un risque en organisant tout cela en une semaine, remarquai-je.

– Je voulais vous montrer de quoi j'étais capable. Vous aviez été tellement horrible avec moi... Et moi avec vous... Et vous êtes très beau quand vous souriez ainsi, Forster...

– Merci. Alors comme ça, tout le monde rentre dans ses sous, tout le monde est content. Tout ça, grâce à moi, n'est-ce pas? Et moi, qu'est-ce que je gagne? Rien.

– Et moi?

– Vous? Vous êtes mon lot de consolation?

– Oh! Lot de consolation, en vérité, Mr. Tuncurry, vous exagérez!

– Si c'est le cas, je ne me plains pas... »

Elle rougit légèrement et détourna les yeux. Pourtant sous ses apparences bien élevées et sages, j'étais persuadé qu'elle cachait une nature... disons... une nature, quoi!

« On peut peut-être y aller maintenant, si vous le désirez, dis-je en posant mon verre vide.

– Certainement. »

Elle se leva, remit sa veste d'un geste gracieux et me suivit. Nous croisâmes Coleen Shepherd dans l'escalier, il remontait chez lui le nez dans son courrier.

« Bonsoir, Shep. »

Surpris, il releva la tête et mit un certain temps avant de pouvoir répondre.

« Oh! bonsoir, Forster. Mademoiselle. »

Florence le salua et nous continuâmes à descendre. J'eus conscience du fait qu'il s'arrêta pour nous regarder sortir. Cela m'embêtait un peu, mais cela le remettrait à sa place.

« Charmant, votre voisin, commenta Florence.

– Oui, en effet. Mais... »

Je faillis ajouter « mais c'est un homosexuel », et me retins fort heureusement. D'abord, cela ne la concernait en rien, ensuite je n'avais pas le droit de le réduire ainsi à une seule partie de lui-même. Après tout, Coleen Shepherd c'était Coleen Shepherd en entier, avec toutes ses qualités et tous ses défauts.

La belle Florence avait une mercedes de couleur chocolat.

« Ça rapporte, les Relations publiques, persiflai-je.

– C'est un cadeau de ma mère.

– Ah! oui?

– Oui. Elle est veuve mais mon cher papa ne nous a pas laissées démunies de tout. L'appartement dans lequel j'habite lui appartenait aussi.

– Encore un businessman...

– Il était promoteur immobilier. Maman a encore des parts, et croyez-moi, elle sait ce qu'il faut faire avec!

– Passionnant.

– C'est vous qui avez dirigé la conversation sur ce sujet.

– En effet. Je voulais savoir si votre voiture était un petit cadeau de Schmidt.

– Quelle idée! Pourquoi?

– Vous ne couchez pas avec lui? »

214

Elle freina brusquement, me projetant vers le pare-brise.

« Hé! Ne faites pas ça! m'exclamai-je.

– J'exige des excuses, immédiatement!

– Mais je ne portais aucun jugement, c'était une simple question. Vous êtes libre de vos actes.

– Des excuses! »

Je l'embrassai sur la joue, ce qui lui cloua le bec.

« Voilà... murmurai-je. Mais si vous ne couchez pas avec lui, je suis bien content de l'apprendre. »

Puis je bouclai ma ceinture de sécurité, n'ayant pas l'âme d'un kamikaze.

« Vous êtes impossible!

– Evidemment. C'est pour ça que je vous plais, n'est-ce pas? »

Elle rit, embraya et la voiture repartit.

Elle me conduisit dans un quartier chic, dans un immeuble chic (même le garage était chic), dans un appartement chic.

« C'est chic, lui dis-je.

– Oui, ce n'est pas mal. J'espère que vous aimez la cuisine épicée?

– Pourquoi, vous avez tout acheté au Chinois du coin? ricanai-je.

– Pas du tout, cela vient du restaurant philippin. C'est de l'excellente cuisine.

– Très bien, j'adore, c'est parfait, je ne pouvais rêver mieux, je suis au comble de la joie.

– N'en jetez plus, monstre! »

Elle me poussa doucement vers une chaise devant une table dressée.

« Asseyez-vous, je reviens. »

Elle disparut et je l'entendis me dire d'allumer les bougies. Je m'exécutai et admirai le cadre parfaitement romantique d'autrefois. La seule différence, c'est que dans le temps, ce n'était pas la femme qui offrait le dîner aux chandelles. Elle revint avec un seau à glace contenant une bouteille de ce que je pris pour du vin blanc. Je réalisai soudain que c'était du champagne.

« Vous ne faites pas les choses à moitié, chère Florence. »

Elle me sourit ironiquement.

« Comme vous dites...

– Et quel est le menu?

– Sinigang, guinataan et pinakbet.

– J'ai bien fait de demander, me voilà tout à fait renseigné. Lequel des trois est le chien rôti à la broche?

– Oh! c'est affreux! Pauvre bête!

– Je croyais que c'était le plat national philippin.

– C'est possible, mais cela ne se fait pas à New York. »

Le sinigang se révéla être une sorte de bouillabaisse avec des fruits et des légumes, le guinataan du porc et des légumes cuits dans du lait de coco et le pinakbet, un délicieux plat de légumes bouillis avec des tomates, du porc et une sauce au poisson. Le dessert consistait en un sorbet au kiwi et quelques mangues séchées.

Nous devisâmes gaiement tout au long du repas. Florence me traita souvent affectueusement d'« horrible créature » et de « monstre ». Elle servit le café à la cardamome au salon. Nous nous installâmes sur le même canapé, l'un près de l'autre. Je profitai d'un moment d'inattention de sa part pour me rapprocher davantage. Elle sursauta et me repoussa.

« Hé là, Mr. Tuncurry! Où vous croyez-vous? »

Je reculai de mauvaise grâce.

« Vous êtes vexé?

– Oui », grognai-je.

Elle me rit au nez.

« Il faudra vous y faire!

– Vous ne m'avez pas amené chez vous pour rien, tout de même.

– Pour rien? Et le plaisir de ma compagnie, alors? Ça ne compte pas? Voilà bien les hommes!

– Mais justement! Votre compagnie, je la veux, je la désire!»

Je me mis à genoux devant elle et lui pris la main.

« Florence...

– Forster...»

J'embrassai le bout de ses doigts, puis sa paume.

« Vous avez presque l'air sincère, dit-elle en retirant néanmoins sa main de la mienne.

– Mais je le suis, cruelle...

– Les plats exotiques doivent être aphrodisiaques.

– Vous n'avez pas envie de faire l'amour avec moi?

– Eh bien, franchement...

– Non?

– Je n'y suis pas disposée pour le moment. Quand je le voudrai, je vous le dirai. C'est moi qui décide, pas vous...

– Vous voulez me tuer!» m'écriai-je en m'effondrant sur ses genoux.

Elle ne put s'empêcher de rire, mais me pria cependant de mettre ma tête ailleurs que contre elle. Je me rassis et lui montrai la cicatrice sur le coin de ma bouche.

« Vous voyez ça, hein? C'est vous qui l'avez fait le jour où vous m'avez frappé avec votre bague.

– Je m'en souviens, en effet. Vous aviez été particulièrement affreux ce jour-là.

– Autant vous prévenir tout de suite, je vais être bien plus affreux, si vous continuez à vous moquer de moi.»

Elle posa un léger baiser sur ce côté de mes lèvres.

« Pauvre Forster... Quel nom invraisemblable vous avez!

– C'est une idée de mon papa. Il a toujours des idées farfelues.

– Vous avoir comme fils en était une, assurément. »

Je passai mon bras autour de ses épaules et jouai un
instant avec ses boucles épaisses.

« Vous n'êtes pas patient, remarqua-t-elle.

– Qu'est-ce qu'il vous faut! J'ai attendu toute la
soirée. »

Je l'attirai un peu plus vers moi, caressai son cou
puis son décolleté. Elle était assez raide contre moi, et
puis tout d'un coup, elle s'abandonna complètement.
Je l'embrassai assez longuement, puis me rejetai en
arrière, pris d'un fou rire inextinguible.

« Qu'est-ce qui vous prend?

– Rien! réussis-je à dire entre deux éclats.

– Comment ça, rien?

– C'est idiot! répondis-je en m'étranglant à moitié.

– Décidément, la cuisine philippine ne vous
convient pas!

– Justement!

– Quoi? »

Je me calmai un peu et m'expliquai :

« C'est la première fois que je goûte au baiser à la
cardamome.

– Quoi? répéta-t-elle en riant elle-même.

– Ce n'est pas mauvais d'ailleurs. Je crois même que
je vais en reprendre. »

A la suite de ça, nous passâmes dans sa chambre. Je
m'assis sur le lit et m'insurgeai lorsqu'elle fit mine de
s'enfuir dans sa salle de bain.

« J'adore le spectacle des femmes qui se déshabil-
lent pour moi. Ne vous cachez pas!

– Moi je n'aime pas faire du strip-tease pour monsieur refoulé.

– Vous êtes toujours méchante avec moi, soupirai-je
avec tristesse.

– Vous avez un certain aplomb! »

Je déboutonnai ma chemise.

« Moi, je veux me déshabiller devant vous.

218

– N'insistez pas ! »

Elle disparut et j'ôtai tous mes vêtements. J'ouvris le lit et me couchai après m'être muni d'un cendrier et d'un paquet de cigarettes. J'en allumai une en attendant. Quand elle réapparut, elle portait une chemise en soie et dentelle rose. Elle jeta un coup d'œil désapprobateur à ma cigarette que je m'empressai d'éteindre.

« Je commence par la fin », m'excusai-je.

J'admirai sa silhouette alors qu'elle se tenait légèrement à contre-jour.

« Maintenant, vous pouvez regarder. »

Elle laissa glisser toute cette soierie jusqu'au sol, révélant ce que j'avais deviné.

« Ça vous plaît ? »

Je fis la moue.

« Vous êtes ronde de partout... Mais quelle poitrine !

– Vous n'êtes qu'un monstre ! »

Je m'étirai voluptueusement. Florence me chatouilla dans le creux de mes salières. Je protestai, elle rit. Je mangeai encore un toast beurré avec de la confiture de myrtilles.

« C'est le meilleur petit déjeuner que j'aie jamais mangé ! m'exclamai-je.

– Vous auriez pu me dire quelque chose comme ça, cette nuit...

– Quoi donc ? Que c'était ma meilleure nuit d'amour ?

– Par exemple.

– Oh ! mais cela n'aurait pas été la vérité ! »

Elle leva la main d'un geste menaçant.

« Mufle ! Quand je pense qu'il a osé me traiter de rondelette !

– Je n'ai jamais dit ça ! C'est de la calomnie !

– D'abord, vous, vous êtes maigre comme un clou!

– Si vous n'en voulez pas, il y en a d'autres qui en voudront bien! »

Elle se leva et me fit signe de la suivre.

« Je n'ai pas envie de prendre ma douche toute seule... »

Je rentrai chez moi vers dix heures, dansant et sifflotant dans l'escalier. Aussitôt, la porte du troisième s'ouvrit.

« Forster? »

Je vis descendre Coleen Shepherd.

« Salut, répondis-je sobrement.

– Tu rentres maintenant? Tu as passé la nuit dehors?

– Non, dedans. Mais ailleurs...

– Avec cette femme? Qui est-ce?

– Qu'est-ce que cela peut bien te faire? répliquai-je en haussant les épaules.

– Ça me fait.

– Ah? Quoi? Des frissons entre les omoplates?

– Peut-être. »

Je lui claquai la porte au nez. Je n'avais aucune intention d'avoir une scène avec Coleen Shepherd à cause de Florence Fairchild. Surtout que j'étais pressé. Je me changeai et ressortis. Coleen s'était assis sur les marches qui faisaient face à mon étage, et boudait.

« Où vas-tu?

– Bon sang! Mêle-toi de ce qui te regarde!

– Tu peux me répondre, non?

– Je vais au consulat d'Israël, puisque cela t'intéresse tant.

– Ah! C'est là qu'elle travaille?

– Qui? Mais non, idiot. J'ai envie de passer mes vacances là-bas.

– Au consulat?

– En Israël, cloche.

– Ah! bonne idée! Tu m'emmènes?

– Au consulat?

– En Israël, cloche, fit-il en imitant mes intonations.

– Non merci, je ne suis pas fou! J'y vais tout seul... presque.

– Presque?

– Je t'expliquerai un jour. Mais pas aujourd'hui, je me tire en vitesse, je n'ai pas le temps de palabrer. Salut.

– Tu l'aimes?

– Qui? Oh! fous-moi la paix!»

Pris de remords, je lançai du rez-de-chaussée :

« Mais non, je ne l'aime pas!»

Et je regrettai aussitôt d'avoir dit cela.

Je m'achetai un hot-dog en passant car je savais que l'attente serait longue. De fait, on ne me reçut qu'à deux heures et demie. La personne était différente de la première fois, cependant, lorsque j'eus fini de lui expliquer mon cas, elle m'aiguilla vers le type que j'avais traité d'imbécile. Résigné, je décidai de l'affronter de nouveau.

Il ne me reconnut pas tout de suite, ce qui me permit un léger espoir. Mais à la fin de mon monologue qu'il écouta patiemment, il était clair qu'il se souvenait de l'histoire. Je priai le Ciel qu'il ait oublié l'insulte.

« Je crois vous avoir déjà donné une réponse, remarqua-t-il d'une façon exagérément exaspérée.

– Oui, je le sais, mais j'ai, comment dire? le devoir moral d'insister auprès de vous.

– Je vous ai dit non, cela reste non. »

Je me mordis les lèvres à m'en faire mal.

« Je voudrais voir votre supérieur.

– C'est impossible.

– Pourquoi?

– Parce qu'il n'a pas de temps à perdre.

– Et moi, vous croyez que j'en ai?

– Ce n'est pas mon problème. »

Je me levai, furieux, et je sentis mon sang se retirer brusquement de mon visage.

« Quand je pense que je ne suis même pas juif, et que je me fais chier pour des prunes! »

J'attrapai le dossier du fauteuil que je venais de quitter car ma vue se brouillait. Quelques secondes me furent nécessaires avant que je puisse me calmer. Le crétin en face de moi avait dû définitivement me classer dans la catégorie « timbrés et autres emmerdeurs ».

« Je vous enverrai une carte postale quand je serai à Tel-Aviv », terminai-je.

Je ne le saluai pas en sortant et lui non plus. Je commençais à comprendre pourquoi il y a des gens qui fabriquent des bombes. Ah! les fonctionnaires!

J'étais rageur, déçu, révolté et énervé lorsque je rentrai chez moi. Je restai prostré dans mon fauteuil de longues minutes, puis je me laissai aller à des actes insensés. Je sortis l'urne de mon placard, les photos, la gourmette. Je les posai sur ma table, allumai deux bougies et m'absorbai dans de sombres prières, agenouillé sur le sol. En me penchant en avant, je heurtai le bord d'une chaise. Ce fut comme une sonnette d'alarme dans mon esprit égaré. Je relevai la tête, presque stupéfait de me trouver là.

Mais bon sang, qu'est-ce que j'étais en train de faire? En étais-je réduit au fétichisme morbide? Il fallait à tout prix que je brise les liens obsessionnels et troubles qui me retenaient à une gourmette d'enfant et à une boîte pleine de cendres.

Je dissimulai en hâte ces objets magiques qui rendaient mon regard comme opaque. Je faillis mettre le feu en renversant les bougeoirs d'un geste maladroit et violent.

Je cherchai à échapper à cette fascination. Je me précipitai chez Coleen Shepherd et évidemment la porte demeura close à mes appels de détresse. J'essayai Bruce Conway, inutilement. La maison était vide. Je ne voulais pas retourner dans mon studio, et pourtant je ne pouvais me résoudre à quitter l'Escalier C, où je me sentais protégé.

Je me morfondais sur le palier lorsqu'une idée me vint. Quelque temps auparavant, Coleen Shepherd m'avait remis les doubles de ses clefs par mesure de sécurité. Ainsi, rien ne m'empêchait de m'installer chez lui si je le désirais.

J'eus le courage de rentrer chez moi pour prendre ces fameuses clefs que j'avais rangées dans un tiroir de mon bureau. A cet instant, le téléphone sonna. J'eus envie de laisser sonner sans répondre et de m'enfuir vite. Puis quelque chose me dit qu'il fallait que je décroche.

« Allô? fis-je avec une voix qui me surprit moi-même.

— Fils?

— Père?

— Bonjour, fils!

— Mais, où es-tu?

— En Suisse, bien sûr! Je t'appelais pour te prévenir.

— De quoi?

— Que tu auras le désagrément de ma présence dans trois jours!

— Vraiment? Tu passes à New York?

— Pas pour très longtemps malheureusement. Mais tu sais bien que je ne peux rester loin de ta mère plus d'une semaine... J'espère que nous pourrons nous voir?

— Bien entendu.

— Si tu ne veux pas de moi, tu peux partir en week-end anticipé. Je serai fixé sur ta mauvaise nature de fils.

— On dirait que cela te satisfait!

223

– Je t'ai déjà renié, banni et déshérité. J'aimerais autant que cela soit pour quelque chose ! »

Je ris avec une bonne humeur soudain retrouvée. Mon père ne m'avait jamais parlé autrement. De fait, c'était devenu une sorte de rituel entre nous. A une certaine période, quand j'habitais encore chez mes parents, mon père me déshéritait à tous les repas, et le dessert volait souvent bas car j'avais pris la manie de le lui envoyer à la figure. Tout cela sous le regard absolument imperturbable de ma chère mère qui s'était fait une raison à la longue.

« Tu es toujours là, Forster ?

– Oui, papa. Je serai très content de te voir. Sincèrement.

– Bon. Alors à très bientôt, fils d'ivrogne !

– C'est ça, père indigne ! »

Après cette conversation, je me demandai une nouvelle fois comment mon père avait pu choisir le métier de diplomate. Cela lui allait si mal ! A la vérité, je crois qu'il s'en fout. Cela peut paraître curieux, cependant, de réussir dans une branche que l'on ne veut pas prendre au sérieux. Depuis, je me suis persuadé que c'était sûrement ça, le secret de la réussite !

Je m'assis dans mon fauteuil et contemplai distraitement les clefs de Coleen Shepherd. Je n'éprouvais plus le même besoin de fuir, mais j'eus envie de visiter l'appartement de Coleen pendant son absence.

Ce fut avec l'appréhension d'un cambrioleur amateur que je pénétrai chez Coleen Shepherd. Je refermai soigneusement la porte et m'y adossai.

Le salon était deux fois plus grand que le mien. Qui plus est, il y avait aussi deux chambres et une salle de bain qui comportait non seulement une baignoire (ce que je ne pouvais ignorer !), mais également une douche séparée. En règle générale, toutes les pièces étaient plus spacieuses. De fait, il y avait très largement la place pour deux personnes...

Cette pensée me fit redresser la tête si brutalement

que je me cognai contre le battant de la porte. Je pestai et allai m'asseoir sur le canapé en me frottant le crâne.

Mon regard fut immédiatement attiré par le carton à dessins. Je me levai et l'ouvris à plat sur le sol. J'y retrouvai le triptyque de l'Escalier C, plus une ébauche de ce que je supposais être l'étape suivante, c'est-à-dire la maison. Il y avait plusieurs croquis, des études de formes et de couleurs, des décalques d'objets hétéroclites, le portrait que Coleen m'avait montré.

Je découvris alors de nombreux dessins de moi, dont certains étaient datés de l'année passée. Cela prouvait, que depuis qu'il était dans l'immeuble, Coleen Shepherd m'avait choisi comme modèle. C'était à la fois troublant et flatteur. J'examinai chaque portrait attentivement, et ne pris plus garde aux heures qui passaient vite.

De temps à autre, je tombais sur une peinture franchement abstraite ou un peu trop figurative. Il semblait qu'il avait du mal à équilibrer son travail. Mais il y avait aussi de très belles œuvres que j'admirai longuement. De toute évidence, Coleen possédait un don artistique original bien qu'encore immature et parfois maladroit. Mais il était jeune, il s'affirmerait en vieillissant.

Je finis par découvrir une feuille en date du 25 du mois, et sur laquelle je lus avec surprise : « Elle est un jardin bien clos, ma sœur, ma fiancée, un jardin bien clos, une source scellée. » Je rassemblai mes souvenirs et en vins à la conclusion que c'était bien moi qui lui avais cité ce passage du Cantique des Cantiques. Le plus étonnant, c'était que la feuille en question était vide de tout dessin. Je supposai qu'il avait été frappé par ce vers, et qu'il voulait peut-être tenter de l'illustrer.

D'un geste machinal, je retournai le vélin. Mon sang bourdonna soudain dans mes oreilles car au dos de cette feuille, il y avait bien quelque chose. Moi. Moi!

Coleen avait choisi de me représenter entièrement nu, négligemment appuyé contre un mur. Je me sentis rougir violemment. Et puis, j'étais persuadé que jamais Coleen ne m'avait vu ainsi. Peut-être sans chemise, mais certainement pas nu! J'avais donc là le produit de ses fantasmes... Qui se précisaient au fur et à mesure que nos rapports évoluaient.

Je ne comprenais cependant pas ce que le Cantique de Salomon venait faire là-dedans. A moins que... ce que j'avais dit en pensant à Rachel, il ne l'eût pris pour lui! Dans ce sens, cela devenait presque une déclaration d'amour.

Je continuai de contempler le dessin, avec de plus en plus de gêne et d'émoi. Cela avait aussi le culot d'être ressemblant! J'eus un petit rire embarrassé, qui se transforma en hoquet de terreur lorsque je vis la porte d'entrée tourner sur ses gonds. Il était trop tard pour faire quoi que ce soit, aussi m'appliquai-je à ne pas laisser paraître mon trouble (et bon sang, ce n'était pas facile!).

Coleen Shepherd se figea en m'apercevant, assis par terre devant son carton à dessins.

« Salut! lançai-je joyeusement d'une voix que j'espérais normale. Je n'avais pas le courage de rester tout seul chez moi, alors je suis monté t'attendre chez toi. Tu as passé une bonne journée? Moi, pas tellement... »

Je m'interrompis, craignant d'en faire un peu trop dans le genre « tout va très bien, Madame la Marquise ». Ce qui m'inquiétait, c'était le silence de Coleen, qui se contenta de fermer la porte en la claquant. C'était un très mauvais signe.

« Je m'occupais », murmurai-je en essayant maladroitement de cacher ce dessin-là.

Mais évidemment, il avait eu tout le temps de voir. Il s'approcha de moi, et je me rendis compte qu'il était furieux et blessé.

« Tuncurry, tu n'avais pas le droit! s'écria-t-il douloureusement, comme s'il appelait au secours.

— Je suis désolé, balbutiai-je, je ne pensais pas à mal. Je n'aurais pas imaginé que...

– Menteur! Je t'avais dit que je ne voulais pas les montrer! Tu le savais parfaitement! Et puis d'abord, qu'est-ce que tu fais chez moi? Tu fouilles dans mes affaires? »

Il me donna un coup de poing dans le dos avec une violence malhabile, comme un enfant au bord des larmes l'eût fait à un adulte trop taquin.

J'en profitai pour saisir son poignet, et le retins alors qu'il cherchait à me repousser.

« Voyons, Coleen! Ce n'est pas grave!

– Si! C'est mon jardin secret que tu as violé!

– « C'est mon jardin secret, ma sœur, ma fiancée, une fontaine close, une source scellée... »

Il pâlit et bredouilla quelque chose.

« C'est une autre traduction du Cantique des Cantiques », ajoutai-je presque en riant.

Il voulut me frapper avec sa main libre que j'attrapai vivement, et tordis légèrement. A la vérité, je n'étais pas mécontent d'avoir le dessus, pour une fois, avec Coleen Shepherd.

« Le pauvre garçon, on lui en fait des misères!

– Lâche-moi! Aïe! »

Il gémit en s'effondrant sur moi et j'éclatai franchement de rire.

Il continua de se débattre, et moi de me moquer. Il finit par se calmer, non pas par raison, mais plutôt par épuisement. Il haleta un certain temps avant de pouvoir parler.

« Salaud!

– Allons bon! Tu veux une nouvelle correction, gamin? »

Il se mit à bouder consciencieusement, tout en rangeant son carton à dessins.

« Tu as dû bien t'amuser, ragea-t-il brusquement. Tu vas pouvoir aller raconter tout ça à ta maîtresse et vous vous gausserez de moi, hein? Dans *son* lit...

– Oh! oui, sûrement! »

Il rougit et commença à pleurer.

« Coleen! Arrête, idiot! »

Je l'attirai, fâché contre moi-même. Il résista quelque peu, puis se laissa aller à sangloter contre mon épaule. Au bout de trois ou quatre minutes, il glissa sa main dans la mienne, inspira profondément et poussa un long soupir.

« Méchant... murmura-t-il.

– Mais je ne voulais pas être méchant! Quand je pense que je venais chercher un peu de réconfort, et que c'est moi qui console! »

Il leva son visage mouillé et me regarda.

« Réconfort?

– Oh! bah! maintenant je vais très bien, merci! »

Il sourit et ferma les yeux.

« Forster... fit-il d'une manière très sensuelle.

– Oui? répondis-je, en frottant inconsciemment ma joue contre son front.

– J'aimerais bien que tu m'embrasses. »

Je sursautai et me maudis. Comment avais-je pu m'adonner à ce jeu?

Je m'écartai, à la grande surprise de Coleen.

« Bon, ce n'est pas tout ça, j'ai des choses à faire.

– Ah! vraiment, quoi? »

Je me levai et brossai machinalement mon pantalon.

« Quoi? » répéta-t-il sourdement.

Je vis approcher le moment où il allait se remettre à bouder, je m'empressai de trouver une explication.

« Je... J'ai des trucs à écrire sur Grindling Conrad, tu sais le peintre dont je me suis occupé. »

Je croisai les doigts, espérant qu'il allait avaler ce mensonge, fort judicieusement choisi.

« Ah! tu dînes avec moi?

– Mais non, je viens de te dire que je n'ai pas le temps.

– Justement, je vais faire à manger pendant que tu travailles, et tu n'auras plus qu'à mettre les pieds sous la table.

– Heu, non... Ah! et puis de toute façon, je viens de m'en souvenir, je ne suis pas là, ce soir.

– « Je ne suis pas là, ce soir! se moqua-t-il. Et je viens juste de m'en souvenir! » Tu me prends pour un imbécile?

– Mais non, enfin! Pas du tout...

– Tu vas chez elle, encore! explosa-t-il. Je la hais, je la déteste! Je la tuerai!

– Mais est-ce que j'ai dit ça? Et puis d'abord, ce que je fais de mes nuits ne concerne que moi.

– Et c'est bien?

– Qu'est-ce qui est bien?

– De s'envoyer une femme?

– Tu n'as jamais essayé?

– Non!

– Je suppose que c'est aussi bien que de s'envoyer un homme!

– Tu n'as pas essayé?

– Un homme? Ah! non, jamais!

– Alors, tu ne peux pas dire que c'est aussi bien.

– Je te ferai remarquer que c'était une supposition.

– Trêve de suppositions, dans ce cas! Pourquoi ne pas t'assurer que *c'est* aussi bien?

– Non mais, dis donc! »

J'étais stupéfié par son aplomb. En quelque sorte, il venait de me demander de passer la nuit avec lui.

En deux bonds, j'atteignis la porte que j'ouvris en grand.

« Tu te défiles toujours! s'exclama-t-il.

– Possible, répondis-je sèchement, mais si tu t'imagines que tu vas me sauter, tu te fais des illusions!

– Tu es injuste! Et tu emploies les mots qui blessent et qui salissent tout! »

Je commençai à refermer derrière moi.

« Je te parlais d'amour! » me cria-t-il désespérément.

Je claquai la porte. Pas assez rapidement pourtant, pour éviter d'entendre les pleurs de Coleen.

XI

Une petite fille avec un arrosoir

CE ne fut qu'au réveil d'une nuit agitée que j'eus
conscience de l'importance phénoménale de l'appel de
mon père. Je me dressai d'un bond dans mon lit et me
tapai le front.

« Nom de Dieu! » m'écriai-je (et vraiment, ce
n'était pas correct).

Je sautai hors de mes draps, fis un bref calcul sur
le décalage horaire, passai de l'eau sur mon visage,
décrochai le téléphone. A ce moment-là, on sonna à la
porte. Qui se permettait?

J'ouvris en maugréant. Coleen Shepherd se tenait
devant moi, les sourcils froncés, terriblement sévère. Je
regrettai de n'avoir pas de chemise.

« Je peux te parler? dit-il sombrement.

— Si tu veux, mais j'ai d'abord un coup de téléphone
à donner, de toute urgence. Tu es même invité à
l'écouter. »

Il s'assit et croisa les bras. Il avait l'air pas content,
mais alors pas content du tout.

Je composai le numéro de l'ambassade américaine
en Suisse. Lorsque j'eus la liaison, je demandai
Mr. Tuncurry. Par chance, il y était.

« Mr. Tuncurry? Salut, Tuncurry à l'appareil.

— Qu'est-ce que tu me veux, honte de ma vie?

230

– Papa, je vais te raconter une histoire. S'il te plaît, ne m'interromps pas jusqu'à ce que j'aie terminé.

– Tu m'inquiètes! »

Alors, sous les yeux ébahis de Coleen Shepherd, je lui dis tout. La mort de Mrs. Bernhardt, les démarches, les cendres, le consulat d'Israël, tout... A l'exception de Rachel.

« Tu comprends, conclus-je, cette femme a eu une dernière volonté, et c'est à moi de tout faire pour l'exécuter. Papa, tu es toujours là, dis?

– Mais que puis-je y faire?

– Ces imbéciles, ici, ne céderont pas, même si tu interviens. Par contre, tu as peut-être de bonnes relations avec les diplomates israéliens en Suisse.

– Oui, d'accord, mais...

– C'est très simple, papa. Il suffit de faire venir l'urne en Suisse, et de repartir avec une autorisation légale que tu auras obtenue.

– Ah! oui, vraiment? C'est très simple! Et tu crois que l'on peut se promener comme ça, en avion, avec les cendres de quelqu'un?

– Mais papa, il n'y a pas de problème, avec *toi*.

– Ça sous-entend quoi, ça?

– Eh bien, j'ai pensé à la valise diplomatique. »

Un silence de quelques secondes s'établit sur la ligne. Puis soudain, un bruit étrange et strident me parvint. Je dus me rendre à l'évidence : mon père était pris d'un fou rire.

« Ça, c'est la meilleure! finit-il par répondre. Enfin quelque chose de vraiment marrant me sera arrivé dans ce foutu métier!

– Je suis ravi que cela t'amuse, mon cher père, mais est-ce que tu es d'accord?

– D'accord? Je trouve ça tellement drôle que je ne saurais refuser! »

Je poussai un soupir de soulagement.

« Alors, tu t'en occupes? Et quand tu repartiras en

Suisse après ton séjour à New York, je t'accompagne-
rai, O.K.?

– Oh! tout ce que tu voudras!»

Et il se remit à rire.

« Il y a des moments où l'on ne regrette pas d'avoir
un fils taré!

– Tel père, tel fils...

– J'allais te le faire remarquer. Ecoute, je dois
raccrocher, maintenant, je déjeune avec l'ambassadeur
de France. C'est un bon copain, et qu'est-ce qu'il va
rigoler quand je vais lui apprendre à quoi sert la valise
diplomatique de nos jours!

– Eh bien, si cela déchaîne l'hilarité chez les ambas-
sadeurs, c'est déjà ça!

– Je t'embrasse, fils de débile et à bientôt!

– Au revoir, père infâme. »

Je lâchai le combiné et me frottai les mains.

« Ça y est, m'exclamai-je, j'ai presque réussi cette
fois! »

Je me retournai vers Coleen dont l'expression disait
clairement qu'il me jugeait complètement givré.

« Vraiment, c'est la seule solution, fis-je en matière
d'excuse. J'ai essayé les autres! »

Je proposai de faire du café pour lui laisser le temps
de se remettre.

Il semblait tellement abasourdi qu'il avait dû oublier
les raisons de sa venue.

Il me suivit dans la cuisine.

« Forster... C'était donc ça, tous ces mystères?

– Cela paraît idiot, n'est-ce pas? Tu comprends que
je n'avais pas envie d'en parler.

– Ce n'est pas idiot.

– Dérisoire, dans ce cas.

– Le vrai courage est fait d'actes dérisoires...

– C'est une pensée de Mao Ze Dong?

– Non, de moi.

– C'est presque aussi bien.

– Il y a tant de choses qui m'échappent chez toi!

– Encore heureux! Tu as le plaisir de la découverte, au moins...

– Ce qui m'embête, c'est que j'étais très fâché en entrant tout à l'heure, et que je ne le suis plus du tout.

– Je ne m'en plaindrai pas. Mais quelle était l'origine de cette grosse colère?

– Il y a que tu te fous de moi! Tu joues avec moi. Et à chaque instant, tu me fais un peu plus mal. »

Je me mordis les lèvres et eus un geste maladroit qui se transforma en un violent coup de mon coude dans le placard. Je criai « ouch » et frottai la partie douloureuse en jurant. Mais, crénom, qu'est-ce que j'avais bien pu faire au Ciel pour passer ainsi mon temps à me cogner dans tout ce qui était à ma portée?

« Forster... »

J'eus le brusque sentiment que Coleen allait me demander quelque chose de très déplaisant. Je me raidis instinctivement, sur la défensive.

« Forster, répéta-t-il, visiblement gêné.

– Eh bien, tu as peur de me parler maintenant?

– Béatrix vit avec Virgil, Sharon avec Bruce, commença-t-il curieusement, et nous...

– Quoi, nous?

– C'est grand chez moi, et il y a deux chambres... »

Je ne répondis pas, mais m'appliquai à soutenir son regard avec le plus de froideur possible.

« Et puis... Ça m'est égal si tu as des petites amies! Bien sûr, je suis jaloux, mais je n'exige rien! Tout ce que je voudrais, c'est que tu habites avec moi. Je sais bien qu'à la longue, c'est moi qui gagnerai...

– Gagner? Mais qu'est-ce que tu entends par là?

– Qu'il arrivera un moment où tu t'accepteras comme tu es.

– Et je suis quoi?

– Un homme... qui aime un autre homme. »

Il rougit, presque aussi troublé que moi.

« Et puis, flûte! lança-t-il soudain, je t'aime, moi, et le reste, je m'en fiche!

– Je suppose que tu n'attends pas une réponse dans l'immédiat?

– Tu as besoin d'un délai de réflexion?

– C'est le minimum!

– Alors, c'est que tu ne dis pas non! s'exclama-t-il joyeusement.

– Hé! là. Je n'ai pas dit oui non plus! m'insurgeai-je.

– Ça ne fait rien! Peut-être, c'est souvent oui!

– Et parfois non, cher ange...

– J'ai cru que tu allais me casser la gueule, et voilà que tu m'appelles par des noms tendres!

– C'était ironique! répliquai-je en pestant contre moi-même.

– M'est égal, ironique ou pas... Je voyais le pire, moi... »

Nous retournâmes au salon pour boire notre café. Après un long silence, Coleen se remit à parler.

« Je crois que je t'ai aimé dès le jour où tu m'as dit que tu détestais les petits pois... Tu te souviens?

– Oui, au supermarché.

– C'est ça. Et puis, il n'y a pas longtemps, Béatrix m'a appris que tu avais décidé de m'aider, à cette époque, et que les autres n'y tenaient pas du tout. Tu vois, Forster, toi aussi tu t'intéressais à moi, déjà.

– C'est surtout que je n'appréciais pas beaucoup de rencontrer des gens couverts de sang dans l'escalier!

– Oui, oui... N'empêche... Avoue que tu n'es pas capable d'avoir une relation amoureuse durable avec une femme.

– Oh! je ne l'ai jamais nié! Mais cela ne prouve rien, si ce n'est que j'ai mauvais caractère. »

Il sourit et s'étira.

« Je mangerais bien un peu, moi. Tu fais des toasts?

– Si tu veux. »

Je me levai et préparai un petit déjeuner plus consistant. Je pris pour moi des cornflakes, et abandonnai les toasts à Coleen. Il contempla les tranches de pain un instant, puis les poussa vers moi. Je haussai un sourcil interrogatif.

« Tu peux me les beurrer? demanda-t-il.

– Tu ne peux pas le faire toi-même?

– Si, mais je voudrais que tu le fasses.

– Ça rime à quoi?

– À rien. Je veux que tu le fasses, c'est tout. »

Je renonçai à comprendre et entrepris d'étaler le beurre. J'avais à peine commencé qu'il m'arrêta.

« Merci, ça suffit. Je sais ce que je voulais savoir.

– Mais? fis-je, un peu interloqué. Savoir quoi, d'abord? Qu'est-ce que c'est que cette invention?

– Il y a quelque temps, il est probable que tu m'aurais envoyé le plat à la figure. En tout cas, tu n'aurais pas fait ce que je demandais, n'est-ce pas?

– Et tu en déduis quoi, au juste?

– Principalement, que tu as décidé de faire confiance aux autres. Ce n'est déjà pas si mal. Ensuite, que tu es prêt à accéder à mes désirs, quels qu'ils soient, sans opposer aussitôt un refus méfiant. Et ça, c'est encore mieux!

– Et toi, si tu allais me chercher ma chemise qui est restée dans ma chambre?

– Il n'en est pas question.

– Eh, ce n'est pas juste! Si je fais quelque chose pour toi, tu dois me rendre la pareille!

– C'est un point de vue tout à fait démocratique, mais j'ai l'intention d'être despotique, malheureusement. »

Il mordit dans un toast pour cacher son envie de rire, mais la lueur dans ses yeux ne laissait aucun doute : il se moquait de moi.

« Idiot », grognai-je.

Je frissonnai et m'en fus prendre moi-même ma chemise.

« Tu m'emmènes en Israël, Forster?

– Non. C'est mon problème, je veux être seul là-bas. »

Il sembla déçu.

« Je te promets de t'écrire, ajoutai-je. Et puis, je ne serai pas absent longtemps. Tiens, je te donnerai ma réponse dans la lettre que je t'enverrai. Considérons que c'est mon délai de réflexion. Qu'en penses-tu?

– D'accord, soupira-t-il.

– Et quand mon père sera ici, je te présenterai.

– Tu crois que c'est raisonnable?

– Non, mais mon père est loin d'être raisonnable, alors cela n'entre pas en ligne de compte. Je suis d'ailleurs extrêmement curieux de voir sa réaction.

– Tu veux que je serve de cobaye pour tes expériences?

– Mais non. Je veux savoir ce qu'il dira de toi, c'est tout. »

Coleen se frotta les yeux et bâilla.

« Pfutt... Faut que j'aille au boulot, ce matin.

– Quel enthousiasme! raillai-je.

– C'est ça... gausse-toi, encore... »

Il se leva péniblement et se dirigea vers la sortie.

« Bon, à tout à l'heure », fit-il en me jetant un drôle de regard en biais.

Sur le coup de onze heures et demie, Vanessa et Grindling Conrad me firent la surprise d'arriver.

« Salut, dit Vanessa, on est venus t'inviter à déjeuner.

– Aujourd'hui? Comme ça?

– Parfaitement. Et même que tu vas passer une partie de l'après-midi en notre estimable compagnie.

– Ah! oui? répondis-je, amusé.

– Ouais, monsieur. Je parie que tu ne sais pas que la National Art Gallery de Washington a prêté quelques tableaux à la ville de New York. Hum?

– Et c'est là que vous m'emmenez?

– Exactement. Et pour être tout à fait francs, nous avons une petite idée derrière la tête. »

Je n'eus pas la possibilité d'en savoir davantage car ils m'entraînèrent sur-le-champ.

Le repas que nous fîmes ensemble fut des plus agréables. Entre autres, j'appris que Vanessa et Grindling ne s'étaient plus quittés depuis que je les avais présentés l'un à l'autre.

« Pauvre Forster, il va être jaloux! se moqua Vanessa.

– Oh! non, répliquai-je, moi, les petites Polonaises émigrées...

– Non mais, tu vois comment il me cause, Grindling? »

Grindling Conrad sourit énigmatiquement et ne répondit pas. Lorsque nous en fûmes au dessert, il prit enfin la parole et me demanda si j'allais tout à fait bien désormais.

« Je ne suis plus malade, en tout cas. Si c'est cela que vous sous-entendiez par « aller bien ».

– Vous savez que j'ai toujours eu l'impression que vous souffriez de l'âme et non du corps. Maintenant, vous avez l'air heureux, et donc guéri. »

Je me contentai de mettre deux sucres dans ma tasse.

« N'êtes-vous pas heureux? insista-t-il.

– Si. Mon défaut, en réalité, c'était de ne réagir aux choses qu'intellectuellement. Mais j'ai été tellement meurtri dans ma chair... J'ai réappris sensations et émotions. Curieux, hein?

– Salutaire, apparemment.

– Oui, c'est le mot...

– Cela va rendre passionnante la suite des événements, fit-il en clignant de l'œil vers Vanessa.

– Cela signifie quoi? demandai-je en tournant ma cuillière dans mon café décaféiné.

– Tu verras, mon ami », répondit-elle en pointant un doigt dans ma direction.

Ce que je vis, en l'occurrence, ce fut l'exposition organisée grâce à cette fameuse National Art Gallery de Washington. Nous nous promenâmes ensemble dans les premières salles, puis j'eus conscience qu'ils me conduisaient peu à peu vers une destination bien précise.

« On y est », dit soudain Grindling en m'arrêtant du bras. Nous vous laissons avec la demoiselle.

Il me planta devant un tableau et s'éloigna avec Vanessa.

« On revient plus tard », lança-t-il.

Un peu étonné, je les suivis du regard jusqu'à ce qu'ils disparaissent. Alors, je me retournai vers la demoiselle en question.

J'hésitai à garder les yeux ouverts. Mais qui résisterait? Douceur, tendresse, le soleil de son sourire illuminait tout le décor vert et ocre. Sur ses cheveux de la blondeur fragile du blé mûr, un papillon rouge vif. Etait-ce une main malicieuse ou un coup de vent qui avait posé ainsi ce nœud vermillon prêt à s'envoler? Elle regardait quelqu'un ou quelque chose qu'elle devait aimer. Les fleurs dans sa main gauche semblaient déjà mourir, et ce n'était pas l'arrosoir vert qui les sauverait.

Je répondis à son sourire et m'inclinai. « Bonjour, belle journée, n'est-ce pas? » Un peu frisquet, pourtant. Mais qu'importe, sa robe en velours bleu roi était assez chaude. Et les dentelles et les boutons blancs avaient une allure de printemps.

Mes joues brûlèrent soudain. Etais-je intimidé? Non, j'étais honteux. Mes yeux impurs devaient souiller toute cette innocence. Mon cœur s'enflamma d'un coup : j'étais amoureux!

« Tu crois qu'il est resté là pendant trois quarts d'heure? fit une voix à mes côtés.

– Il faut bien le croire », dit une autre voix.

Je m'arrachai difficilement à la lumière et me retrouvai aveugle et hébété. Je ne distinguai rien pendant plusieurs secondes, sinon la grisaille. Et puis, deux silhouettes se détachèrent enfin et se colorèrent.

« Tu étais bien, Forster? demanda Vanessa.

– Oui, merci. J'ai toujours eu le chic avec les petites filles. Comme Anita. Tu te souviens?

– Oui, l'inénarrable gamine de la galerie. »

Grindling m'observait. Renoir aussi.

« Sensations? Emotions? lâcha-t-il.

– Ce n'est pas possible à définir... Je me contenterai de dire chaleur et clarté. Est-ce une réponse suffisante?

– Concluant, alors?

– Inattendu. Et inespéré. »

Nous repartîmes tous les trois, puis nous nous séparâmes. Ils marchaient l'un contre l'autre, enlacés. J'étais seul. Mais l'air était tiède et, enfin, je n'avais plus froid.

Vers la fin de l'après-midi, le téléphone sonna. Je repensai mélancoliquement à cette merveille qui porte le nom de répondeur téléphonique (que je n'achèterais sans doute jamais). C'était Florence Fairchild. Je l'accueillis avec un peu de réserve.

« Cher Forster, vous me semblez bien distant, finit-elle par remarquer. Quelque chose ne va pas?

– Voyez-vous, Florence, je suis un peu ennuyé. Je vous aime suffisamment pour vous devoir la vérité et avoir peur de vous blesser. Situation fort embarrassante, n'est-ce pas?

– Vous m'inquiétez! Expliquez-vous, maintenant.

– Voilà... Pour être tout à fait honnête, je ne vous aime pas, je veux dire, pas d'amour...

– Et alors?

– Ça n'a pas l'air de vous faire grand-chose!

– A la vérité... Non.

– Dans un certain sens, je suis soulagé. Bien qu'un peu vexé.

– Vous préféreriez que je souffre?

– Grands Dieux, non! Pour le bonheur des autres et le mien, j'ai perdu l'habitude de ce genre de passe-temps...

– Si je vous comprends correctement, nous restons bons amis?

– Oh! mais, je l'espère bien!

– Puis-je, dans ce cas, vous poser une petite question, tout ce qu'il y a de plus « amicale »?

– Bien sûr, je vous écoute.

– Vous êtes amoureux de quelqu'un d'autre? »

Je souris, puis hésitai une seconde.

« Justement, je ne sais pas... avouai-je.

– Cette fille à la galerie?

– Qui? Ah! celle avec des plumes? Non, non, pas elle... D'ailleurs, elle vit avec Grindling Conrad, désormais.

– Vous m'en direz tant! »

J'estimai inutile de préciser que l'objet de mon tracas était mon voisin du dessus. On a sa fierté. Cette idée me révolta contre ma lâcheté. Aussi me forçai-je à lui répondre franchement.

« Vous vous souvenez, nous avions croisé un jeune homme dans mon immeuble, la dernière fois? Blond, à mi-chemin entre *Le Printemps* de Botticelli et les petites filles de Renoir?

– Oui, parfaitement. Et alors?

– C'est de lui que je parle.

– Pardon? C'est encore une de vos plaisanteries douteuses?

– Cela vous choque? Cela ne m'étonne pas. Vous n'êtes jamais qu'une sale bourgeoise!

– Forster!

– Vous trouvez que je suis dégoûtant, peut-être, de

choisir un homme quand je peux avoir Florence Fairchild?

– J'ai dit ça?

– Non, c'est moi qui le dis. Il y a un mois, j'aurais assassiné celui ou celle qui aurait osé suggérer une pareille chose. Je n'aurais jamais cru que l'on pouvait changer du tout au tout en un mois... Je pensais que l'on ne pouvait plus évoluer passé un certain âge... Comme quoi, on peut se tromper. Si vous saviez à quel point j'ai le sentiment de m'être trompé dans ma vie!

– Pas en ce qui concerne Grindling Conrad, je peux vous le certifier!

– Il me reste au moins cela.

– C'est terriblement pessimiste comme remarque.

– Oui et non... Après tout, je n'ai jamais existé que pour l'Art. C'est maintenant que je me rends compte, assez douloureusement du reste, qu'il y a plus que l'Art.

– L'amour?

– Oui, pas seulement. Ou plutôt l'amour pris dans son sens le plus large. Dieu, vie, mort, amitié, émotion... Tout cela m'était un peu étranger. Comme si vous me parliez des Papous. Je sais qu'il y en a. Mais à part ça... Et puis je m'étais forgé une si belle carapace d'indifférence. Avec un casque protecteur sur la tête, entièrement fait de méchanceté... Savez-vous ce que c'est que la peur de souffrir?

– Pas vraiment.

– Eh bien, vous avez de la chance. Parce que c'est terrifiant. C'est la voie la plus directe pour le néant et la destruction. Je le sais, j'en reviens... Comprenez-moi. Avoir mal, ce n'est jamais que l'autre côté du plaisir... Si on n'a jamais mal...

– On n'est jamais heureux?

– Exactement. Cela équivaut à l'anéantissement de tout être. Ah! c'est bien d'être intelligent, mais il y a des jours où je préférerais être un imbécile. Juste un petit peu pour voir... si le bonheur vaut la peine que l'on se donne, pauvres mortels!

— Et vous pensez qu'être idiot, cela implique automatiquement être heureux?

— Je l'ignore. Mais puisqu'être intelligent, c'est être malheureux, j'en déduis que la réciproque est vraie.

— Alors, je dois être idiote.

— Tant mieux pour vous! »

Elle rit puis reprit sérieusement.

« En dix minutes, vous m'en avez dit plus qu'en une soirée. Je commence enfin à avoir une idée claire de qui vous êtes.

— Mieux vaut tard que jamais. Et mieux vaut jamais que trop tard.

— Pourquoi?

— Parce qu'on n'a pas de regrets.

— Cela vous est arrivé?

— Oui. Mais ne m'en demandez pas plus. « Héritier de plus que la terre ne peut donner... » a écrit Shelley.

— Cela a un rapport?

— Oui et non... Même si cela n'en avait pas, c'est un joli vers!

— Vous en avez d'autres comme ça en réserve?

— Oh! beaucoup! « Il était une fois, il y a très longtemps, à peu près vendredi dernier, Winnie l'Ourson vivait tout seul dans la forêt, sous le nom de Sanders[1]. »

Florence Fairchild éclata de rire.

« Cela ne fait pas très sérieux!

— Peut-être, mais je connais beaucoup d'histoires de ce genre, par cœur. Je me les suis tellement récitées quand j'étais môme!

— Le grand Forster Tuncurry, spécialiste de Jérôme Bosch et de Winnie l'Ourson!

— Cela va bien ensemble, je trouve. »

1. *Winnie-the-Pooh* par A.A. Milne.

Nous continuâmes de deviser ainsi vingt bonnes minutes. Je lui appris que je partais pour la Suisse et Israël, sans préciser pour quelle raison, évidemment. Nous décidâmes de nous revoir à mon retour. En copains.

Le temps ayant la redoutable manie de passer vite et de s'arrêter rarement, nous étions déjà revenus au jour de notre dîner mensuel. Mais tout était différent. D'abord, nous étions deux de plus. Ensuite, elle était bien loin l'époque où nous étions tous des célibataires convaincus!

L'appartement de Conway me parut trop petit. La musique était couverte par le bruit de nos voix, et je regrettais mes face-à-face avec Béatrix devant l'électrophone. Le pauvre Ravel n'était plus à la mode. Je commençais à sombrer dans la mélancolie et dans mon verre de bourbon, lorsque Bruce vint s'asseoir à mes côtés.

« Ben, mon vieux, tu n'es pas bavard ce soir! » fit-il en claquant ma cuisse.

Je prétextai un peu de fatigue. Et puis, brusquement, il pencha la tête vers moi, la posant presque sur mon épaule.

« Je voulais te dire, Forster... » murmura-t-il dans mon oreille.

J'attendis la suite, anxieusement.

« Merci... » souffla-t-il très très doucement.

Et d'un bond, il se releva et s'éloigna. Je sentis monter un peu de chaleur dans mes joues. Mais bien sûr, c'était dû à l'alcool et à l'atmosphère surchauffée. Je me surpris à caresser le chat (qui était étonné aussi, mais apparemment ravi). Anita s'assit tout près de moi, la main sur mon bras.

« J'ai joué tout cet après-midi », dit-elle.

J'essayai d'avoir l'air passionné.

« C'est pas juste parce que Bruce, lui, il peut s'amuser tout le temps, quand il veut.

— Ah! bon?

– Oui. Il m'a emmenée avec lui, alors je sais bien ! »

Un doute m'envahit. Conway aurait-il eu l'idée de conduire Anita jusqu'à la clinique ?

« Tu as été voir les enfants, heu... dans la grande maison ? demandai-je.

– Oui. Même qu'ils ont drôlement de la chance.

– Ah ! oui ? Pourquoi ça ?

– Ben tiens, parce qu'ils jouent toute la journée ! »

Je me gardai bien de faire une réflexion et écoutai Anita raconter son épopée en détail. A aucun moment, elle ne parla de différence ou de quelque chose de bizarre. Sauf lorsqu'elle se souvint qu'il y avait un petit garçon qui s'appelait Paul et qui ne s'amusait pas, lui, mais qui restait dans son coin.

« A mon avis, fit-elle en appuyant sa tête contre moi, il devait bouder. »

Pour le dîner, je me retrouvai, par le plus grand des hasards (?), sur le canapé avec Shepherd entre moi et Conway.

Coleen, qui ne m'avait pas encore adressé la parole de la soirée, eut un sourire timide et évita résolument de croiser mon regard.

« Il y a un problème ? demandai-je, un peu inquiet.

– Non, non. Je m'entraîne.

– A quoi, bon sang ?

– A faire comme si je ne m'intéressais pas à toi. Pour quand ton père sera là. »

Je ricanai devant sa sottise.

« Mais mon ami, c'est la meilleure façon de montrer que justement tu t'intéresses à moi ! De toute manière, si je veux que tu rencontres mon père, c'est précisément pour voir comment il va réagir devant le couple que nous formons. Heu, enfin, que nous formerions éventuellement.

– Et s'il n'apprécie pas ?

– Qu'est-ce qu'il pourrait bien y faire ? Me déshéri-

244

ter pour la trois cent cinquantième fois? Non. Et puis, je le connais. Et c'est pour ça que je suis si curieux quant à sa réaction. Tu sais, avant moi, il y a eu lui... C'est un cas, mon cher père... Je suis presque sûr qu'il te plaira. Et c'est encore un bel homme pour son âge!

– Imagine que je le préfère à toi, finalement?

– Ma mère ne serait pas ravie, je suppose.

– Il ne m'était jamais venu à l'esprit que tu avais eu une mère!

– Ouais... C'est ça. Et si on parlait de *tes* parents?

– Qu'ils crèvent!

– Pourquoi?

– Je les déteste, et Dieu sait que ce sont eux qui m'ont appris ce sentiment. C'est d'ailleurs tout ce que j'ai reçu d'eux, la haine... La honte, le désespoir. Je suis parti... Le plus vite et le plus loin possible! Mais je ne veux pas en dire davantage. C'est rayé de ma mémoire. Je veux tellement être heureux!»

Je lui passai le plat de beignets de crevettes d'un geste machinal, et il me remercia tout aussi mécaniquement.

« Heureux... » répétai-je à mi-voix.

Il m'entendit et se tourna légèrement vers moi.

« C'est un de ces mots idiots dont on n'est jamais sûr du sens réel, ajoutai-je.

– Pourquoi dis-tu ça?

– Parce que le sens de ces mots est purement relatif.

– C'est-à-dire que cela dépend des individus?

– Oui, mais pas seulement. Cela peut dépendre aussi des événements, des situations. »

Bruce Conway se pencha au-dessus de la table et m'interpella :

« Monsieur, là-bas au fond, la philosophie est strictement interdite dans cet honorable établissement. Veuillez la laisser au vestiaire. »

Je vis apparaître mon père le lendemain, vers sept heures du soir. Bien entendu, il ne m'avait pas annoncé l'heure de sa visite. Il jeta un coup d'œil circulaire et fit la moue.

« Je ne m'habituerai jamais à ce studio minable, commenta-t-il.

– J'ai l'intention de déménager, répondis-je. Je crois que je vais m'installer dans l'appartement du dessus. »

Je pris les clefs de Shepherd et entraînai mon père.

« Viens, nous y allons. Tu pourras juger. »

Il apprécia modérément de monter encore un étage et prétexta que les escaliers n'étaient plus de son âge. Je lui ris au nez en ouvrant la porte de Coleen Shepherd.

Celui-ci, qui était en train de dessiner, releva la tête avec surprise. Son étonnement se transforma en panique lorsqu'il aperçut mon père.

« Tu vois, papa, remarquai-je, c'est beaucoup plus grand ici. Et il y a deux chambres. »

Coleen essuyait maladroitement ses doigts noircis par le crayon gras.

« Je te présente Coleen Shepherd, papa. Coleen, Mr. Tuncurry Senior. »

Coleen le salua en bafouillant, les yeux écarquillés. Mon père l'examina attentivement et silencieusement. Puis il se retourna vers moi et dit :

« Et si tu emménages ici, tu gardes tous les meubles ?

– Oh ! oui, je suppose. »

Je devinai facilement un double sens sous cette question.

« Il y a de jolies choses », ajouta-t-il en s'asseyant.

Coleen réagit enfin et réussit à articuler correctement ses mots.

« Heu, vous voulez boire un apéritif, Mr. Tun-curry?

– Excellente idée. Et appelez-moi donc Nigel. On a toujours eu un goût pour les prénoms idiots dans notre famille. Et donnez-moi donc un whisky dans un grand verre. »

Coleen le servit et mon père le retint par le bras.

« Jeune homme, si je veux un grand verre, c'est que je veux aussi un grand whisky. »

Et il renversa la bouteille dans son verre.

« Comme ça, ça ira. »

De plus en plus désorienté, Coleen se rassit à mes côtés sans penser à m'offrir quoi que ce soit.

« Je veux bien un peu de porto », fis-je.

Il sursauta et se releva.

« Oh! pardon! »

Mon père suivait chacun de ses gestes avec une insistance qui en eût gêné plus d'un. Une fois que Coleen fut de nouveau assis, il s'adressa à lui.

« Et que faites-vous dans la vie, jeune homme? »

Coleen posa son verre d'une main tremblante.

« Je suis dessinateur de mode, monsieur.

– Tiens? Ça rapporte?

– Heu, oui, monsieur. Assez bien.

– Vous pouvez largement supporter la charge d'une autre personne, dans ce cas?

– Oui, murmura Coleen en avalant sa salive difficilement.

– Très bien. Vous savez que mon fils est un être impossible?

– J'avais remarqué, en effet. Mais il suffit peut-être de savoir le prendre. »

Puis Coleen rougit de sa propre audace. Il fit mine de se lever en s'exclamant qu'il avait oublié les biscuits et les cacahuètes. Je saisis son bras fermement et l'obligeai à rester tranquille. Il me jeta un regard en biais, sans oser me désobéir. Je laissai ma main sur son poignet quelques secondes pour m'assurer que mon père le voyait bien. Puis je me levai moi-même et allai chercher les amuse-gueule dans la cuisine.

« On voit que tu connais bien la maison, fils.

– En effet, très bien », lançai-je.

Lorsque je revins dans le salon avec mon plateau, mon cher père m'accueillit ainsi :

« Ta mère m'a recommandé de te questionner discrètement pour savoir si tu avais une fiancée en vue ou une petite amie. Qu'est-ce que je lui dis?

– Rien, puisque je la verrai dans quelques jours. »

Je me demandais si cette partie de cache-cache verbal allait durer longtemps.

« On s'amuse dans la mode? fit brusquement mon père.

– Pas trop. Mais ce n'est pas embêtant. Je travaille beaucoup chez moi.

– A votre avis, quelle est la qualité marquante de Forster, s'il en a une?

– Sa plus grande qualité est son pire défaut!

– C'est quoi, ça? m'écriai-je, surpris.

– Ton intelligence. »

Mon père se mit à rire.

« Bien, bien... C'est mon opinion aussi. Déjà quand il était gosse, je ne pouvais supporter son intelligence tout en ne pouvant m'empêcher de l'admirer. C'est exaspérant, les surdoués.

– Je n'ai pas le sentiment d'être un surdoué, papa. Ma culture n'est pas plus étendue que celle de n'importe qui, la différence, c'est qu'elle n'est pas composée des mêmes éléments. Je ne sais pas *plus*, je sais *autre chose*.

– Hum, voilà qui est très intéressant... Et pour toi, Forster, quelle est la plus grande qualité de ton ami? »

Coleen se retourna vers moi et attendit une réponse à la question perfide de mon père.

« La patience, répliquai-je.

– Et son pire défaut?

– Il a toujours raison. Et ça, c'est intolérable!

– Je serais curieux de voir ta mère dans la situation où tu m'as placé, dit mon père en souriant.

– Oh! mais je ne l'aurais jamais mise dans cette situation!

– C'est un traitement de faveur? Histoire de m'emmerder, petit crétin?

– C'est comme ça que l'on parle dans la diplomatie?

– C'est comme ça que l'on traite son pauvre père sans défense? »

Coleen se tassa dans le fond du canapé, effrayé de la tournure que prenaient les événements.

« Tu t'es toujours conduit de la façon qui me faisait le plus chier! continuait mon père.

– Quel langage! Tu vas me déshériter?

– Je l'ai décidé à la minute où j'ai vu ton dessinateur de mode! Et ça parce que tu as eu l'infâme culot de le choisir jeune, beau, riche et charmant! Comme je ne peux pas le détester, lui, il faut bien que je me venge sur toi, fils indigne!

– Selon ta bonne habitude, bourreau d'enfants!

– Intellectuel! Décadent!

– Diplomate!

– Là, tu exagères! » protesta-t-il.

Puis nous éclatâmes de rire sous le regard ébahi de Coleen Shepherd, qui ne comprenait rien du tout.

« Vous aimez vraiment mon fils? » demanda mon père avec intérêt.

Coleen devint écarlate, ce qui n'échappa pas à mon père qui lui sourit avec bienveillance.

« Oui, répondit Coleen qui s'empressa d'avaler son porto pour cacher son désarroi.

– Curieuse idée, à la vérité.

– Peut-être, fit Coleen dont les joues restaient enflammées.

– Et vous croyez que mon fils vous aime, lui? insista-t-il un peu méchamment.

– Oui. Mais lui n'est pas sûr.

– Vous voulez un conseil, jeune homme?

– Non. Mais cela ne vous empêchera pas de le donner.

– Tiens? Mais il a de l'aplomb, malgré tout!

– Il n'en a peut-être pas l'air, remarquai-je alors, pourtant c'est une falaise de granit. En tout cas, moi, je suis avide d'entendre quel genre de conseil tu peux donner?

– Ça va te surprendre. Jeune homme, reprit-il en s'adressant de nouveau à Coleen, accrochez-vous.

– Ça veut dire quoi? demandai-je.

– Qu'à mon grand regret, je dois admettre que mon fils vaut la peine que l'on se donne pour en tirer quelque chose. »

Pour le coup, ce fut mon tour d'être interloqué. Flatté aussi.

« Vous êtes également conscient que Forster est fou?

– Oui, tout à fait. Mais il y a parfois des folies douces, très douces. »

Coleen n'avait plus peur, et il commençait visiblement à apprécier le caractère pour le moins singulier de Mr. Tuncurry Senior.

« Tu n'as rien à apprendre à Coleen, papa. Il en sait plus que toi sur le cas que je suis.

– Ah! oui? Il est au courant que tu transportes des cadavres?

– En l'occurrence, il s'agit de cendres, répliquai-je. Et de toute façon, c'est *toi* qui vas les transporter dans ta petite valise. »

Son visage s'éclaira.

« L'ambassadeur de France était plié en deux quand je lui ai raconté ça. Il veut à tout prix te rencontrer quand nous serons à Berne. Quant au consul d'Israël... Il n'en revenait pas. Il m'a proposé d'écrire à son ambassadeur à Washington et alors là, bon sang! je l'en ai dissuadé! Cet idiot allait tout gâcher! Il a

250

moyennement le sens de l'humour, celui-là... Par contre, son attaché est plus marrant.

– J'aurai donc mon autorisation ?

– Oh ! aucun problème !

– Parfait », dis-je avec satisfaction.

Ainsi donc, j'avais gagné. Un grand poids fut soudain enlevé de ma poitrine. J'eus l'impression de pouvoir respirer à l'air libre, comme si tout ce temps passé, j'avais été au fond de l'eau, obligé de retenir mon souffle.

Coleen m'observait, un léger sourire au coin de ses lèvres. Nos regards se croisèrent.

« Tuncurry S.A., croque-morts en gros ! plaisanta mon père. C'est probablement le seul métier d'avenir, ça.

– Les Pompes funèbres ?

– Oui, on en aura toujours besoin. Surtout au train où vont les choses, de nos jours.

– Eh oui, mon pauvre monsieur, fis-je en ricanant, tout ça, c'est bien du malheur... »

Mon horrible père ayant décidé de nous inviter à dîner, je ne le laissai à son hôtel qu'à minuit et demi. Je poussai la politesse jusqu'à l'accompagner dans le hall, alors que Coleen gardait le taxi. En prenant sa clef, il fit une dernière remarque d'un ton sévère :

« Il est charmant, ce jeune homme. »

Et il prit l'ascenseur sans me permettre de répondre quoi que ce fût.

Nous rentrâmes Escalier C, un peu soûls. Coleen fit une halte chez moi pour boire une tasse de thé qu'il jugeait bien méritée. Il s'effondra sur mon canapé, les yeux mi-clos. Lorsque je revins avec mon plateau, il avait retiré sa veste et déboutonné sa chemise. Je le contemplai un instant. Il semblait dormir. Il y avait sur son visage une expression détendue et confiante. Je heurtai deux cuillères et le bruit lui fit ouvrir les yeux.

Il se redresssa et se servit deux sucres. Après un assez long silence, je commençai la conversation.

« Tiens, ces jours-ci, on peut voir une expo de la National Art Gallery à Manhattan.

– Ah! bon? C'est intéressant?

– Oh! pas tout, évidemment. »

J'avalai quelques gorgées de thé avant de pouvoir continuer.

« Il y a cependant, ce... ce Renoir...

– Ah! oui, la *Petite fille avec un arrosoir*?

– Ah! tu étais au courant?

– Non, mais je sais que ce tableau appartient à ce musée... Alors, il ne t'a pas plu?

– Si justement. Ça m'embête assez.

– Explique-moi ça!

– Parce que j'ai craché dessus pendant dix ans de ma vie! Etrange... Je n'aurais jamais pu imaginer que je puisse aimer à la fois deux choses opposées...

– Parce que l'opposition n'est qu'apparence... Mais quelle est la nature profonde de ces mêmes choses? »

Je ris, il n'avait pas tout à fait tort...

« Je crois que fondamentalement, il n'existe pas deux opposés réels, reprit-il. Sauf dans le cas des aimants qui se repoussent. Mais, après tout, il suffit d'en retourner un pour qu'ils s'attirent.

– Et que fais-tu d'amour et de haine? »

Il réfléchit quelques instants.

« Là, je vais être cruel... Amour étant Absolu, c'est-à-dire Dieu, Haine est aussi Absolu, c'est-à-dire... Dieu.

– Ce n'est pas très gai.

– Mais, mon vieux, on a le péché originel sur le dos! Et puis, nos sentiments humains ne sont pas négligeables, tout de même.

– Oh! si... Négligeables... Méprisables!

– Allons, allons... Ils nous conduisent parfois vers la lumière.

– La lumière est une illusion d'optique. D'ailleurs, il suffit de couper le courant pour s'en convaincre.

– C'est absurde! De toute manière, le noir n'existe qu'à cause de la lumière.

– Ce qui prouve bien qu'opposition existe!

– Non! C'est toujours le même problème qui se pose à l'infini...

– Infini qui n'est que par rapport au fini. Etc, etc. Tout ce que je sais, c'est que je suis, et que la *Petite fille avec un arrosoir* est également. Je n'arrive pas à y croire. »

Lorsque Coleen prit congé, ce soir-là, il me demanda de l'emmener voir le tableau. J'hésitai puis refusai. Je lui conseillai cependant d'y aller, s'il le désirait.

Puis j'implorai de lui une grande faveur. Je le suppliai de ne pas chercher à me rencontrer jusqu'à ce que je parte pour la Suisse. Il encaissa durement, mais accepta. Je lui promis à nouveau de lui écrire et le remerciai.

Sur le palier, nous nous serrâmes la main.

XII

« *J'y suis* »

La chaleur était intense dans l'aéroport Ben Gourion, mais je supportai tout, y compris la fouille. Je quittai ce lieu trop ordinaire en taxi, l'urne dans ma sacoche, celle-ci sur mes genoux.

Mon premier geste, une fois à l'hôtel, fut de trouver une carte postale. Je notai dessus : « J'y suis », et la postai à l'adresse du Service de l'Emigration du consulat d'Israël à New York. Personne n'y comprendrait rien là-bas, mais chose promise, chose due.

Il restait à écrire à Coleen. Trop lâche pour être clair, je me contentai d'une citation :

« Malgré tout, dit l'Epouvantail, je demanderai une cervelle plutôt qu'un cœur, car un idiot ne saurait que faire d'un cœur s'il en avait un.

– Je choisirai le cœur, répondit l'Homme de Fer-blanc, parce que la cervelle ne rend pas heureux, et le bonheur c'est ce qu'il y a de mieux au monde[1]. »

Il faisait très chaud également à Jérusalem, où je parvins à bord d'une voiture de location.

A l'aide de mon guide touristique, je partis à la

---

1. *Le Magicien d'Oz*, L. Frank Baum.

recherche des cimetières juifs. Je pris la route de Gethsémani et montai bien un kilomètre à travers les jardins d'oliviers.

J'hésitai à entrer dans ce désordre à mi-chemin entre une carrière de marbre et des fouilles archéologiques. Puis je m'avançai plus résolument dans ces lieux déserts.

Une bourrasque brûlante souleva la poussière. Je m'assis à l'abri d'une grande tombe blanche et contemplai un instant la vue sur Jérusalem.

Je pris une pierre.

De mon sac, je sortis l'urne, la photo de Rachel et la gourmette. Patiemment, méthodiquement, je brisai les scellés. Sans honte, sans appréhension, j'ouvris le couvercle et, évitant de regarder à l'intérieur, je secouai les cendres dans le vent. Elles tourbillonnèrent quelques secondes, s'éparpillèrent, se rassemblèrent et montèrent vers le ciel.

Puis je brûlai la photographie.

Avec la pierre, je détruisis l'urne funéraire.

De la même manière, je martelai la gourmette, et ses breloques tintèrent pour la dernière fois. Je jetai dans tous les sens les débris méconnaissables.

Je fis quelques pas, face au soleil. Sa lumière ne m'éblouissait pas, la chaleur ne m'incommodait pas, le vent ne me faisait pas ciller.

Au loin, les oliviers étaient agités par la brise.

IMPRIMÉ EN FRANCE PAR BRODARD ET TAUPIN
58, rue Jean Bleuzen - Vanves - Usine de La Flèche.
Librairie Générale Française - 14, rue de l'Ancienne-Comédie - Paris.

ISBN : 2 - 253 - 03485 - 1   ✛ 30/5953/2